자
살
수
첩

自殺帳

JISATSU CHOU

Written by KASUGA Takehiko

Copyright © KASUGA Takehiko 2023

All rights reserved.

Original Japanese edition published by SHOBUNSHA Co., Ltd. Tokyo, Japan.

Korean edition is published by arrangement with SHOBUNSHA Co., Ltd. through AMO Agency.

자살 수첩

가스가 다케히코 지음   황세정 옮김

보통의 시선에서
벗어난
자살을 향한
대담한 사유

CRETA

목차

일러두기

1. 이 책은 국립국어원의 외래어 표기법을 따랐으나, 관용적으로 굳어진 표현들은 예외를 두었습니다.
2. 본문의 각주는 모두 옮긴이 주입니다.
3. 본문의 인용문에 나오는 인용자 주는 저자 가스가 다케히코가 정보를 추가할 목적으로 달았습니다.
4. 본문에 소개된 책은 《산해경》, 《아내를 모자로 착각한 남자》, 〈황금 풍경〉, 《고지엔》을 제외하고 모두 국내 미출간되었습니다.
5. 장편 소설, 시집, 잡지, 신문은 《》기호로, 단편 소설, 시, 논문, 영화, 기사는 〈〉기호로 표기했습니다.

머리말

자살이라는 말은 받아들이는 사람에 따라 정도의 차이는 있
겠지만, 언제나 우리의 마음을 술렁이게 한다. 특히나 자신
과 가까운 사람이 자살로 생을 마감하기라도 하면 우리는
더욱 움츠러들 수밖에 없다. 그 생생함과 꺼림칙함에 압도
당하는 것이다.

　　죽음이 이렇게나 허망한 것이었나 싶어 놀란다. 얼마
전까지만 해도 추상적이었던 '죽음'이 오백 엔짜리 동전이
나 삼색 볼펜, 빨래집게나 칫솔처럼 매우 가까운 존재라는
사실을 깨달을 수밖에 없다. 자살이라는 말에는 남겨진 우
리를 고발하는 듯한, 혹은 비꼬거나 거북하게 하는 듯한 울
림이 있다. 그리고 자살에는 궁극적인 고독이라 칭할 만한
적막함과 불안감이 부여되어 있다.

고등학교 시절에 친구가 자신이 쓴 단가*를 보여준 적이 있는데, 그 시가 아직도 기억난다.

홀로 묵묵히
종이를 가위질하며
보내는 하루
쓰윽쓰윽 쓰으윽
광대 등장이오

이 시가 단가의 세계에서 어떤 평가를 받을지는 모르겠다. 하지만 나는 친구가 나도 모르는 사이에 이런 창작 활동에 발을 들여놓고 있었다는 사실에 동요했다. 그 친구가 이런 생각을 하고 있었다니. 이런 재능이 있었던가. 대체 무엇에 이끌려 이런 활동에 빠져든 걸까…. 그런 생각이 자꾸만 들었다.

어쩌면 '어, 그 녀석이 그런 걸 했다고?'라고 놀라는 심리의 기저에는 '뭐? 그 녀석이 자살했다고?'라는 당혹감을 느낄 때와 비슷한 감정이 깔려 있지 않을까. 아니, 그런 감정이 야기되는 경우가 있기에 청춘은 종종 자살과 결부되는 것이라는 기분마저 든다.

●   5·7·5·7·7의 5구 31음절로 구성된 일본의 정형시.

백지 위에 등장한 광대는 사춘기 특유의 자기 연민이나 자조 혹은 자살 가능성을 내포한 절망감 그 자체였을지 모른다. 단가를 썼던 그 친구는 여전히 (아마도) 살아 있겠지만, 대학을 졸업할 무렵에는 데라야마 슈지寺山修司(일본의 시인 겸 작가) 스타일의 단가에 완전히 흥미를 잃고 말았다. 어떤 의미에서는 건전한 변화였다는 생각이 든다.

한편, 자살이라는 행위는 공원 근처에 놓인 자판기에 캔커피라도 사러 나가듯이 너무 쉽게 일어날 때가 있다. 반면에 연인끼리 동반자살을 시도해 상대방은 죽음을 맞이했음에도 남겨진 한 명이 "도저히 죽을 수가 없었다"라며 추한 꼴을 보일 때도 있다. 마음만 먹는다면 인간은 간단히 죽을 수 있는 걸까. 혹은 일말의 망설임이라도 있었다가는 실패하고 마는 것일까. 그도 아니라면 삶과 죽음 사이를 가로막고 있는 벽에 가끔 무방비하게 열리는 문이라도 달린 걸까.

우리는 그런 것조차 알지 못한다. 마땅한 동기가 있으면 사람은 자살할 수 있는 걸까. 딱히 동기가 없어도 충동적으로 자살할 수 있을까. 마치 도미노가 쓰러지듯이 단숨에 자살 충동을 일으키는 유전자가 우리의 DNA에 숨어 있을까.

세상에서 가장 하찮은 자살 이유가 무엇일지 생각해 본 적이 있다. 남들 앞에서 실수로 방귀를 뀌었다든가, 머리숱이 줄었다든가, 레스토랑에서 식사를 마친 후에 지갑을 깜박했다는 사실을 깨달았다든가, 혼잡한 곳에서 발이 미끄러져 엉덩방아를 찧었다든가. 그런 얼토당토않은 이유가 줄줄이 떠올랐다. 그러다 살아 있는 것 자체가 이유라는 선문답 같은 결론에 다다르고 말았다. 어떤 관점에서 접근해 봐도 결국 자살은 불가해한 채로 우리를 비웃는다.

　나는 이 책에서 조금이나마 자살에 관해 고찰해 보려고 한다. 무익한 시도가 되리라는 사실은 알고 있다. 하지만 자살이 우리를 비웃고 농락하는 모습만 지켜보고 싶지 않다. 내가 자살을 자유자재로 다루어 주겠다는 태도로 마주해 보는 것도 하나의 작전이 될 수 있지 않을까. 그런 점을 염두에 두면서도 불확실한 요소가 섞일 수 있다는 점을 고려하며 이 책을 집필하고 싶다.

또 다른 머리말

사실 이 책의 머리말로 두 편의 글을 작성했다. 하나는 이 책을 집필하기 전에 쓴 글이고, 다른 하나는 절반 정도 집필했을 때쯤 착오로 작성한 '또 다른 머리말'이다. 본문을 모두 쓰고 난 뒤, 어느 글을 머리말로 채택해야 할지 고민했다. 글마다 뉘앙스의 차이가 있는 데다 기왕 쓴 김에 결국 두 편의 글을 모두 싣기로 했다. 결과적으로 '머리말'이 두 편인 전대미문의 책이 탄생했다. 그야말로 머리가 두 개 달린 환상 속 동물을 닮은 책이 되었다.

　이 책의 주제는 '자살'이다. 일반적으로 자살을 논하는 글에는 '자살은 바람직하지 않다', '하지만 자살을 택할 수밖에 없었던 사람의 고통도 헤아려 봐야 한다', '남겨진 사람들의 마음을 치료하는 것도 중요하다', '당신의 목숨은 결코 당신 혼자만의 것이 아니다', '자살이 없는 세상을 꿈꾸고 싶다'라는 식의 논조가 필수 조건으로 들어가 있다. 인간으로서 지켜야 할 예절이자 배려인 것처럼 말이다. 당연한 이야기다.

하지만 그런 논조만 지나치게 의식하면 무난하다 못해 지루한 데다 아무런 도움도 되지 않는 글만 나온다. '남에게 상냥하게 굴고, 우울증이 의심될 때는 조기에 정신과 진료를 받자'라는 정도의 결론만 나오는 것이다. 이는 코끼리는 코가 길다고 말하는 것과 별반 다를 바 없다. 진지한 표정으로 '코끼리는 코가 길다'라고 지겹게 말해봤자 도리어 진정성을 의심받는다.

인간이라는 생물은 실로 '변변치 못한' 존재다. 자살을 진지하게 받아들이면서도 한편으로는 자극적이고 속된 호기심과 흥미를 감추지 못한다. 우리 인간에게는 '모순된 두 가지 생각을 동시에 지닐 수 있다'라는 특성이 있기 때문이다. 이는 부끄러워할 일이 아니며, 우리가 몰인정하다는 증거도 아니다. 누군가를 동정하면서 그 사람에게 일어난 일에 대해 꼬치꼬치 캐물으려 한다거나, 누군가를 증오하면서도 그 사람에게 애정에 가까운 감정을 느낀다거나, 선한 사람처럼 굴면서 남몰래 타인의 불행을 즐기는 그런 행동이 전혀 이상하지 않다. 그런 모순을 부정하고, 자신에게 초지일관 강인함만을 강요할 때 인간은 정신적으로 망가진다.

그렇기에 나는 이 책에서 우리가 자살에 대해 (속으로 남몰래) 느끼거나 생각하는 '변변치 못한' 부분을 중점적으로 다룰 생각이다. 자살에 대한 진지하고 견실한 의견을 굳이 꺼내어 알리바이로 삼고 싶지 않다. 그러니 자살을 조심스럽고 진지하게 대하지 않는다는 식으로 비난하려는 사람은 더 읽지 말고 여기서 책을 덮어주면 감사하겠다. 그런 사람들에게 먹잇감을 던져주고자 이 글을 쓰는 게 아니기 때문이다. 그렇다고 해서 일부러 내 결점을 드러내거나 비도덕적인 글을 쓰려는 것도 아니므로 그러한 기대 또한 접어주셨으면 한다.

솔직히 말하자면 자살은 실로 심각하고 비통한 주제이기는 하지만, 그와 동시에 '불가해성이라는 측면에서 매우 매력적인 사안'이라 생각한다. 자신이 어떻게 될지 알 수 없다는 점과 자살에 이르는 정신적 메커니즘을 알지 못한다는 점은 거의 비슷한 맥락으로 해석할 수 있다. 그 누구도 자신이 자살하지 않으리라 장담할 수 없으며, 자살할 수밖에 없는 이유나 상황을 지극히 상식적인 범위 내에서밖에 상상하지 못하기 때문에 자신과 자살과의 연관성 등을 논할 방법이 없다.

슬픔이나 분노, 불만이나 지루함의 연장선상에 자살이 존재할까. 소설이나 영화 같은 '이야기' 속에서 자살은 종종 줄거리를 좌우하는 편리한 소재로 사용되고는 한다. 사람들

또 다른 머리말

이 이러한 자살에서 부자연스러움이나 억지스러움을 느끼는 경우는 의외로 적은데, 이는 자살을 일종의 필연으로 여기기 때문이 아닐까. 혹은 인간의 삶이란 신이 만든 줄거리를 그대로 따라간다고 생각하기 때문은 아닐까. 이 세상에는 자살에 매료된 사람들이 분명히 존재하는데, 혹시 그들이 일정 수만큼 존재하는 것이 인간계의 '자연스러운' 상태인 걸까. 아니면 자살이 생존 본능과 모순된다는 점에서 볼 때, 역시 자살은 광기에서 비롯되는 것일까.

조금 강한 어조로 말하자면 인간 자체에 대한 '의문'이 노골적이고 뜻밖의 형태로 나타나고 있는 것이 바로 자살이라는 뜻이 된다. 이러한 뜻밖의 현상에 동요한 우리는 (한심한 일이지만) '부정적인 억측'이나 자극적인 호기심을 종종 우선시하게 된다. 애도하거나 슬퍼하면서도 그와 동시에 무의식적으로 그런 방향으로 흘러간다. 그렇기에 자살은 '그 불가해성이라는 측면에서 매우 매력적인 사안'이라고 표현해도 그리 틀린 말은 아니다.

그래서 자살에 관한 내 생각과 느낌, 정신과 의사로서의 의견, 문학적 관심 등을 자유롭게 쓰고 싶다. 그 내용이 자살의 핵심을 제대로 짚어낼지는 자살한 당사자조차 정확히 알지 못하겠지만.

제1장

자살을 기록하다

자살의 징조

자살을 암시하는 전조 증상이 있을까. 묘하게 우울한 기색이 엿보인다든가, 무언가 작정한 사람처럼 방을 정리하기 시작한다든가 혹은 아끼는 물건을 갑자기 친한 사람들에게 나눠준다든가, 난데없이 추억의 장소를 찾아간다든가…. 이런 식으로 나중에야 '아, 그래서 그랬던 건가' 싶은 모습이 나타나기 마련일까.

정신과 의사로서 그동안 내가 외래나 병동에서 직접 담당한 환자 가운데 자살에 이른 사람은 스무 명 남짓이다. 그 사람들 중에 아무리 기억을 더듬어 봐도 소위 전조 증상을 보인 사람은 없다. 다들 예상치 못한 순간에 먼 곳으로 가버리고 말았다. 그들의 죽음을 전해 들은 나는 그저 황망할 따름이었다.

17

하지만 단 한 사람, (어쩌면) 자살 징후일지도 모를 증상을 보인 청년이 있었다.

잘못된 애착

그의 이름을 류타라고 하자. 나이는 서른에 가까운 이십 대 후반. 키는 165센티미터 정도에 조금 뚱뚱한 편이었다. 짧은 곱슬머리에 피부가 하얀 편이었던 그의 얼굴에는 점이 네 개 있었다. 눈과 입은 모두 작았다. 배가 나와 중심이 앞으로 쏠려서 그랬는지 그는 등을 한껏 뒤로 젖힌 채 턱을 아래로 당겨 상대방을 바라보고는 했다. 그 모습이 마치 '상대방을 내려다보는 것처럼' 거만하게 보인 데다 그의 체형과 어울리지 않는 가늘고 날카로운 목소리는 듣기 거북한 구석이 있었다. 그는 기장이 조금 짧아 보이는 청바지와 진한 녹색 스웨터를 즐겨 입었다.

류타는 모친과 둘이 사는 듯했다. 간염을 앓고 있던 그의 모친은 일하지 못해 생계급여를 받고 있었다. 류타도 딱히 일할 생각을 하지 않았고 이제껏 스스로 땡전 한 푼 벌어 본 적이 없었다. 중학교를 졸업한 후 줄곧 집 안에만 틀어박혀 지냈다. 중학교 시절에 등교를 거부한 적도 있었다.

그의 모친인 스즈에 씨는 가끔 흰 오르골 상자에 '꽃 그림'을 그려 넣는 일을 부업으로 하고 있다고 했다.

　"지금이야 제가 몸이 좋지 않아서 일을 거의 하지 못해 그렇지, 간이 괜찮아지기만 하면 한 달에 백만 엔 가까이 벌 수 있는 일이라니까요."

　다소 믿기 어려운 말이었지만, 그 말을 들은 나는 대단하다는 듯한 표정을 지어 보였다.

　류타가 집에 틀어박힌 지도 이미 10년이 넘었다. 집에서 한 발짝도 나가지 않는 것은 아니었다. 가끔 무언가를 사러 나가기도 했다. 이발소에도 들렀다. 그렇다고 파친코 가게나 오락실에 드나드는 것은 아니었고, 그저 집에서 빈둥거리기만 했다(그 당시에는 인터넷이 보급되지 않은 상태였고, 그는 게임에는 별 흥미가 없어 보였다). 장래 희망도 딱히 없었으며, 자신의 삶에 그 어떤 위기감도 느끼지 않는 듯 보였다. 모친이 병으로 죽을 수도 있다는 사실조차 생각해 본 적이 없었다. 친구도 없었다. 당연히 누군가와 성관계를 맺은 경험도 없었다(내가 물었을 때, 그는 부끄러운 듯 고개를 끄덕였다).

　이른바 '모자간 애착'이 문제였다. 스즈에 씨는 아들처럼 조금 뚱뚱한 체형으로, 늘 털실로 짠 모자를 쓰고 다녔다. 다행히도 아들의 진녹색 스웨터와 같은 색으로 맞추는 수준까지는 아니었지만, 그녀는 늘 보라색과 노란색이 들어간 기하학무늬의 모자를 썼다. 그녀가 낀 붉은 뿔테 안경은 다리 부분이 부러졌는지 투명한 셀로판테이프로 둘둘 감겨

19

있었다. 렌즈는 뿌옇고 지저분했으며, 안색도 늘 칙칙했다.

"전남편은 열대어를 수입하는 회사에 근무했어요. 능력은 있었지만, 주사가 심했지요. 그러다가 젊은 여직원의 꼬드김에 넘어가 회삿돈을 흥청망청 써버렸지 뭐예요. 소송을 당해서 실형을 선고받아 그 길로 이혼했어요. 우리 아들한테 나쁜 영향을 끼치면 안 되잖아요. 네, 물론 류타도 그 인간이 범죄를 저지른 사실은 알고 있어요. 반면교사 삼아 잘 커주었으니 안심이지만요."

류타는 활동적이었던 부친의 성향에 대한 반감으로 집에 틀어박히게 된 것일까.

그는 술을 좋아하지 않았다. 담배도 피우지 않았다. 커피도 마시지 않았으며, 본인 말로는 '홍차에 까다로운 편'이라고 했지만, 편의점에서 파는 티백을 애용했을 뿐이었다. 좋아하는 찻잔이 따로 있어 늘 그 잔만 썼다. 그는 특히 홍차와 함께 모리나가제과의 '초이스 비스킷'을 먹을 때 가장 행복하다고 말했다. 으스대듯이 상체를 뒤로 젖히며 의기양양하게. "진짜 끝내준다니까요. 모르셨죠?"라고 말하는 그의 말투는 어딘지 모르게 신경에 거슬리는 부분이 있었다.

그런 류타가 어쩌다 입원까지 하게 되었을까. 누구에게도 해를 가하지 않을 것처럼 그저 모친과 조용히 살며 우아하게 홍차를 마시던 그가.

그는 소위 말하는 반항기를 거친 적이 없었다고 했다.

그의 모친은 그가 늘 순하고 착한 아들이었다고 말했다. 마음이 너무 여린 탓에 세간에 적응하지 못했다고.

가정 폭력도 없었고, '이런 집에 사느니 차라리 나가고 말지!'라며 큰소리를 낸 적도 없었다. 성욕을 분출하지 못해 짜증 내는 일 같은 건 상상도 하지 못했던 듯하다(모친인 스즈에 씨가 보기에는). 하지만 그는 흰색 수영복에 강한 집착을 보였고, 흰색 수영복 차림을 한 아이돌의 성인 화보를 열심히 스크랩했다. 아이돌이라 불릴 만큼 귀엽기만 하면 누구든 상관없었다. 흰색 수영복 차림이기만 하면. 류타는 자위할 때 그런 사진을 애용했다. 나는 그 부분을 꽤 직설적으로 물어봤고, 진료실을 찾은 그는 마지못해 작은 목소리로 대답했다.

흰색 수영복이 그에게는 어떤 상징적인 의미가 있었을까. 그것은 나조차도 알지 못한다. 물론 '억지로 갖다 붙이려면' 얼마든지 갖다 붙일 수야 있지만, 그런 짓을 해봤자 별 의미가 없을 것이다.

11월 12일 저녁, 류타는 혼자 편의점에 갔다. 집을 나설 때의 모습은 평소와 별반 다르지 않았다. 그는 정크푸드와 잡지를 들고 계산대로 향했다.

이때 무언가가 류타의 감정을 자극한 듯했다. 그는 갑자기 크게 분노했다. 여자 아르바이트생(당시 미대에 다니던)이 류타를 깔보며 무례한 태도를 보인 듯했지만, 자세한 내

막은 알아내지 못했다(그 이야기를 꺼내려고 할 때마다 류타가 자제심을 잃고 말았기 때문이다). 주변 사람들은 평소 근무 태도를 봤을 때, 그 아르바이트생이 결코 그런 무례한 짓을 할 사람이 아니라며 입을 모아 말했다. 하지만 적어도 류타는 그녀를 용납할 수 없었던 모양이다. 절대로.

류타가 고함을 지르자 점장이 끼어들어 말리려고 했다. 하지만 류타의 분노는 수그러들지 않았다. 그의 날카로운 목소리가 편의점 안에 울려 퍼지자 무슨 일인가 싶은 다른 손님들이 계산대 주위로 모여들었다. 하지만 류타는 개의치 않았다. 오히려 잡귀를 쫓으려고 팥을 뿌리려는 사람처럼 손에 쥐고 있던 동전을 그녀에게 마구 집어 던졌다. 그 순간, 점장이 전화로 경찰을 불렀다. 근처 파출소에서 곧바로 경찰이 달려와 류타를 편의점에서 끌어냈다. 파출소로 끌려가 접이식 철제 의자에 앉은 상황에서도 여전히 류타는 "피해자는 나라고요!"라며 흥분했다.

그의 모친이 파출소로 불려왔고, 류타는 해당 편의점에 출입 금지를 당하고서야 집으로 돌아갈 수 있었다. 스즈에 씨가 나타난 후, 류타는 입을 꾹 다물어 버렸다. 저녁도 먹지 않고 그대로 자기 방에 들어가 이불을 뒤집어썼다. 스즈에 씨도 그날은 몸 상태가 좋지 않아 아들에게 아무 말도 하지 않았다.

한밤중이 되자 류타는 벌떡 일어났다. 시원한 탄산음

료를 마시고 싶어진 그는 어두운 부엌으로 향했다. 냉장고 문을 열자, 안에서 흘러나온 푸르스름한 빛이 그의 팔을 물들였다. 그 빛을 본 순간, 편의점 아르바이트생의 모습, 아니 좀 더 정확히 말하면 그녀의 팔이 갑자기 머릿속에 아른거렸다. 핏줄이 흐릿하게 비치는 팔이.

그것이 트리거가 되었는지 류타는 다시 극심한 흥분 상태에 빠져 절규했다. 그는 모친과 함께 공단에서 운영하는 임대주택 3층에 살고 있었는데, 갑자기 부엌 창문을 활짝 열어젖히더니 식기와 시계, 캔, 병 등을 창밖으로 사정없이 집어 던졌다. 마치 열기구의 고도가 떨어지기 시작해 당황한 사람이 안에 있는 물건을 닥치는 대로 내던지며 다시 위로 올라가려는 듯이.

하필이면 그때 한 노인이 그곳을 지나가고 있었다. 늦은 밤이었는데도 개를 산책시키고 있었다. 식초가 담긴 병이 노인의 어깨를 강타했고, 그대로 무너지듯이 쓰러져 버렸다. 매정한 개는 쓰러진 주인을 아랑곳하지 않은 채 이때다 싶었는지 목줄을 질질 끌며 어둠 속으로 재빠르게 사라졌다. 깨진 병 조각이 사방에 흩어졌고, 차가운 밤공기 사이로 코를 찌르는 듯한 식초 냄새가 퍼졌다. 큰 소리에 주민들이 창밖을 내다보았고, 당연히 그들 중 누군가가 경찰에 신고했다. 또다시 경찰이 자전거를 타고 출동했다.

친절한 누군가가 노인의 상태를 살피며 구급차까지 불

러주었기에 부상자는 그쪽에 맡기고, 경찰은 단숨에 임대주택의 계단을 뛰어올라갔다. 노인이 쓰러진 자리에서 고개를 들어 보니 3층 창문이 활짝 열려 있었고, 그곳에 수상한 사람의 그림자가 비쳤기 때문이다. 3층에 도달한 경찰이 오른쪽으로 돌았을 때, 스즈에 씨는 잠옷 차림으로 문밖에 내쫓긴 채 복도에서 우왕좌왕하고 있었다. 아들의 행동을 말리려다 집 밖으로 쫓겨났다고 했다.

"경찰이다. 문 열어!"

문을 쾅쾅 두드려도 열지 않자, 경찰은 어쩔 수 없이 옆집 베란다를 통해 창문을 깨고 집 안으로 들어가 류타를 제압했다. 이번에는 노인을 다치게까지 했기 때문에 지역 경찰서로 연행되었다.

경찰차에 태워 경찰서로 연행되는 동안 소란을 피웠던 류타는 갑자기 조용해졌다. 류타의 입꼬리는 살짝 올라가 있었지만, 눈의 초점이 풀려 있었다. 힘이 풀렸는지 몸을 제대로 가누지 못해 경찰 두 명이 그를 안다시피 해서 조사실로 옮겼지만, 의자에 앉혀도 계속 바닥으로 미끄러졌다. 마치 줄이 끊긴 마리오네트처럼. 그 상태로는 도저히 대화를 나눌 수가 없었고, 어쩌면 어딘가 아픈 것일 수도 있었다. 용의자가 경찰 조사를 받는 도중에 급사하는 일이 생겼다가는 경찰에 온갖 비난이 쏟아질 터였다.

그래서 류타를 구급차에 태워 응급실로 이송했다. 검

사를 받았지만, 신체적으로는 아무런 문제가 없었다. 응급
의학과 전문의는 지금까지의 경위를 살펴보았을 때, 정신적
인 영역의 문제일 것이라는 진단을 내렸다. 그는 진료정보
제공서를 작성하면서 마지막에 정신과의 입원 치료가 필요
하다는 소견을 남겼다. 그리하여 류타는 정신과 병원에 입
원하게 되었다. 당사자가 반혼수semicoma• 상태였기에 모친의
동의하에 보호입원을 했다.

버려진 인형

입원 후에는 침대에 구속대로 고정된 채로 링거 주사를 맞
으며 계속 잠만 잤다. 류타는 다음 날 정오 무렵이 되어서야
눈을 떴는데, 그때는 흥분이 말끔히 가라앉아 있었다. 류타
는 자신이 침대에 묶인 걸 알아차리고 특유의 거슬리는 말
투로 말했다.

"어라, 이건… 음, 경악스럽네요."

경악이라는 묘하게 완곡한 표현. 그것이 바로 류타가
눈을 뜬 후 처음으로 한 말이었다.

•   정신과 영역에서 환각·망상·우울증의 영향으로
    주변과 소통하기 어려운 상태.

정신과 급성기 병동의 의사는 류타에게 심인 반응이라는 진단을 내렸고, 그 기반에는 성격장애가 있다고 판단했다. 뭐, 그렇게 보는 게 타당할 것이다. 그렇다면 흥분이 가라앉은 류타는 이제 어떻게 해야 할까. 진정했으니 그대로 퇴원시켜도 될까. 하지만 그렇게 하면 앞으로도 비슷한 일이 반복될 수 있다. 좀 더 적극적으로 대처해야 하지 않을까.

모자간 애착이나 장기간 지속된 은둔 생활은 역시 정상 범위를 벗어나 있었다. 극단적으로 말하자면 류타가 현재 상태를 유지하는 것은 사회로부터 도태되는 것을 의미했다. 그의 인생에 개입해 궤도 수정을 시도해 볼 흔치 않은 기회였다. 그러니 이번 입원을 그가 사회에 복귀할 수 있는 첫 단계로 삼자고 급성기 병동의 의사와 논의한 후, 류타를 담당하게 되었다. 이를 괜한 참견이라고 보는 시선도 있을 것이다. 은둔 생활을 하든 백수로 살아가든 개인의 선택이 아니냐고 말이다. 하지만 류타와 그의 모친인 스즈에 씨는 적절한 판단력을 갖추었다고 보기 어려웠고, 두 사람은 자신들만의 작은 우주에 숨어 살고 있었다. 당시의 나는 그런 모습을 도저히 모른 척 넘어갈 수 없었다.

먼저 류타를 개방 병동으로 옮기고, 모자 분리를 위한 사전 작업에 들어갔다. 류타도 자신이 소동을 일으킨 점이 마음 쓰였기에 한동안 개방 병동에서 생활하며 주간 재활프로그램에 참여하는 방향에 동의했다. 입원 형태도 강제 입원 형태 중 하나인 보호입원에서 당사자의 동의하에 입원하는 동의입원으로 전환되었다. 모친인 스즈에 씨는 한시라도 빨리 아들을 퇴원시키고 싶어 했지만, 그렇게 한다면 도로 아미타불이 될 게 뻔했다. 내가 집에서 벗어난 생활이 중요하다고 몇 번이나 설득하자 스즈에 씨는 원망스러운 표정을 지으면서 마지못해 승낙했다.

이렇게 류타는 갑작스레 집단생활을 하게 되었다. 같은 병동에는 그와 비슷한 또래의 입원 환자(조현병 환자도 있었고, 우울증이나 강박장애 환자도 있었다)도 몇 명 있었다. 또 주간 재활프로그램에는 여성이나 외래 통원 환자도 있었다. 그러다 보니 류타는 서른이 다 된 나이에 뒤늦게 문화적 충격에 가까운 경험을 하게 되었다.

예상은 했지만, '다른 사람의 신경을 묘하게 거스르는' 류타의 분위기는 주변에 조금씩 영향을 끼쳤다. 그가 일부러 다른 사람에게 실례되는 말을 하거나 비상식적인 행동을 하는 건 아니었지만 확실히 다른 사람들이 싫어할 만한 요소를 지니고 있었다. 그 당시에 소설가 교고쿠 나츠히코가 고단샤 노벨스를 통해 데뷔하고, 이후로 여러 작품을 발표하면서 좋은 평가를 받고 있었다. 특히나 작품마다 두툼한 분량을 자랑해서 화제였다. 나는 류타에게 교고쿠 나츠히코의 책을 읽어본 적이 있냐고 물어봤다. 류타는 다음에 살 생각이라고 말했지만, 도무지 그럴 기미가 보이지 않았다. 그러더니 이윽고 어느 날 내게 물었다.

"선생님, 혹시 교고쿠 나츠히코의 책을 읽어보신 적이 있나요?"

"아, 네. 첫 작품부터 다 읽었어요."

"그 작가의 책 말인데요, 사실 엄청난 특징이 있답니다."

"엄청나다니, 뭐가 말이에요?"

"이렇게 책을 책상 위에 놓으면…."

"놓으면?"

"놀랍게도… 세워진답니다! 벽돌처럼 말이에요."

류타는 "놀랍게도"라고 말을 꺼내고는 짐짓 거드름을 피우듯 잠시 이야기를 멈추더니 마치 나니와부시*를 부르는 소리꾼처럼 낮고 굵은 목소리로 "세워진답니다! 벽돌처럼 말이에요"라고 과장되게 표현했다. 내가 교고쿠 나츠히코의 책을 읽은 적이 있다고 분명히 말했음에도 그런 나를 향해 마치 대단한 사실인 것처럼 말한 것이다. 더군다나 이미 교고쿠 나츠히코의 책은 세간에서 벽돌 책이나 주사위 책이라 불리고 있었다. 대화의 핀트가 어긋났다기보다는 극적인 효과를 기대하며 일부러 목소리 톤을 낮추는 '얍삽함'이 엿

* 샤미센(전통 현악기) 반주에 맞춰 노래와 연기를 하는 일본의 전통 음악 장르.

보여 더는 류타와 말하고 싶지 않은 기분이 들었다. 누구를 바보로 아냐는 말이 절로 나올 것만 같았다. 대체 왜 그런 당연한 소리를 굳이 잘난 척하듯이 말하는 걸까.

또 그 당시에 마라톤 선수인 아리모리 유코가 골인한 후 "나 자신을 칭찬해 주고 싶다"라고 밝힌 소감이 유행어가 되고 있었는데, 주간 재활프로그램에서 미팅할 때 그 말이 화제에 오르자, 류타는 "자신에게 너무 관대한 것처럼 들리는데"라며 특유의 거만한 자세로 감상을 밝혔다. 그의 말에 주간 재활프로그램에 참여한 사람들 모두가 강하게 반발하며 그럼 당신은 어떤 노력을 하고 있냐며 싫은 기색을 드러냈다. 더구나 류타는 그에 대해 어떠한 변명도 하지 않았을뿐더러 멋쩍은 태도조차 보이지 않은 채 '그런 거라니까, 참'이라는 식으로 발언해 점점 더 미운털이 박히고 말았다.

그는 둔감하고 무신경한 데다 표정 변화가 없는 사람처럼 오해받기 쉬웠지만, 실제로는 쉽게 상처받는 청년이었다. 세상과의 조율에 서툴렀다는 점이 오해를 사게 된 원인이었을 것이다(그 시절에는 임상 현장에서 발달장애 개념이 거의 거론되지 않았는데, 돌이켜 생각해 보면 그에게 그런 요소가 얼마간 있었을지도 모른다). 그런 그가 어느 날 외출한 길에 작은 곰돌이 푸 인형을 사 왔다고 내게 말한 적이 있다.

"그 인형의 폭신폭신한 촉감은 정말 독특해요. 싫은 일까지도 전부 받아들여 주고, 그 기운을 흡수해 줄 것처럼 부

제1장 자살을 기록하다

29

드럽다니까요."

"그럼 당신에게 좋은 부적이 되어주겠네요."

"백 개 정도 있으면 그럴지도 모르지요."

"백 개라…. 음, 곰이니까 백 마리라는 표현이 더 정확하려나…."

"선생님은 정말 모범적인 사람이군요."

"네?"

그의 모친인 스즈에 씨는 병원을 여러 번 찾아왔다. 갈아입을 옷이나 잡지를 들고 와서는 아들과의 면회를 요구했다. 그럴 때마다 나는 지금은 아들과의 만남을 자제하고 거리를 두어달라고 그녀를 타일렀다. 오히려 류타는 모친과 떨어져 지내자 한결 개운해진 듯 보였다.

하지만 류타의 내면은 생각보다 궁지에 몰려 있었다. 병동이나 주간 재활프로그램에서 주변 사람들과 갈등의 골이 점점 더 깊어지는가 하면 무신경한 말과 행동이 도리어 예전보다 심해졌다. 다른 사람과 직접적으로 충돌하는 일은 없었지만, 어딘지 모르게 삐걱댔다. 연말이 다가온 어느 금요일, 그가 산 곰돌이 푸 인형이 쓰레기통에 버려져 있었다. 좋지 않은 징조였다. 버려진 인형에 관해 묻자 그는 냉소적인 태도로 중얼거렸다.

"그런 어린애 눈속임 같은 건 가지고 있어봤자 무시만 당할 뿐이라고요."

담당 간호사 S(40세 남성)가 그에게 형처럼 굴며 친해지려 노력해 봤지만, 조금도 가까워지질 않는다며 한탄했다.

구불구불한 ○○

이제 문제가 생긴 그날에 관해 이야기할 차례다. 그날 밤, 나는 당직을 서고 있었다. 일주일만 지나면 한 해가 끝날 시기였다. 회진을 마치고 병동 진료실에서 진료 기록부(그 당시에는 수기로 작성했다)를 검토하고 있었다. 소등 시간은 이미 지나 있었다.

그때 갑자기 류타가 반쯤 열린 문 사이로 들어왔다. 책상에 놓인 스탠드가 전부였기에 그의 얼굴은 어둠에 가려져 있었다. 그런데도 어째서인지 나는 분위기만으로 그가 류타인 것을 알 수 있었다.

"저기, 선생님….”

"네?"

"저 좀 잠깐 봐주실 수 있나요. 얼굴이 이상하게….”

류타의 얼굴이 스탠드 불빛에 드러났다. 그 모습을 본 나는 숨을 삼켰다.

가장 먼저 떠오른 것은 위점막이었다. 위는 연동운동을 하므로 내벽에 주름이 생겨 위점막에 구불구불한 물결 모양이 퍼져 있다. 그와 비슷한 변화가 류타의 얼굴에 나타나 있었다. 피부 곳곳이 불규칙한 선상으로 두껍게 올라와 있었는데, 그 모습이 위점막처럼 생생하게 느껴졌다. 엎드려 자면 얼굴에 이불의 주름 자국이 또렷하게 남을 때가 있는데, 그것과는 달랐다. 오히려 두드러기가 오른 모습에 가까웠지만, 빨갛게 부어오르지는 않았다. 얼굴 자체에 연동운동이 일어난 모습으로밖에 보이지 않았다.

"가렵거나 아픈가요?"

"아니요, 아무런 느낌도 없어요."

"두드러기는 아닌 것 같군요."

"설마요."

"미안해요. 왜 그런 건지 모르겠네요. 내일 아침에 상태를 보고 피부과를 연결해 줄 테니, 일단 오늘 밤에는 푹 쉬세요."

"얼굴이···."

원래 무표정에 가까운 류타의 얼굴에 연동운동을 연상시키는 '구불구불한 주름'이 나타나 있었다. 물론 실제로 피부가 움직이는 것은 아니었다. 어두운 조명 아래에서 음영이 더욱 강조되어 그런지 돌이킬 수 없는 변화가 그의 얼굴에 발생하고 있는 것처럼 보였다. 기괴한 모습이었다.

류타는 침대로 돌아갔다. 하지만 그가 돌아간 직후에도 나는 여전히 현실감을 느끼지 못했다. 대체 그건 무엇이었을까. 류타도 나도 무언가 착각을 일으킨 게 아닐까. 만약 피부 속에 지렁이 같은 생물이 여러 마리 기어다닌다고 한다면 딱 그런 모습일지도 모른다. 하지만 그런 거라면 가려움이나 통증이 있지 않았을까.

그가 돌아가고 나자 나는 살짝 화가 났다. 류타에게 화가 난 것인지, 나 자신에게 화가 난 것인지는 확실하지 않지만, 그가 알 수 없는 증상을 호소해 온 사실에 짜증이 났다. 그러한 짜증에는 짐작이 가지 않는 피부 변화에 대한 우려와 무력감, 생리적 불쾌감, 막연한 불길함 등이 섞여 있었다.

다음 날이 되었다. 하늘은 맑았지만, 제법 추운 날이었다. 나가보니 당직 간호사가 잔뜩 당황한 채로 있었다. 류타가 보이지 않았다. 간밤에 병원을 무단으로 이탈한 모양이었다. 그의 신발과 배낭이 사라진 상태였고 지갑도 보이지 않았다. 옷과 속옷도 새것으로 갈아입은 듯했다. 며칠 전에는 난데없이 트럼프 카드를 사서 혼자 몰래 점을 치는 것은 아닌지 의심을 샀는데, 그 트럼프 카드도 보이지 않았다. 이것 말고도 없어진 물건이 더 있는지는 파악하지 못했다. 유서 같은 것도 없었다. 아무리 생각해도 스스로 병원 밖을 나갔다고밖에 보이지 않았다.

그 소식을 전해 들은 나는 당혹스러웠다. 류타는 얼굴에 기묘한 '주름'이 생긴 상태에서 병원 밖으로 나간 걸까.

하지만 간밤에 그의 얼굴에 나타난 병변을 떠올렸을 때, 과연 그것이 실제로 일어난 일이었는지 믿을 수 없어졌다. 그와 얼굴을 마주한 순간에도 비현실적인 감각에 사로잡혔기 때문이다. 만약 그렇다 하더라도 류타가 병원에서 갑작스레 모습을 감춘 이유가 과연 얼굴에 나타난 증상 때문이었을까. 오히려 바깥에서 마주치는 불특정 다수의 사람에게 그런 얼굴을 드러내는 게 더 꺼려지지는 않을까. 아니면 내 무덤덤한 반응이 그에게 상상 이상의 절망감을 안긴 것일까.

그가 집으로 돌아갔을 가능성도 있었다. 하지만 그의 모친에게 '아드님이 혹시 집에 돌아오지 않으셨나요?'라고 묻는다면 곧바로 관리 책임이나 의료 시스템 문제를 걸고넘어질 게 뻔했다. 생각만 해도 끔찍했다. 그래서 일단 점심때까지 기다려 보았다가 그때까지도 동향이 파악되지 않으면 모친에게 전화를 걸기로 했다.

점심때가 되어도 여전히 류타의 행방을 알 수 없었다. 어쩔 수 없이 그의 모친에게 연락해 봤지만 전화를 몇 번이나 걸어도 받지 않았다. 난감했지만, 한편으로는 잠시나마 귀찮은 일을 피할 수 있다는 안도감이 들기도 해서 저녁 무렵에 다시 걸어보기로 했다. 전날 밤에 당직을 섰기에 나는 일단 집으로 돌아가 잠시 눈을 붙인 뒤에 전화를 해보기로 했다.

집으로 돌아간 나는 침대에 기어 올라가 3시간 동안 잠을 청한 뒤, 샤워하고 커피를 내렸다. 아내는 일 때문에 집에 늦게 돌아오고, 아이도 없어 집을 독차지할 수 있었다. 아내가 사온 작은 시메카자리*가 식탁에 놓여 있었다. 나는 시메카자리를 바라보며 먼저 병원에 전화를 걸었다. 류타는 여전히 행방불명인 상태였고, 병동 환자나 다른 주간 재활 프로그램 참여자에게도 물어봤지만, 류타가 무단으로 병원을 이탈한 이유를 짐작할 수 없다고 했다. 커피잔을 든 채로 한숨을 쉰 나는 다시 류타의 모친에게 전화를 걸었다. 이번에는 전화를 받았다. 내가 이름을 밝히자마자 그녀의 목소리가 딱딱하게 굳었다.

나는 류타가 사라졌는데 혹시 집에 돌아가지 않았냐고 담담히 물었다. 스즈에 씨는 "그럴 리가요!"라며 퉁명스럽게 대답했다. 나는 그녀에게 류타가 갈 만한 곳을 확인해 보고 혹시 발견하면 연락을 달라, 우리도 류타가 돌아오기만을 기다리고 있으며 만약 내일 아침까지도 돌아오지 않는다면 경찰에 수색을 요청하겠다고 전했다. 류타는 강제 입원 상태가 아니었기에 만약 본인 의지로 병원을 나갔다면 우리 측에서 책임질 필요는 없었다. 하지만 정신적으로 불안정한 사람을 맡고 있었기에 우리 측의 과실이 전혀 없다

* 재액이 들어오지 않게 현관문에 붙이는 일본의 새해 장식.

고 말할 수도 없었다. 스즈에 씨는 화내거나 비난하지 않고 묘하게 담담한 어조로 "아, 그런가요?"라고 대답한 뒤 전화를 끊었다.

다음 날 아침, 결국 경찰에 류타의 수색을 요청했다. 수색을 요청한다고 해서 경찰이 그 사람을 열심히 찾아주는 건 아니다. 신원불명의 사체가 발견될 경우, 신원을 조회해주는 정도에 불과하다. 류타가 어딘가에서 자살을 시도하거나 혹은 사고사나 병사로 사체가 발견되어야 경찰에서 연락이 올 뿐이다. 그때만 해도 나는 류타가 자살할 가능성은 그다지 없다고 생각했다. 그에게 자살을 실행할 만한 힘이 있다고 보기 어려웠고, 솔직히 말해 류타의 근간에는 쉽게 상처받는 성격뿐만 아니라 뻔뻔함에 가까운 거만함이 함께 자리하고 있다고 여겼기 때문이다. 설령 부풀어 오른 얼굴이 가라앉지 않았다고 해도 그런 이유로 자살하리라는 생각도 들지 않았다(수색 요청서에 류타의 특징을 적을 때 얼굴에 '구불구불한 주름'이 생겼다는 점은 쓰지 않았다. 그런 상태가 얼마나 지속될지 알 수 없는 데다 애초에 그런 증상이 실제로 나타난 것인지 나조차 명확히 기억할 수 없었기에 부정확한 정보가 오히려 혼란을 초래할 수 있다고 판단했기 때문이었다).

놀랍게도 오후 3시쯤, 경찰에서 연락이 왔다. 도쿄에서 한참 떨어진 ○○에서 자살자가 나왔고, 그의 소지품 중에 우리 병원의 진찰권이 있었다고 했다(유서는 없었다). 수색을 요청한 류타로 보이지만, 정확한 확인을 위해 그의 지문을 채취하려 병원에 오고 싶다고 했다.

어째서 그 먼 ○○까지 간 것일까. 류타와의 대화에서 ○○가 등장한 적은 한 번도 없었다. 지인이나 친척이 살고 있다고 들은 적도 없다. 이는 담당 간호사인 S도 마찬가지였다. 게다가 왜 지문을 채취해야 한다는 말이 나왔는지도 이해가 가지 않았다. 얼굴 사진으로 판별할 수 없는 것일까. 혹시 얼굴에 생긴 구불구불한 주름이 심하게 번져서 눈, 코, 입도 알아볼 수 없게 된 건 아닐까.

경찰에서 알려준 경위는 다음과 같았다.

류타가 한밤중에 병원을 나와 어디에 머물렀는지는 확실하지 않지만, 다음 날 하네다 공항에서 비행기를 타고 차가운 바다를 건넌 뒤, 그날 밤 ○○에 있는 비즈니스호텔에 체크인했다. 그때 그는 차분한 태도였다고 한다. 다음 날 아침, 조식을 먹지 않고 체크아웃한 이후의 행동은 알 수 없었다. 그랬던 그가 오후에 시영지하철 ○○역에 모습을 드러냈다. 벤치에 앉은 채로 하행선 전철을 네다섯 대 정도 그냥 보냈다고 한다. 이윽고 자리에서 몸을 천천히 일으킨 그는 배낭을 기둥 옆에 내려놓았다. 때마침 다음 열차가 어두운 터널에서 헤드라이트 불빛을 비추며 청결한 플랫폼 안으로 들어오려 하고 있었다.

한동안 발밑을 물끄러미 쳐다보던 류타는 마치 스위치가 켜진 사람처럼 앞으로 뛰쳐나갔다. 결코 날렵하다고 할 수 없는 체형이라 비틀거리며 뛰는 것에 가까웠다. 그는 양팔로 얼굴을 감싸면서 굉음을 내며 돌진해 오는 전철을 향해 플랫폼 가장자리에서 마치 용수철처럼 몸을 날렸다(목격자가 여러 명이나 있었다). 소리는 내지 않았다(비명을 지른 것은 목격자들과 지하철을 운전하던 기관사였다). 류타의 모습은 불빛을 받으며 허공에 떠올랐다. 이미 브레이크가 걸린 상태에서 다시 제동이 걸리면서 쇠가 긁히는 날카로운 소리와 함께 바퀴에서 불꽃이 튀었다. 류타의 몸은 전철과 정면으로 충돌했지만, 피가 흩어지지는 않았다. 힘이 빠져 물컹물컹한 고깃덩이처럼 변한 류타는 그대로 절단기에 들어가듯 차체 아래로 빨려 들어갔고, 수십 개나 되는 전철 바퀴에 단숨에 잘게 썰리고 말았다. 한 목격자는 "마치 자동화된 공장처럼 사람이 바퀴 아래로 너무나도 자연스럽게 사라져 버리는 바람에 멍하니 바라볼 수밖에 없었다"라고 말했다.

거의 완벽하다시피 인간의 모습을 남기지 않았다. 무수히 많은 조각으로 썰려 선로에 흩어진 류타에게 이제 얼굴 같은 것은 존재하지 않았다. 그렇기에 현장에서 발견된 손가락 지문으로 신분을 확인할 수밖에 없어 우리 병원으로 연락이 온 것이었다. 당시에는 DNA 감정이 일반적이지 않았다.

류타의 침대 주변에서 어떤 식으로 지문이 채취되었을까. 양치질할 때 사용한 플라스틱 컵에서 채취했을까. 알람 시계가 있었으니 알람을 끄는 스위치에 지문이 또렷하게 남아 있었을지도 모른다. 어쩌면 비닐로 코팅된 잡지 표지에서 채취했을지도 모른다. 검사 결과는 의외로 금세 나왔다. ○○의 지하철에 뛰어들어 자살한 사람은 역시 류타였다. 이제 사건은 완전히 경찰의 손으로 넘어가 그의 모친에게 사건의 전말을 알리고 사정을 청취하는 모든 과정이 경찰서에서 이루어지게 되었다. 진료기록부 제출을 요구받은 것을 제외하고 나와 간호사 S는 조사다운 조사를 거의 받지 않았다.

이틀이 지난 뒤, 스즈에 씨가 유품을 넘겨받고자 병원에 찾아왔다. 연말연시가 코앞인 시기였다. 마침 그 자리에 있던 간호사가 나와 S를 불러오겠다고 말을 걸었지만, 스즈에 씨는 그 사람들과 두 번 다시 말을 섞고 싶지 않다, 그런다고 죽은 아들이 돌아오지는 않는다며 감정을 억누른 채 말했다고 한다. 그런 그녀를 우리 측에서 무리하게 만나자고 할 수는 없는 노릇이었다. 나중에 편지라도 보내볼까 하는 생각이 들었지만, 오히려 오해를 불러일으킬 것 같아서 그만두었다. 장례식에 와달라는 연락도 없어서 참석하지 않았다.

이것이 류타가 자살에 이르기까지 있었던 일이지만, 그에게는 자살의 징조라 부를 만한 게 없었다. 아니, 단 하나 신경 쓰이는 것은 류타의 얼굴에 나타난 '마치 연동운동을 하는 위점막처럼 구불거렸던 주름'이다. 그것은 시각적으로 강렬한 인상을 남겼다. 일상을 뒤흔들 만큼 기이한 느낌이 들었다. 자살하기 전에 그런 것이 얼굴에 나타나는 일이 있을까. 지진의 전조 현상처럼 괴이하면서도 묘하게 현실적인 느낌이 나서 나는 마음이 술렁였다.

동료에게 물어봤지만 아무 대답도 하지 못했다. 비슷한 사례가 있었다면 자살의 징조로서 의미를 지니겠지만, 역시 보편성은 떨어졌다. 자살의 결심으로 이어지는 듯한 내면의 변화가 그런 식으로 얼굴에 '구불구불한 주름'으로 나타난다고는 믿기 힘들다. 그건 대체 무엇이었을까. 알레르기의 일종이었을까. ○○로 이동한 시점에서 류타의 얼굴이 어떤 상태였는지는 알려지지 않았다. 정신적인 번민뿐만 아니라 얼굴에 나타난 피부 병변이 류타 본인에게는 더 절망적인 상태에 빠지게 하는 치명타를 날렸고, 그 결과 (단지 먼 곳이라는 이유만으로) ○○까지 날아가 자살했다고 해석하는 것도 가능하다.

그렇다고는 해도 류타의 얼굴에 나타났던 그 '구불구불한 주름'은 그야말로 정신이 죽음에 매료되어 가는 과정을 완벽히 형상화한 것 같다는 생각이 자꾸만 들었다. 몸이 뒤집혀 내장이 바깥으로 노출되어 버린 듯한 생생함이 류타의 얼굴에서 엿보인 것이다. 만약 길을 걷다가 그런 주름이 얼굴에 몇 개씩 나 있는 사람과 마주친다면 나는 보자마자 '앗!' 하고 소리치게 될 것이다. 다만 문제는 그 이후에 어떻게 대처해야 하냐는 점이다. '혹시 지금 자살하려고 생각하고 있나요?'라고 다짜고짜 물을 수도 없는 노릇이다. 아니, 그 전에 내가 아닌 다른 사람들의 눈에도 그러한 얼굴의 변화가 보일지 그 점부터 확인해 봐야 할지도 모른다.

지금까지 한 이야기는 개인정보 보호를 위해 굵직굵직한 부분은 어느 정도 각색했다. 하지만 세세한 부분은 오히려 실제 사건에 더 가까울지도 모르겠다. 조금 예상치 못한 후일담이 있는데, 이는 결코 '지어낸 이야기'가 아니다.

새해를 맞은 지 좀 지난 2월에 벌어진 일이다. 어느 화창한 평일에 스즈에 씨가 병원으로 찾아와 나와 S와의 만남을 요구했다. 무슨 바람이 분 건지 불길한 예감이 들었지만, 우리는 평소에 가족 면회 장소로 이용하는 면접실에서 그녀와 만나기로 했다.

털실로 짠 모자를 쓴 스즈에 씨는 부자연스러울 정도로 기분 좋은 상태에서 '그동안 신세를 많이 졌습니다'라는 식으로 말했다. 하지만 이런저런 말을 꺼내면서도 장례식날이나 류타에 대한 새로운 정보 같은 화제는 교묘히 피하고 있었다. 피상적인 이야기만 어색하게 늘어놓는 대화가 한참 이어졌다. 그녀가 앓던 간염은 아직 몸을 회복할 정도로 낫지 않은 듯했다. 그러다 스즈에 씨는 이윽고 본론을 꺼냈다.

"지금 류타의 추억을 앨범 한 권에 정리하려고 자료를 모으고 있어요. 그동안 신세를 졌던 선생님과 S 씨의 사진도 넣었으면 하는데, 혹시 괜찮으신가요?"

그녀는 가방에서 작은 카메라(당시에는 필름 카메라가 일반적이었다)를 꺼내 들었다. 분위기상 나와 S는 어쩔 수 없이 나란히 섰다. 렌즈 앞에서 어떤 표정을 지어야 할까. 웃어서는 안 되겠지. 그렇다고 무뚝뚝한 표정을 지을 수도 없고. 면접실의 하얀 벽을 배경으로 나는 온화하다고 해야 할지 애매하다고 해야 할지 모를 그런 표정을 지었고, 카메라 셔터가 울리는 소리가 들렸다.

이것으로 이제 다 끝난 건가 싶던 찰나에 스즈에 씨의 태도가 돌변했다. 그 모습이 연극배우처럼 과장되어 보였다.

"아들을 화장했더니 뼈가 파랗게 변해 있더군요. 독극물을 먹었을 때 나타나는 변화라고 하더라고요. 당신들이 우리 아이에게 독극물을 먹여서 이렇게 된 거예요. 나는 이제 류타의 뼛가루를 전문 기관에 보내 분석을 의뢰할 거예요. 만약 독이 검출된다면 당신들을 전부 고소할 겁니다. 결코 용서하지 않을 거예요. 각오하세요."

스즈에 씨는 이렇게 말하더니 우리를 한참 노려본 후 황급히 면접실을 빠져나갔다. 무슨 일이 일어난 건가 싶어 나와 S는 서로를 멍하니 바라봤다.

스즈에 씨는 아들이 자살했다는 처참한 사실을 받아들이지 못한 데다 병원에 원래 반감도 느끼고 있었기에 언제부터인가 병원에서 아들에게 독을 먹였다는 생각에 다다른 듯했다. 이는 마음을 가라앉히고 현재의 상황을 이해하려는 나름의 서툰 노력이었을지도 모른다. 그렇기에 나는 그녀가 미쳤다고 생각하지 않았고, 항의할 마음도 없었다. 하지만 사진을 찍힌 점만은 왠지 모르게 찜찜했다. 내 모습이 담긴 사진을 이용해 그녀가 저주라도 걸면 그야말로 공포이지 않겠는가. 온몸에 소름이 돋았다. 그 후로 나는 한동안 위염과 악몽에 시달릴 때마다 나에 대한 그녀의 증오심을 떠올렸다.

오랜 시간이 흐른 지금, 스즈에 씨가 여전히 살아 있을지 아닐지 알 수 없는 노릇이다. 그녀는 얼마만큼의 원망과 증오를 품은 채로 현상한 사진을 바라봤을까. 나와 S가 찍힌 그 사진은 결국 어떻게 되었을까. 바늘에 잔뜩 찔리거나 갈기갈기 찢겼을까. 어딘가에서 적갈색으로 변해 버렸을까. 그 사진의 행방만큼은 지금도 여전히 신경이 쓰인다.

제2장

소설로 읽는 자살 1

무엇이 자살의 결정타가 되었을까

자살의 명확한 이유를 알 수 없는 경우가 있다. 단독으로
는 자살의 동기가 될 수 없을 만한 '소소한 동기'가 차곡차
곡 쌓이다가 여기에 결정적, 아니 상징적이라 부를 만한 사
건이 '결정타'를 날려 결국 자살에 이르는 것이 아닐까 싶을
때가 있다.

　　소설가 이노우에 야스시가 1951년에 발표한 〈어느 자
살 미수〉라는 단편이 있는데, 여기에는 내가 앞서 말한 추측
을 그대로 소설로 옮겨 놓은 듯한 정서가 엿보인다. 정말 잘
쓰인 작품이기에 그 내용을 소개하고 싶다.

무례한 일들

화자는 '나'로, 혼자 사는 가난한 화가다. 정부가 주최하는 미술 전람회에 따로 심사를 받지 않고 작품을 낼 수 있는 무감사 회원이지만, 한 번도 그림이 팔린 적은 없다. 그런 '나'는 8월 말에 강에 뛰어들어 자살을 시도하지만, 미수에 그치고 도움을 받는 장면에서 이야기가 시작된다.

의사의 진료를 받은 뒤, '나'는 개인실로 빌려 쓰고 있는 어느 저택의 별채로 옮겨진다. 이때 순사가 나타나 "대체 왜 죽으려고 했습니까"라고 묻는다. 자기 일인데도 '나'는 이유를 제대로 설명하지 못한다. "문득 죽고 싶어졌나 봅니다"라고 대답하지만, 순사는 이해하지 못한다.

그렇다면 순간적으로 마가 낀 걸까.

···물론 마가 꼈냐고 묻는다면 그랬다고 말하지 못할 것도 없었다. 하지만 그렇다 치더라도 어떤 신비로운 존재가 죽음을 강요했다거나 죽음의 그림자가 스쳐 지나가면서 불현듯 죽고 싶어진 것은 아니었다. 나는 폭이 100미터 정도 되는 강가에 쭈그려 앉은 채로 수면에 일렁이는 내 그림자를 바라보며 양손을 찬물에 담갔다. 그 순간 죽음으로 향하는 다이빙대가 갑자기 매우 선명하게 내 앞에 솟아오른 것이었다.

이런 추상적인 설명만으로는 뭐가 뭔지 알 수 없다. 그렇기에 '나'는 자살을 꾀하기 전날부터 일어난 일들을 차근차근 회상한다.

먼저 전날 아침, 평소와 달리 일찍 일어난 '나'는 자신의 우편함에 들어 있던 엽서를 발견했다. 어제 배달된 우편물에서 빠뜨린 모양이었다. 극동미술사極東美術社라는 이류 출판사에서 보낸 엽서로, 그곳에서는 원래 지방 청년들을 위해 강의록처럼 구성된 '그림 그리는 법'이라는 팸플릿을 출간할 계획이었으며, '나'도 그 팸플릿의 집필자 중 한 명으로 참여할 예정이었다. 그런데 엽서에는 기획이 변경되었으니 원고를 쓰지 말아 달라는 짧은 문장만 달랑 적혀 있었다.

용건은 이해했으나, 기획이 변경되었다는 건 무슨 뜻일까. 강의록 출판 자체가 중지되었다는 건가, 아니면 '나'가 집필할 예정이었던 부분만 다른 누군가로 교체된다는 걸까. 그런 경위에 대해서는 아무런 언급도 하지 않은 채, 자신들이 먼저 의뢰한 집필을 갑자기 엽서 한 장으로 취소하다니 너무 무례하지 않은가.

화는 나지만, 서툰 문장과 어색한 필체를 보아하니 아마도 잔심부름이나 담당하는 직원이 쓰지 않았을까. 이런 무례한 글도 직원이 제대로 된 교양을 갖추지 못한 탓에 나오지 않았을까. 그렇게 생각하니 화가 난다기보다는 무어라 견딜 수 없는 기분이 들었다. 시시한 집필 작업에 그림 그릴 시간을 빼앗기느니 차라리 취소당하는 게 훨씬 행운이라고 '나'는 스스로 되뇌며 마음의 동요를 가라앉히려 했다. 억지로라도 이렇게 하지 않으면 마음이 다독여지지 않을 것 같았다. 하지만 아침부터 이런 일이 일어난 탓에 그날은 일할 의욕이 완전히 사라져 버렸다.

생활비를 벌기 위해 '나'는 S중학교에서 일주일에 4시간 정도 미술 강사로 일하고 있었다. 그러던 어느 날, 동료 교사 세 명을 저녁 식사에 초대하게 되었다. 그래서 낮에는 무의미하게 시간을 보내고 말았지만, 날이 저물 무렵에는 시장에 가서 맥주와 값싼 위스키, 토마토와 정어리 통조림, 땅콩, 오징어채를 샀다. 서둘러 집 안을 정리하고, 유리창을 닦고, 책장 위에 놓인 꽃병에 꽃 두세 송이를 꽂은 뒤에 작은 식탁에 집주인에게 빌린 새하얀 식탁보를 깔고, 마찬가지로 집주인에게 빌린 여름용 유리 접시에 시장에서 사온 음식을 담았다. 밤에는 적당한 시각에 도착하도록 초밥집에서 초밥 배달도 부탁했다. 주머니 사정이 넉넉하지 못했지만 나름대로 정성껏 준비한 것이다.

하지만….

손님들은 밤이 되도록 모습을 보이지 않았다. 6시가 되고, 7시가 되어도 나타나지 않았다. '나'는 맥주를 담가 놓은 양동이의 물을 몇 번이나 갈고, 그때마다 문밖까지 나가 보았다.

집주인 아주머니까지 "정말 다들 늦네. 무슨 일이라도 생긴 거 아니야"라고 말을 건넸다. 그렇게 걱정해 주니 '나'는 더 비참한 기분이 들었다.

어째서 세 사람은 오지 않는 걸까. 혹시 날짜를 착각했나. 하지만 함께 날짜를 정했을 때 '나'는 틀리지 않도록 수첩에 날짜를 정확히 적었고, 동료들도 분명히 그렇게 했다. 그렇다면 그들이 약속이라도 한 듯 일제히 나타나지 않는건 '나'의 착각이 아니다. 어쩌면 '나'에 대한 악의를 에둘러표현한 것이 아닐까. 그들이 '나'를 싫어하는 게 아닐까. 설령 급한 용건이 생겼다고 해도 어떤 식으로든 연락을 했어야 하지 않을까.

'나'는 참혹한 심정이 들었다. 9시 무렵에 초밥이 도착했지만, 당연히 세 사람은 오지 않았다. 술잔은 엎어 놓은채로 그대로 있었다. 늦은 여름날 밤은 이미 가을의 기색을풍겼다.

무슨 일이 벌어지고 있는 건지 생각했다. 나는 실의의 구렁텅이에 빠진 인간처럼 무기력하게 12시가 다 되어갈 때까지 툇마루에 앉아 있었고, 12시가 넘어간 뒤 내 몫의 초밥을 입에 밀어 넣었다. 하지만 내가 손님들이 오지 않은 사실에 그렇게까지 낙담한 건 아니었다. 오지 않은 건

오지 않은 대로 괜찮지 않을까. 그런 생각이 들었다. 말 많은 인간들에게 준비한 음식이 어떻다느니 하는 불평불만을 들을 일도 없고, 내가 궁상맞게 사는 모습을 고약한 세 쌍의 눈에 비칠 일도 없지 않은가. 그 사람들은 무언가 나름대로 이유가 있어 오지 않은 것이다. 나는 일단 내게 주어진 의무를 다한 이상, 앞으로 그들을 두 번 다시 초대할 필요가 없어진 것이다.

'나'는 애써 갖은 이유를 대며 자신을 설득한다. 하지만 '무슨 일이 벌어지고 있다'라는 알 수 없는 불쾌감만은 완전히 해소하지 못한다. 결국 '나'는 혼자 맥주를 마시고 요리를 집어 먹은 뒤 잠들고 만다.

위로받지 못한 마음

다음 날이 되자 '나'는 혼자 먹기에는 너무 많이 남은 어제의 음식을 찬합에 담고, 맥주 두 병을 보자기에 싸서 미사가 사는 아파트로 향했다. 미사는 유학 시절부터 관계를 이어온 여성으로, 이제 연애 감정은 거의 남지 않았지만 오래 이어진 인연을 정리하지 못하고 타성적 관계를 유지하고 있었다. 비록 그런 사이지만, 아직 미련은 남아 있었다. '나'가 전철을 타고 미사의 집으로 향한 것은 전날 일어난 두 가지 불쾌한 사건을 말끔히 잊고 싶은 마음도 있었을 것이다.

　하지만 집은 텅 비어 있었다. 미사는 이사할 곳을 아무에게도 알리지 않고, 간밤에 방을 뺐다고 했다. 그리고 아직 오전이었다. 이웃 주민들이 나오는 바람에 '나'는 졸지에 구경거리가 되고 말았다. 나흘 전에 만났을 때, 미사는 "여름이 끝나기 전에 어딘가 시원한 곳으로 피서라도 한번 갔으면 좋겠어. 우리도 사람인데 남들처럼은 살아봐야지"라고 말했지만, 그런 말을 하면서 남몰래 이사 준비를 하고 있었다.

　　하지만 미사가 떠나고 난 뒤, 나는 딱히 갑작스럽다는 느낌도, 배신당했다는 감정도 느끼지 않았다. 우리 두 사람은 십여 년 전부터 언제든 미사가 내 곁을 떠나도 전혀 부자연스럽지 않은 상태가 되었기 때문이다. 돌이켜 보면 이제껏 정을 붙이고 내 곁에 있어 주었다는 사실이 신기할 따름이었다. 나는 미사에게 아무것도 해주지 못했다. 나는 늘 가난했고, 무명이었다. 무명인 것은 상관없으나, 적어도 예술가로서 스스로 자부할 수 있을 만한 작품조차 한 점도 그리지 못했다.

　　내게는 돈도, 명성도, 재능도 그리고 긍지도 없던 것이다.

위로받고 싶은 마음에 미사를 찾아갔으나, 냉혹한 현실을 마주했다. 심지어 이웃 주민들에게 동정받는 신세가 되었다. 이는 '나'에게 상당한 정신적 타격이 되었을 것이다.

자신의 방으로 돌아온 '나'는 다시 들고 온 찬합 속 음식을 먹고, 낮부터 맥주를 마신 후 그대로 곯아떨어졌다.

눈을 떴을 때는 오후 3시였다. '나'는 오늘 오후에 미술 상인 야마네상회에 초대받았다는 사실을 떠올렸다. 오후 2시쯤 방문하겠다고 약속했으니, 약속 시간은 훌쩍 지나 있었다. 하지만 야마네상회와의 약속이니 비록 늦었더라도 찾아가는 편이 좋으리라 생각했다. 어째서 '나'는 야마네상회와의 약속을 어길 수 없다고 생각한 걸까. 그건 바로 야마네 상회의 야마네 야조가 미술계의 중요한 후원자로, 암암리에 자신만의 세력을 거느리고 있었기 때문이다. 그런 사람을 일개 화가 나부랭이가 무시할 수는 없는 노릇이었다(예술가라는 긍지조차 없었지만, 의외로 그런 눈치는 있었다).

그렇다면 어째서 '나'처럼 보잘것없는 화가가 야마네 야조의 초대를 받게 된 것일까. 야마네 야조가 딱히 그에게서 숨은 재능을 발견한 것은 아니었다. '나'는 5월에 개인전을 열었다가 평단의 혹평을 들었는데, 그때 중국의 오래된 출토품을 그린 정물화도 함께 몇 장 선보였다. 야마네는 유화에 대해서는 어디까지나 장사일 뿐이라며 선을 그었으나, 중국의 오랜 출토품에는 과하다 싶을 정도로 관심을 보이는 열성적인 수집가였다. 그렇기에 야마네 상회의 지배인이 "귀하에게 꼭 보여드리고 싶은 물건이 있습니다. 저희 주인님께서 식사라도 함께하며 중국 골동품에 관해 이야기를 나누고 싶다고 하십니다"라는 말을 전해 온 것이었다. 보아하니 야마네는 '나'를 중국 골동품 전문가로 착각하는 듯했다.

식사를 함께하고 나면 야마네는 그에게 실망할 것이 자명했지만 미술계의 중요한 후원자와 만날 기회를 놓치기는 아까웠다. 그렇기에 참석 여부를 두고 갈등하던 '나'가 무의식중에 지각하는 실수를 범했는지도 모른다.

'나'는 나름 넥타이까지 매고 집을 나섰다. 야마네의 집은 호화로운 서양식 저택이었다. 밖으로 나온 하녀에게 명함을 건네고 5분 정도 기다린 '나'는 15평 정도 되는 서양식 방으로 들어갔다. 고미술품이 어지러이 놓여 있어 순간적으로 창고가 아닌가 하는 생각이 들었지만, 고급스러운 응접 세트가 놓여 있었다. 그곳에서 '나'는 30분을 기다렸다. 야마네에게 다른 손님이 와 있는 걸까, 아니면 볼일이 생겨 외출해 버린 걸까. 약속 시간보다 2시간이나 늦은 '나'는 무안한 마음에 계속 기다리고 있기가 힘들었다. 혹시 '나'를 이곳에 맞아 둔 사실을 고용인들조차 잊은 건 아닐까 의심이 들 때쯤 스르륵 문이 열리며 누군가가 들어왔다.

들어온 사람은 야마네 야조가 아니었다. 섬세한 분위기를 풍기는 젊은 여성이었다. 그녀는 큰 탁자를 사이에 두고 '나'와 대각선 방향으로 앉더니 "여기는 너무 멀어서 제대로 대화를 나눌 수가 없겠네요"라는 이상한 말을 했다. 이 여성은 누구일까. 당연히 이 집의 고용인은 아니었다. 말투에서 묘하게 '나'를 내려다보는 듯한, 거만한 분위기가 풍겼다.

(…) 그녀는 조용히 소리 내어 웃더니 이렇게 물었다.

"그림으로도 연애를 그릴 수 있나요?"

'나'는 자신이 잘못 들은 건가 싶어 "네?"라고 되물었다. 그러자 이번에는 그녀가 "그림으로도, 연애를 그릴 수 있냐고, 물었어요"라며 한 마디씩 또박또박 끊으며 조금 화난 어조로 물었다. 은근히 '나'를 경멸하는 말투였다. '나'는 그제야 무언가 이상하다는 생각이 들었다.

"실례지만, 사모님이신가요?"

'나'가 물었다.

"어머, 무슨 소리를. 내가 누군가의 부인이라니. 아직 까마득히 먼 이야기인걸."

"그럼 야마네 씨의 따님 되시나요?"

"야마네 씨의 딸이냐고요?"

그녀는 고개를 잠시 갸웃거리며 무언가를 생각하는 듯하다 처음 그랬던 것처럼 맑은 목소리로 조용히 웃었다.

그녀는 명백히 이상했다. 하녀가 들어와 아무 말 없이 차를 놓고 갔다. 정체를 알 수 없는 젊은 여성은 실내에 놓인 고미술품을 물끄러미 바라보며 천천히 주위를 돌아다녔다. 더는 참을 수 없었던 '나'는 실례하겠다며 자리를 떴다. 배웅하러 나오는 이가 아무도 없었기에 조용히 혼자 신발을 신고 현관을 나왔다.

그러자 문가에 방금 본 그 여성이 서 있었다. 그녀는 "버스 정류장까지 바래다 드릴게요"라고 말했다. 거절했는데도 그녀는 계속 따라왔다. 도중부터 그녀는 어째서인지 등을 돌리고 걷기 시작했다. 버스가 오자 '나'는 "그럼 이만 실례하겠습니다"라고 인사를 건넨 후 황급히 버스에 올라탔다. 출발하기 시작한 버스에서 뒤를 돌아보자, 그 기묘한 여성이 이쪽을 빤히 바라보며 서 있었다.

대체 무슨 일이 일어난 것일까. 도저히 의미를 알 수 없었다. 어떤 점이 석연치 않았는지조차 알 수 없을 만큼 모든 것이 이해가 가지 않았다. 야마네 저택을 방문한 일 자체가 실수처럼 느껴졌고, 무언가 어긋났다는 느낌을 지울 수 없었다. '나'는 이번 방문에 대해 생각하는 것 자체가 꺼림칙해졌다. 집으로 돌아온 '나'는 지친 나머지 몇 시간 동안 툇마루에 멍하니 앉아 있었다.

모든 게 도망치는 기분

'나'에게는 어제부터 오늘까지 총 네 가지 사건이 벌어졌다. 출판사에서 보낸 무례한 엽서, 저녁 식사 약속을 일방적으로 깬 세 명의 동료 교사, 자신에게 정나미가 떨어져 자취를 감춘 애인, 미술상의 저택에서 겪은 기묘한 일과 정신적으로 아파 보이는 여성과의 대화. 그 모든 것이 작은 가시처럼 '나'의 마음을 콕콕 찔렀다. 그 모든 사건에는 당연히 '범인'이 있겠지만, 단순하고 명쾌하게 '저 사람이 문제야'라거나 '내가 잘못했어'라고 결론을 내릴 수 없었다. 여러 사정이 복잡하게 얽힌 데다 어쩌면 자신의 잘못된 추측 혹은 자업자득일 수도 있고, 타인의 악의나 멸시에서 비롯된 결과일 수도 있었다. 이 일이나 저 일이나 모두 진상이 명확하지 않았다. 그렇기에 잊으려고 해도 잊히지 않았다. 남을 원망해야 할지, 스스로 반성해야 할지 알 수 없는 상태에 홀로 내버려진 것처럼 마음이 복잡했다.

　　툇마루에 멍하니 앉아 있던 '나'는 200미터 정도 떨어진 T강 강변에 나가 몸을 씻자는 생각이 들었다. 사오일 전에 T강 주변을 산책하다가 물가에서 몸을 씻는 한 청년을 봤는데, 알몸으로 저녁의 시원한 강바람을 맞고 있는 모습이 무척이나 개운해 보였기에 '나'도 해보자는 생각이 든 것

이다. 기묘한 사건들에 휩쓸린 자신을 정화하고 싶은 마음
도 있었다.

　교외 전철이 지나는 철교 아래, 보트 선착장처럼 돌계
단이 깔린 곳에 도착한 '나'는 러닝셔츠 한 장만 걸친 모습
이 되었다. 목에 수건을 두르고 물속으로 천천히 들어가기
시작했다. 쭈그려 앉은 '나'는 먼저 팔다리를 씻으려고 비누
를 쥔 손을 수면 아래로 뻗었다.

　그러자 비누가 손에서 스르륵 빠져나가더니 그대로 그
작고 하얀 물체가 수면 아래 깊은 곳을 향해 살랑살랑 가라
앉으며 이내 자취를 감췄다. 말 그대로 도망치는 듯한 모습
이었다. '나'에게서 등을 돌린 채로 내가 결코 붙잡을 수 없
을 만큼 차분하게, 그리고 서서히 가라앉으며 도망치는 느
낌이었다.

　자신의 손에서 '도망쳐' 사라지는 비누를 눈으로 좇으
면서 '나'는 왠지 모르게 부아가 치밀었고, 그 후 절망과 비
애가 뒤섞인 감정이 밀려왔다. 그렇게 '나'는 어제부터 오늘
까지 일어난 일련의 사건들을 떠올렸다.

　'나'는 모든 것이 자신에게서 도망치고 있다는 생각이
들었다. 두 번 다시 돌아오지 않을 묘하게 뻔뻔한 방식으로,
모든 것이 자신을 홀로 남겨둔 채 멀어져 가고 있다는 생각
이 든 것이다.

그 순간 '나'는 죽음 외에는 달리 돌이킬 방법이 없다는 생각에 사로잡혔다. 그것이 자신이 해야 하는 유일한 일이라는 듯 상체부터 천천히 몸을 물속으로 집어넣었다.

하지만 '나'는 결국 죽음에 이르지 못하고 서두에 소개한 것처럼 구조되었다.

생각지도 못한 네 가지 사건이 차곡차곡 쌓이고, 거기에 결정적이라 해야 할지 상징적이라 해야 할지 모르겠지만 비누가 '도망'치는 사건이 발생하자 이에 결정타를 맞은 '나'는 자살을 선택하고 말았다. "대체 왜 죽을 생각을 한 겁니까?"라는 질문에 "비누가 도망쳐서요"라고 답해도 크게 틀린 말은 아닐 것이다.

이노우에 야스시의 단편에서 비누는 운명을 결정짓는 역할을 담당하고 있는데, 이는 일종의 문학적 장치로도 볼 수 있다. 개인적으로는 여기에 '비누 체험'이라는 명칭을 붙이고 싶은 마음이다.

철학자 겸 수필가인 구시다 마고이치의 작품 중에는 《꿈속의 풍경》이라는 수필집이 있다. 그중에 '도망치다'라는 제목의 짧은 글이 있는데, 이 글에도 비누가 도망치는 광경이 생생하게 묘사되어 있다.

언젠가 아직 초등학생이 되기 전에 부모님을 따라 조슈

에 있는 온천에 간 적이 있다. 나는 그곳에서 비누가 우리 집 욕실에 있는 것만큼 거품이 잘 나지 않아 짜증을 내고 있었는데, 그때 손에서 떨어진 비누가 바닥 경사면을 타고 주르륵 미끄러져 배수구 도랑으로 쏙 빠지더니 욕조에서 흘러넘친 물과 함께 떠내려가 버린 모습을 지금도 생생히 기억하고 있다. 아무리 생각해 봐도 그때 그 비누는 그저 평범하게 미끄러진 게 아니라, 마치 생쥐가 도망치는 듯한 모습이었다. 나는 비누를 더는 쫓을 수 없다는 사실을 깨닫고 너무나도 절묘하게 도망쳐 버린 비누의 모습에 한동안 넋을 잃었다.

숙소 직원 말로는 이 온천에서 비누가 도망가 버리는 일이 많다고 했다. 그 말에 '역시 그랬구나'라는 생각이 들었다.

어린 시절 구시다 씨도 그 광경에 넋을 잃으면서 한편으로는 상실감과 함께 마치 생쥐에게 비웃음을 당한 것처럼 머쓱한 기분이 들었을 것이다. 어떻든 간에 비누에는 '두 번 다시 돌이킬 수 없다'라는 절망감을 환기하는 특성이 담겨 있는 듯하다. 과연 조슈의 온천에서는 자살자가 많이 나왔을까.

나는 예순 살을 넘긴 이후로 줄곧 이노우에의 작품에 나오듯이 '모든 것이 내게서 도망치고 있는' 느낌에 사로잡

혀 왔다(지금도 여전히 그런 기분이 지속되고 있다). 하지만 나는
아직 살아 있다. 예상치 못한 순간에 '비누 체험'을 맞닥뜨
리지 않은 것만으로도 다행이라 생각해야 할까.

제3장

소설로 읽는 자살 2

미스터리한 자살자들

미스터리 소설에는 다양한 미스터리가 등장한다. 미스터리를 뒷받침하는 트릭이나 사건을 해결하는 과정보다 미스터리 그 자체가 무릎을 탁 내려칠 만큼 기발한 경우가 있는데, 예를 들어 에드워크 D. 호크의 단편 〈긴 추락〉에서는 빌딩 21층에 있는 사무실 유리창을 깨고 뛰어내려 자살하는 남자가 3시간 45분이 지난 뒤에야 간신히 지면에 충돌하는 비현실적인 상황을 다룬다. 그런 터무니없는 설정은 아마 이전에도 이후에도 찾기 힘들 테니 실로 명작이라 할 수밖에 없다(사건은 조금 싱겁게 해결되지만, 설정 자체가 워낙 기발하다 보니 화가 나지 않는다).

　　이처럼 소설 속에 등장하는 미스터리 중에는 밀실 살인이나 많은 사람이 지켜보는 가운데서 일어나는 살인, 알리바이 무너뜨리기처럼 장르별로 다른 미스터리도 있다. 그중에서 유독 내가 관심이 있는 장르가 있다. 하나는 어떤 인물이 아무런 이유도 없이 실종되었다가 10년이 훌쩍 넘은 뒤에 발견되지만, 그 사람이 대체 그동안 무슨 생각으로 살아왔는지, 어째서 돌아올 생각을 하지 않았는지 알 수 없는 미스터리다. 또 다른 하나는 그럴 것 같지 않은 상황의 인물이 갑자기 자살하는데, 그 동기를 누구도 알지 못하는 미스터리다. 어디까지나 내 개인적인 관심에 불과하지만 실종이나 자살 동기를 다룬 미스터리 소설에 특히 관심이 간다. 생각해 보면 두 장르 모두 심리적인 관심과 큰 관련이 있는 듯하다.

후자의 '알 수 없는 자살 동기'를 다룬 미스터리 작품을 많이 보지는 못했다. 어쩌다 가끔 발견하는 정도인데, 아마 아이디어를 떠올리기 쉽지 않아서 그럴 것이다. 나 역시 사람들이 자살하는 '의외의 이유'가 무엇일지 가끔 생각해 보지만, 유감스럽게도 그럴싸한(심지어 설득력까지 갖춘) 이유가 떠오르지 않는다.

이번 장에서는 자살 미스터리를 소개하고, 이를 통해 우리가 자살의 이유로 짐작할 수 있는 동기에 대해 이야기해 보려고 한다. 참고로 책 속에 등장하는 트릭의 비밀을 모두 밝힐 예정이니, 앞으로 읽을 예정인 사람은 제목을 보자마자 읽는 것을 멈추길 바란다.

메리

먼저 소개할 문학 작품은 《동기》(원제 No Motive)라는 소설로, 분량은 400자 원고지 90장이 넘는다. 제목이 너무 딱딱하지만, 자살의 동기를 다룬 소설 중에서는 매우 모범적인 작품으로, 미스터리라는 범주 내에서만 성립할 뿐 결코 순수문학에는 적용될 수 없는 (그렇다고 해서 뒤떨어지는 것은 아니지만). 편의주의를 포함하고 있기도 하다.

저자는 영국의 작가인 대프니 듀 모리에(1907~1989)로, 히치콕 감독의 영화 〈새〉의 원작이기도 한 단편 〈새〉와 장편 《레베카》 등으로 유명하다.

자살한 사람은 임신 중이었던 아름다운 유부녀 메리 파렌이다. 남편인 존 파렌은 부자인 데다 회사에서 중역을 맡고 있었다. 그들은 당연히 호화로운 저택에 살면서 집사와 고용인까지 두고 있었다. 이들 부부는 결혼 3년 차로, 아직 아이가 없었다. 메리의 뱃속에 있는 아이를 제외하고는. 부부 사이는 원만했으며, 메리에게는 고민이 있어 보이지도 않았다. 존은 고결한 인물로 바람을 피우거나 하는 문제도 전혀 없었다. 주변에서는 그들을 이상적인 부부로 여겼다. 그런데 메리가 어느 평일 오전 11시 반쯤, 갑자기 총기 보관실로 가서 남편의 리볼버 권총으로 자살했다. 유서 같은 것도 없었다. 자살로 위장된 타살도 아니었다.

심지어 자살한 당일에도 그녀는 행복한 미소를 짓고 있었다. 어떤 충격적인 사건이나 소식이 메리를 자살로 몰고 간 것은 아니었을까. 하지만 그녀는 어떤 전화나 전보, 편지도 받지 않았다. 오전 11시에 정원용 가구를 파는 방문 판매원이 찾아와 카탈로그를 보여주었고, 메리는 벤치를 샀다. 그 판매원이 메리에게 어떤 중요한 소식을 전달했다거나 협박한 흔적도 없었다. 판매원이 돌아간 직후에 집사가 메리를 보았지만, 표정에서 그 어떤 동요의 흔적조차 찾을 수 없었다.

이것만으로는 그녀의 자살 동기를 도저히 추리할 수가 없다. 이제 독자들은 남편인 존이 고용한 블랙이라는 사설 탐정이 조사하는 것을 지켜보는 수밖에 없다.

이때부터 이야기는 다소 과거의 사연과 얽힌 양상을 띠기 시작한다. 메리는 어릴 적에 부모를 잃고, 독신인 친척 아주머니의 손에 자랐다. 존은 아내의 출생에 대해 그렇게 알고 있었다. 하지만 그것은 거짓이었고, 메리조차 그 사실을 알지 못했다. 그녀의 부친은 햄프셔 지방의 어느 시골 마을에 있는 교회 목사였다. 메리의 모친이 일찍 세상을 떠난 뒤, 그녀는 아버지의 손에 길러졌다. 목사인 아버지는 매우 엄격하고 편협한 인물로, 상냥함과는 거리가 먼 인물이었다고 한다. 메리는 다행히 비뚤어진 성격은 아니지만, 세상물정에는 다소 어두운 아가씨로 자랐다.

열네 살이 되었을 때, 메리는 기숙사가 있는 학교에서 공부하기 시작했고, 여름방학에는 고향 집인 목사관으로 돌아왔다. 햄프셔에서는 여름철마다 맥주의 원료인 홉을 널리 재배했기에 해마다 런던의 불량한 패거리들이 홉을 따러 오고는 했다. 세상물정에 어두웠던 메리는 아무런 경계도 하지 않고, 정원사의 딸과 함께 홉을 따러 온 무리와 어울려 놀았다(만약 부친이 그 사실을 알았다면 크게 화를 냈을 것이다). 그들이 연 파티에 참석한 날 밤, 메리는 생전 처음 맥주를 마시고 취해 의식을 잃었다.

의식을 잃은 사이에 메리는 사내들에게 성폭행을 당하고 말았다. 경험이 없던 메리(결혼 전 이름은 메리 워너였다)는 그 사실을 알아차리지 못했다. 방학이 끝나 기숙사로 돌아간 후, 기숙사 사감이 메리의 임신 사실을 알아차렸다. 하지만 메리는 성관계를 맺은 기억이 없었다.

어떻게 된 일인지 알아차린 기숙사 사감이 기겁하며 심하게 꾸짖자 메리 워너는 머뭇거렸다. 그녀는 기숙사 사감의 머리가 이상해졌다고 생각하는 듯했다.

"그게 무슨 소리예요? 저는 아직 성인도 아니고, 결혼하지도 않았는걸요. 제가 성모 마리아님처럼 처녀의 몸으로 아이를 잉태했다는 말씀이세요?"

그녀는 생명의 진리에 대해 전혀 알지 못한 것이다.

당시의 도덕관에 따라 메리는 퇴학을 당했다. 부친은 그녀를 콘월에 있는 사립병원으로 데려가 그곳에서 출산하도록 했다. 사내아이가 태어났다. 멋진 붉은 머리를 지닌 아이를 보고, 한 병원 직원이 "어쩜 이 아이는 당근처럼 머리가 빨가네요"라고 말한 뒤로 메리와 직원들은 그 아기를 '당근'이라 부르게 되었다.

한 달이 지나자, 아기는 보육원에 보내졌다. 목사인 부친의 뜻이었다. 메리에게는 아이가 급사했다고 전하자, 심한 충격을 받아 기절했다. 의식이 돌아왔을 때 그녀는 이전의 기억을 잃어버렸다. 심리적 외상으로 인한 역행성 건망 증상이었다. 그녀의 부친은 돈을 지불하고 메리를 가정교사 경험이 있는 독신 여성에게 맡기면서 '행실이 나쁜' 딸과 영영 연을 끊었다. 기억을 잃은 메리는 친척 아주머니라고 자신을 소개한 여성의 말을 곧이곧대로 믿은 채 자라 서른한 살에 존 파렌과 결혼했다. 메리에게는 어두운 과거가 존재했지만, 그녀 자신은 그 사실을 전혀 기억하지 못한 것이었다.

다시 그녀가 자살한 당일로 돌아가 보자. 이야기의 결말부터 밝히자면 그야말로 기구한 운명이라고밖에 할 수 없다. 오전 11시에 방문한 젊은 방문 판매원이 바로 태어난 지

얼마 되지도 않은 상태에서 엄마와 떨어져 강제로 보육원에 보내진 메리의 아들이었다. 물론 메리와 아들은 그 사실을 알아차리지 못했다. 그렇기에 다 큰 청년이 된 붉은 머리의 아들과 마주쳤다 한들 메리에게는 동요할 이유가 전혀 없었다. 메리는 그 어떤 충격도 받지 않은 것이다.

그녀가 나락 끝으로 떨어진 것은 방문 판매원이 돌아가고 난 후, 집사가 별생각 없이 꺼낸 말 때문이었다. 탐정 블랙과 집사가 나눈 대화를 인용하자면 다음과 같다.

"그때 당신은 뭐라고 했나요?"

"사모님께서는 평소에 유머가 넘쳐서 저 판매원이 다시 방문하면 머리 색깔만 보고도 바로 알아차리겠다고 농담처럼 말씀하셨습니다. 그래서 제가 '저 청년은 꼭 당근처럼 머리가 빨가네요'라고 말씀드렸지요. 그런 다음 저는 바로 문을 닫고 식료품 저장실로 돌아갔습니다."

그렇다. '당근처럼 빨간 머리'가 키워드가 되어 갑자기 메리의 불쾌한 기억을 끄집어낸 것이었다. 메리는 그렇게 임신했을 당시의 기억을 모두 떠올렸고, 조금 전에 찾아왔던 판매원이 자기 아들이라는 사실마저 알아차렸다. 그 순간 그녀는 엄청난 충격에 휩싸여 발작적으로 자살하고 만 것이었다.

전체적인 줄거리를 적고 나니 멜로드라마 같은 느낌이 강하고, 기억상실이라는 소재를 조금 억지로 끼워 맞춘 느낌이 들기는 한다. 하지만 운명의 장난이라는 맥락에서 봤을 때 나름대로 설득력이 있다. '당근처럼 빨간 머리'가 키워드가 되어 운명의 수레바퀴를 굴리는 부분에서는 나도 모르게 '방석 한 장!'*을 외치고 싶다. 만약 이 작품이 도저히 읽을 수 없을 만큼 억지스럽게 느껴진다면 세간에 유통되는 수많은 미스터리 소설도 마음 편히 즐길 수 없을 것이다. 뭐, 어쨌거나 '혈연관계'는 살인이나 자살의 동기로 쓸 수 있는 꽤 편리한 소재라고 말할 수 있다.

유마

다음으로 소개할 책은 누쿠이 도쿠로의 장편 소설인《천사의 시체》라는 작품으로 좀 더 현실감 있고 현대적인 느낌을 준다.

이 소설에서 처음 자살하는 사람은 중학교 이학년인

---

* 50년 역사를 자랑하는 일본의 전통 코미디 프로그램〈쇼텐〉의 만담 코너에서 만담이 재미있으면 방석을 한 장 주고, 만담이 재미없거나 멤버가 사회자를 놀리면 방석을 한 장 빼앗는다.

우등생 유마다. 유마는 텔레비전에 왕따로 인한 자살이 보도되었을 때, 부모에게 반발하는 모습을 보인다. 유마가 아버지와 나누는 대화는 이런 식이다. 먼저 등장하는 말이 유마의 대사다.

> "죽을 정도의 용기가 있다면 차라리 자신을 괴롭히는 학생들과 정면으로 맞서면 되지 않겠어요? 죽을 각오로 덤비면 뭐든지 할 수 있잖아요."
> "…뭐, 그렇지."
> "그런 시시한 일로 죽으면 어쩌라는 건지."

어째서인지 아버지가 더 소극적인 태도를 보이고, 아들인 유마가 대놓고 정론을 내세운다.

하지만 유마는 30분 뒤에 편의점에 간다고 나가서는 그대로 근처 아파트 옥상에서 뛰어내려 죽고 만다. 그 후 유마의 같은 반 친구들마저 연쇄적으로 자살해 버린다. 그들이 자살을 택한 원인은 알 수 없다. 이때 유마의 아버지가 아들을 잃은 원통한 마음에 직접 조사를 시작하면서 이야기가 전개된다.

자살 동기는 두 가지다. 하나는 중학교 이학년 남학생에게 있는 욕망과 수치심의 문제. 또 다른 하나는 중학생 특유의 사고법이나 가치관에 바탕을 둔 괴로움이다. 이러한 두 가지 문제가 복합적으로 작용한 결과, 연쇄자살이 발생했다. 지금도 여전히 유통되고 있는 책이라 스포일러는 최대한 자제하겠다. 다만 자살의 동기로 '누구에게도 말할 수 없는 수치심의 문제'와 '그 사람에게만 적용되는 가치관이나 사고법'은 강한 설득력이 있다. 많은 고민을 들여 쓰지 않으면 엉뚱하게 비칠 수 있다는 점에서 이 작품은 작가가 의도한 목적을 달성했다는 이유만으로도 자살 미스터리 분야의 금자탑이라 평가하고 싶다.

빌

세 번째로 소개할 작품은 아서 포게스(1915~2006)의 단편 〈일요일 아침의 사체〉다. 시카고에서 태어난 그는 원래는 수학 교사지만 단편과 장편을 합쳐 총 300편에 가까운 작품을 남겼다.

나는 이 작품이 지닌 기묘함을 잊기 어렵다. 자살의 동기를 다룬 작품으로서 매우 수작이라 생각하기 때문이다.

책 속에는 서른일곱 살을 앞두고 스스로 22구경 권총으로 목숨을 끊는 빌이라는 인물이 등장한다. 그는 프린스턴대학교 출신으로, 경제적으로 풍족한 부모에게 사랑받으며 자란 밝고 성격 좋은 인물이다. 결혼 12년 차에 부부 사이는 꽤 원만했고, 자녀도 두 명 있었다. 은행장으로 근무하면서 해안가의 호화로운 저택에 살고 있었으며 모두가 칭찬할 만큼 좋은 사람이었다. 고민이나 문제도 전혀 없었다. 그런데도 그는 자살했다.

어느 일요일 아침, 빌은 소파에 앉아 쉬고 있었다. 이웃에 레시피 카드를 전해주러 집을 나서는 아내를 보며 밝은 모습으로 배웅했다. 그러나 20분도 채 지나지 않아 그는 자신의 입에 총구를 밀어 넣고 방아쇠를 당겼다. 아내뿐만 아니라 그 누구도 빌이 그런 행동을 한 이유를 알지 못했다.

앞서 소개한 대프니 듀 모리에의 소설에서는 블랙이라는 탐정이 진상을 파헤치는 활약을 보였다. 이 작품에서는 클레멘트라는 보험회사 조사원이 자살의 이유를 찾는다. 물론 처음에는 그가 아무리 주변을 조사해도 미스터리가 더욱 깊어질 뿐이었다.

이때 등장한 돌파구가 라디오였다. 빌의 아내가 이웃집에 간 사이에도 라디오는 내내 틀어져 있었다. 빌이 자살한 방에서는 라디오에서 뉴스쇼가 흘러나오고 있었다. 어쩌면 뉴스에 나온 어떤 내용이 빌을 죽음으로 몰고 간 게 아닐까. 그렇게 추리한 클레멘트는 방송 내용을 조사했다. 그러다 흥미로운 화제를 다루는 '휴먼 앵글'이라는 코너에서 다룬 어느 한 사연에 주목했다.

과연 어떤 사연이었을까.

…오늘 아침에는 예정된 내용을 변경해 거의 유령 도시로 변해가고 있는 캘리포니아주 골드 크릭의 작은 마을 파 웨스트에서 들어온 특종을 소개해 드리겠습니다.

며칠 전, 병정놀이를 하던 아이들이 키가 큰 잡초를 나무칼로 베다가 오래된 자동차 잔해를 발견했습니다. 잠시 후 자동차로 다가간 아이들은 차 안에서 시체를 발견하고는 기겁하고 말았습니다.

24년 전, 샘 콜리츠라는 판매원이 동부 고객들로부터 주문을 받은 뒤, 서둘러 샌프란시스코의 자택으로 향하고 있었습니다. 그는 매우 서두르고 있었는데 그 이유는 잠시 후에 설명하지요. 참으로 안타까운 이유인데요. 그게이 슬픈 사연의 시작이었습니다.

샘 콜리츠는 서두르고 있었지만, 그날은 골드 크릭 인근 고속도로에서 사고가 발생해 도로가 봉쇄되어 있었습니다. 대형 탱크로리의 트레일러가 분리되어 부러져 버린것이었습니다. 더는 기다릴 수 없어 초조해진 샘 콜리츠는 자동차가 거의 다니지 않는 샛길을 따라 북쪽으로 한참 가면 다시 고속도로로 이어진다는 사실을 알았습니다. 그렇게 샛길로 들어간 그는 사반세기 동안 자취를 감추고 말았던 것입니다.

그날이 무슨 날이었는지 여러분은 아시나요? 경찰은 자동차에 남아 있던 서류와 영수증을 토대로 날짜를 알아냈습니다. 1941년 12월 6일. 그렇습니다. 그날은 토요일, 진주만 공습이 일어나기 바로 전날이었습니다.

잡초에 가려져 있던 자동차 잔해와 그 안에 남아 있던 백골. 그것은 태평양 전쟁이 일어나기 전날부터 24년간 소식이 끊겨 버린 어느 판매원과 그의 차였다. 이때부터 이야기는 뭔가 기묘한 양상을 띤다. 책에서는 라디오 방송 내용을 좀 더 소개한다.

그렇다면 대체 어떠한 연유로 사람이 타고 있던 자동차가 그렇게나 오랜 세월 동안 발견되지 않았을까요. 생각지도 못한 우연이 몇 번이나 겹쳤기 때문입니다. 우선 도로 봉쇄가 풀리고 난 뒤에는 그 샛길을 지나가는 자동차가 거의 없었습니다. 게다가 일찍부터 눈이, 그것도 상당히 많은 눈이 내리기 시작했지요. 심지어 전쟁까지 일어나 특별한 용건이 없는 자동차는 고속도로에 진입할 수 없게 되었고, 눈에 파묻힌 자동차 인근의 유일한 마을이었던 골드 크릭의 주민 상당수가 군수 공장으로 끌려갔습니다.
여기에 토사 붕괴까지 발생했고, 마지막으로 날카로운

가시를 지닌 데다 제거하기도 힘든 엉겅퀴까지 주변에 무성하게 자라나 샘 콜리츠의 무덤에 접근하는 것을 방해했지요.

게다가 이해하기 어려운 점이 또 하나 있었습니다. 어째서 녹슨 철선 조각이나 철선 여러 개를 꼰 부분이 다 삭아버린 자동차 내부에 떨어져 있었을까요? 이 판매원, 마흔 살의 불운한 남성은 샛길에 진입한 후 졸음을 참지 못해 차를 잠시 길가에 세우고 눈을 붙이던 중에 강도의 습격을 받아 철선에 목을 졸리고는… 죽을 때까지 그대로 방치된 것일까요?

그 당시 열세 살이었던 빌이 강도였으리라고 보기는 어렵다. 차 안에 남아 있던 백골과 빌은 어떤 관련이 있는 걸까. 참고로 샘 콜리츠가 그렇게나 귀가를 서둘렀던 까닭은 아홉 살짜리 딸 린다가 위독하다는 전보를 받았기 때문이었다. 결국 이듬해 2월에 린다는 죽고 말았고, 샘의 아내였던 콜리츠 부인의 행방은 이제 알기 어렵다고 했다.

조사원인 클레멘트는 빌이 열세 살이었을 무렵 함께 논 친구 래리 키스를 찾아냈다. 그는 공인회계사로, "우리의 어린 시절은 정말 끝내주었지요. 매일같이 바보 같은 짓을 저지르고 다녔지만, 그 누구에게 해를 끼친 적은 없어요. 흥미로웠던 일들은 정말 많았지만요"라고 스스럼없이 말했다. 그 '바보 같은 짓'이 바로 끔찍한 행위였음에도 말이다.
여기 키스의 (유쾌한) 추억담을 인용한다.

> "맞아요, 그날은 토요일이라 학교도 오전 수업밖에 없었
> 어요. 그곳은 학교에서 2마일쯤 떨어진 곳이었나 그랬습
> 니다. 그때 우리는 철선으로 된 커다란 고리를 발견했어
> 요. 군수 공장에서 나온 트럭에서 떨어진 것이 분명했지
> 요. 아마 영국으로 보내는 물자였을 거예요. 좋은 강철로
> 만든 선으로, 피아노선을 굵게 만든 것 같았어요. 게다가
> 양도 상당했지요.
>
> 다른 아이들이었다면 용돈을 벌려고 팔아먹었겠지만, 아
> 시다시피 빌네 집은 부자였고 우리 부모님도 가난한 편
> 은 아니었어요. 그래서 우리는 그 철선 고리를 들고 여기
> 저기 돌아다니기 시작했어요. 당시에는 그 일대가 죄다
> 황무지였거든요.
>
> 그러던 중에 우리는 어떤 고물차를 발견했어요. 오래된
> 비포장 도로에서 상당히 떨어져 있는 유칼립투스 나무숲
> 의 그늘에 세워져 있었지요. 우리는 별 어려움 없이 차로
> 다가가 그 안을 들여다볼 수 있었어요. 뒷좌석에 어떤 남
> 자가 자고 있더라고요. 무슨 판매원 같았어요. 샘플 케이
> 스가 몇 개 있었거든요. 뚱뚱한 편인 데다 수염도 길게 기
> 르고 있었지요. 코를 엄청나게 골았어요. 기절한 사람처

럼 곤히 잠들어 있더라고요."

흡사 영화 〈스탠 바이 미〉처럼 철선 고리를 가지고 놀던 소년 두 명이 어느 판매원이 곯아떨어져 있던 자동차를 발견한 것이었다.

"그런데 그때 문득 빌이 기발한 생각을 떠올렸어요. 철선이 워낙 많았으니까요. 남자가 자동차 문을 열지 못하게 빌이 슬그머니 철선을 감기 시작한 거예요. 정말이었다니까요! 빌은 철선을 가로세로 방향으로 둘둘 감더니 다시 철선을 그 사이로 통과시켜 매듭을 짓고 고리를 만들어 꽉 조인 다음 이리저리 엮어서 마치 그물처럼 만들었어요. 어찌나 잘 묶었는지 당신에게도 보여주고 싶을 정도예요! 정말 뱀 한 마리도 빠져나갈 틈이 없었다니까요."

별다른 이유도 없이 그저 장난치고 싶은 마음에 열세 살 소년이 쓸데없이 공을 들이는 일은 물론 충분히 있을 법한 이야기다. 그저 머릿속에 떠오른 대로 바보 같은 짓을 저지르는 그 마음이 이해 가지 않는 것은 아니다. 어쩌면 전쟁이 일어날지 모른다는 불길한 예감에 그들은 무의식적으로 잔혹한 행동을 저질렀을지도 모른다.

"빌은 그러면 너무 쉬우니 모처럼 애쓴 보람이 없다고 말했어요(그들은 문이 열리지 않아도 안에 있는 남성이 창문을 내려 소리를 지르기만 하면 금세 도움을 받을 수 있으리라 예상했고, 이에 빌은 그래서야 너무 쉽지 않냐고 말한다-인용자 주). 그래서 빌은 작은 나뭇가지 같은 것들을 잔뜩 모아 와 창문 아래 틈새를 막아버렸어요. 쐐기를 박아버린 거죠. 작업이 모두 끝난 자동차의 모습은 정말 가관이었어요. 진짜 엄청났어요.

그러더니 빌이 말했어요. 아무리 그래도 이건 좀 심했을지 모른다, 여기는 교통량도 많지 않으니 어쩌면 이 남자는 몇 시간이나 나오지 못할 수도 있다… 어쩌면 밤새 여기에 있을지도 모른다… 게다가 불필요한 지출이 늘어날지도 모른다고 말이지요. 빌은 그 뚱뚱한 판매원의 손실을 메워주겠다고 와이퍼 사이에 이십 달러짜리 지폐 한 장을 껴두었어요. 그 녀석은 원래 그런 놈이었거든요. 장난치길 좋아하고 상상력이 풍부하기는 했지만, 절대로 누군가에게 해를 끼칠 생각은 하지 않았어요. 그건 아셨으면 좋겠어요. 그 녀석은 그 남자가 장난에 휘말리기는 했지만 이십 달러를 벌었다고 좋아하리라 생각한 거예요. 당시에는 꽤 큰 금액이었으니까요."

이 일은 어린 시절 빌의 무용담 중 하나였을 것이다. 자동차는 마치 몇 겹이나 되는 그물망에 싸인 비누 같은 모습이었을까. 엄밀히 말하면 단단하게 감긴 철선 고치 속에서 창틈까지 나뭇가지와 나무 조각에 꽉 막혀 창문을 내릴 수도 없었을 것이다. 아마 시동을 걸어도 자동차는 꿈쩍도 하지 않았으리라.

설령 창문을 깼다 하더라도 그곳은 지나다니는 사람이 거의 없는 황량한 곳이었다. 아무리 고함을 질러도 아무도 듣지 못했을 것이다. 하물며 다음 날에는 전쟁이 터져 휘발유가 배급제로 전환되었으니 그런 외진 곳을 지나려는 사람도 없었을 것이다. 심지어 폭설까지 내렸다. 아마 그 판매원은 아사하기 전에 동사하지 않았을까. 위독했던 딸 린다보다도 먼저 세상을 떴을 것이다. 토사 붕괴까지 일어났으니 점점 더 사람들의 발길이 끊겼을 테고, 결국 그 차는 엉겅퀴에 뒤덮여 모습을 감추게 되었다. 그렇게 24년이 흘러 삭아버린 자동차 안에서 남성은 아무도 모르게 백골이 되어 있었다.

빌도, 친구인 래리 키스도 자신들이 친 장난을 까맣게 잊고 살았다. 그렇게 사반세기가 흐른 어느 날, 갑자기 빌은 먼 옛날 자신이 저지른 장난과 그 잔인한 전말을 전해 듣게 되었다. 그것도 일요일 아침 라디오 쇼를 통해.

양심적인 칼뱅교 신자였던 그는 자책감에 괴로워했을 것이다. 아니, 그 순간에는 충격에 가까운 감정에 사로잡혔을 것이다. 삭아버린 자동차 안의 백골이라는 선명하고 기괴한 이미지도 심한 충격을 주었을 것이다. 게다가 판매원이 위독한 딸을 만나려고 서둘러 돌아가는 길이었다는 멜로드라마 같은 사연까지 그의 마음을 후벼팠을 것이다.

그가 발작적으로 총구를 입에 밀어 넣고 방아쇠를 당겼다고 해도 전혀 이상하지 않다. 클레멘트는 일부러 래리 키스에게 라디오 쇼에 방송된 내용을 전하지 않았다. 설령 그 일을 알게 되었더라도 그는 직접 차에 철선을 감은 당사자가 아니니 자살까지는 하지 않지 않았을까.

아서 포게스의 단편 〈일요일 아침의 사체〉는 원인 불명 자살에 관한 '특수한 사례'로서 나를 크게 감탄시켰다. 물론 이 책을 읽고 누군가는 설정이 너무 억지스럽다고 하거나 보통 이런 경우 사람은 자기 정당화에 빠질 뿐 자살을 택하지 않는다고 주장할지도 모르겠다.

이렇게 대프니 듀 모리에의 《동기》, 누쿠이 도쿠로의 《천사의 시체》, 아서 포게스의 〈일요일 아침의 사체〉를 소개해 봤는데, 작품 속에 등장하는 인물들의 자살 이유의 공통점은 무엇일까.

《동기》는 과거의 잘못과 기억상실이라는 소재를 잘 조합했고, 《천사의 시체》는 '욕망과 수치심' 그리고 '중학생 특유의 사고법이나 가치관'을 적절히 버무렸다. 〈일요일 아침의 사체〉는 어릴 적 저지른 장난과 라디오 쇼에서 흘러나온 '예상치 못한 충격'을 절묘하게 조합했다. 바꿔 말하면 적어도 소설 속에서는 사람을 자살로 이끄는 데에 두 가지 이상의 요소가 필요하다는 것일까. 한 가지 사실만으로는 아무래도 설득력이 약하다. 혹은 반전이 없다. 그렇기에 '신의 잔혹한 연출'이 가미되어야만 자살이라는 행위가 성립하는 것이 아닐까.

소설 속에서는 그럴지 몰라도 실제로 자살하는 사람의 주된 심정에는 '이제 돌이킬 수 없어!'라는 후회와 초조, 혼란이 뒤섞여 있지 않을까 싶다. 흥미롭게도 우울증으로 자살을 시도한 사람들의 이야기를 들어보면 그들은 마지막 순간에 '이제 돌이킬 수 없어!'라는 정신 상태에 빠지는 듯했다. '돌이킬 수 없다'라는 감정은 자신이 과거에 큰 잘못을 저질렀다는 증거일 것이다(물론 실제로는 '나는 월급쟁이가 되지 말아야 했어'라거나 '나는 가족을 거느릴 자격이 없는 사람이었어'라는 식의 병적인 심리가 초래한 원통함이 많다). 이들은 그런 식으로 자신의 과거를 부정하고, 더는 만회할 여지가 없다며 미래에 대한 가능성을 스스로 닫아버린다. 심지어 이제 와 자신을 죄가 많은 인간이라며 스스로 단죄한다. 이렇게 되면 세상에서 자취를 감추는 것 말고는 할 수 있는 것이 없다는 결론에 도달하고 만다. 지나친 분노나 허무, 환각이나 망상 등 자살에 이르는 과정에는 여러 요인이 있으며, 이에 대해서는 뒤에서 자세히 설명하겠지만, 자살하기 직전에 '더는 돌이킬 수 없어!'라는 생각이 들고 마는 것은 상당히 보편적인 심정이라 생각한다.

　동기를 알 수 없는 자살자에 관한 이야기를 쓰려고 했을 때 갑자기 '죽을 수밖에 없는 사정'이나 '심지어 남들은 알아차리지 못하는 사정'부터 떠올리려고 하면 좋은 아이디어가 나오지 않는다. 아니, 적어도 독자를 놀라게 할 만한 좋은 아이디어는 쉽게 떠오르지 않을 것이다. 오히려 등장인물이 '이제 돌이킬 수 없어!'라며 갑자기 나락 끝으로 떨어질 법한 상황을 생각하고, 거기에서부터 거꾸로 플롯을 짜는 편이 더 아이디어가 잘 나오지 않을까. 그런 다음, 운명을 관장하는 신의 가혹한 연출에 대해 생각해 보면 어떨까. 물론 이렇게 하기도 쉽지는 않겠지만 말이다.

　2장에서 소개한 이노우에 야스시의 〈어느 자살 미수〉속 주인공에게는 자살을 결심할 결정적인 이유가 없었다. 하지만 매일 같이 낙담과 실망이 하나둘씩 쌓여 나가다가 어느 사소한 일을 계기로 '이런 거지 같은 세상에서 내 인생은 더 돌이킬 수 없어졌어!'라며 그의 정신이 완전히 무너져 버렸을 것이다. 1장에서 다룬 류타도 어쩌면 '이제 돌이킬 수 없어!'라는 심정이었을까. 아니면 또 다른 생각이 그의 마음을 지배해 버린 것이었을까. 정확한 경위는 여전히 알

수 없다. 아니, 어쩌면 진상을 알고 싶지 않은 마음에 내가
외면하고 있는지도 모르겠다.

제4장

유서들

유서의 현실성에 대하여

예를 들어 내가 소설을 쓰고 있는데, 등장인물 중 한 사람이 자살한다고 하자. 그 인물이 남길 법한 유서를 실제로 소설에 넣으면 어떻게 될까. 물론 어디까지나 허구에 불과하지만, 유서 전문을 그대로 소개하는 것이다. 그러면 나는 자살할 인물의 성격이나 평소 행동을 고려해 유서를 얼마나 '현실적으로' 작성해야 할지 고심하게 될 것이다.

    이런 인물이라면 유서를 이렇게 쓸 것 같다는 생각이 들지만, 한편으로는 자살이라는 극히 비일상적인 국면을 맞이하면 평소 언행에서 다소 벗어난 어조의 글을 쓰지 않을까 하는 마음도 든다. 그러니 어느 정도 변형과 의외성을 가미하지 않으면 유서의 현실성이 떨어지리라는 생각이 드는 것이다.

그 현실성이란 대체 무엇일까. 실제 유서를, 그것도 많은 양의 유서를 보는 경험을 하는 사람은 드물 것이다. 그러니 아마 사람들이 생각하는 유서는 세간에 공개된 소위 '유명한 유서'를 모델로 하지 않을까.

미니멀 음악처럼

내가 가장 먼저 떠올린 유서는 마라톤 선수였던 쓰부라야 고키치의 유서였다. 아마 일본에서 가장 유명한 유서 중 하나가 아닐까 생각한다.

쓰부라야는 1964년 도쿄 올림픽 마라톤 종목에서 3위를 했다. 일본 육상계가 28년 만에 획득한 메달이라 세간이 떠들썩했다. 당시 나는 중학생이었는데, 길가에서 마라톤 선수들을 향해 깃발을 흔든 기억이 있다. 힘내라며 큰 목소리로 응원도 했다. 하지만 '맨발의 마라토너'였던 에티오피아의 아베베 비킬라 선수의 모습만이 선명할 뿐, 쓰부라야 선수의 모습은 전혀 기억이 나지 않는다. 아마 내게는 존재감이 옅었던 것 같다. 그렇기에 그가 자살했다는 소식을 듣고도 솔직히 실감이 잘 나지 않았다.

쓰부라야는 멕시코시티에서 열리는 다음 올림픽에서 꼭 금메달을 딸 것이라는 큰 기대를 받았다. 하지만 기대가 너무 컸던 탓일까. 사실 그의 몸은 원래부터 여러 문제를 안고 있었다. 요통이 심해 1967년에는 추간판 탈출증과 아킬레스건 수술을 받았지만 결과는 좋지 않았다. 재활 치료에도 어려움을 겪어 기록이 떨어지고 말았다. 노력한다고 해서 나아질 수준이 아니었다. 하지만 당시에는 그 사실을 털어놓고 주변에 이해를 구하기 힘든 분위기였다. 자위대 체육학교에 소속되어 있던 그는 주위로부터 받는 '기대'라는 중압감(그 당시에는 일본과 자위대의 명예를 드높여야 한다는 비장한 분위기가 강했다)을 더는 견딜 수가 없었다. 주변의 기대에 부응하지 못할 것 같은 불편한 마음과 자기혐오가 점점 더 몸집을 키워 가며 그를 압박했다.

1968년 멕시코시티 올림픽 개최가 예정되어 있던 그해 1월 9일 아침에 자위대 체육학교 숙소에서 그는 경동맥을 면도칼로 그었다. 피가 분수처럼 솟구쳐 올랐고, 쓰부라야는 달려야 하는 괴로움에서 영원히 해방되었다(향년 27세). 만년 필로 작성되어 변기에 놓인 유서에는 핏방울이 튀어 있었다.

아버지, 어머니, 밋카토로로* 맛있었습니다. 곶감과 떡도

* 토로로는 참마를 간 것으로, 연말연시에 과식한 속을 달래고 한해의 건강을 기원하는 의미로 1월 3일에 먹는 토로로를 밋카토로로라고 한다.

제4장 유서들

맛있었습니다.

도시오 형, 형수님, 초밥 맛있었습니다.

가쓰미 형, 형수님, 포도주와 사과 맛있었습니다.

이와오 형, 형수님, 차조기밥과 난반즈케* 맛있었습니다.

기쿠조 형, 형수님, 포도즙과 요메이슈** 맛있었습니다.

그리고 늘 제 옷을 세탁해 주셔서 감사했습니다.

고조 형, 형수님, 늘 차로 바래다주셔서 감사했습니다.
오징어 맛있었습니다.

마사오 형, 형수님, 심려를 끼쳐 죄송합니다.

유키오, 히데오, 미키오, 도시코, 히데코, 료스케, 다카히
사, 미요코, 유키에, 미쓰에, 쇼, 요시유키, 게이코, 고에
이, 유우, 키이, 마사쓰구, 훌륭한 사람이 되려무나.

아버지, 어머니, 저는 이제 너무 지쳐 달릴 수가 없습
니다.

부디 용서해 주세요.

마음 편하실 날 없이 늘 고생과 걱정만 끼쳐 죄송합니다.

저는 아버지 어머니 곁에서 살고 싶었습니다.

옮겨 적다 보면 "맛있었습니다"라는 어구의 단조로운

---

*   튀긴 생선에 초절임 간장을 끼얹어 먹는 요리.
**   약술로 유명한 일본의 술.

후렴과 인명 및 음식의 나열이 미니멀 음악처럼 뇌에 작용해 의식이 조금 몽롱해지는 느낌이 들어 마치 현세와 피안을 연결하는 글처럼 느껴진다. 소설가 가와바타 야스나리[*]가 이 유서를 극찬한 이유를 알 것 같다.

후렴이랄까, 반복이랄까 혹은 쉴 새 없이 몰아친다고 해야 할까. 어쨌거나 이런 식의 화법이 지닌 소박한 설득력에 때로는 현기증이 날 것만 같다.

잠시 옆길로 새서 약 반세기 전에 쓰인 것으로 보이는 한 고발장을 소개해 보려고 한다. 이 고발장은 경찰서로 날아왔지만, 내용을 확인하고 당황한 경찰은 이것을 지역 정신과 병원으로 보냈다. 그리고 그 병원 진료실 책상 위에 방치되어 있던 이 고발장을 마침 파견을 나갔던 내가 발견하게 되었다. 참고로 고발장에 등장하는 사이토 미에齊藤美英라는 인물은 다이쇼와 제지大昭和製紙 일족에 존재하지 않는다. 비슷한 한자를 쓰는 인물로 사이토 료에이齊藤了英가 있는데, 그는 1961년부터 1981년까지 다이쇼와 제지의 사장을 역임했다.

다이쇼와의 사장 사이토 미에라는 놈은 대단해 보이지만, 실제로는 잔혹한 짓을 일삼는 놈으로, 필로폰 주사

[*]   《설국》을 쓴 작가.

를 맞는 데다 밤이건 낮이건 잠도 자지 않으며, 전신에는 고무 속옷을 걸치고, 전기 최면 기기를 사용하고, 녹음기를 이용해 전기 초점을 날려버리고, 집 안을 환히 밝힌 채 최면술을 걸고 녹음기를 틀어 전기 초점을 전등불에 넣어 무서운 말을 전송해 다른 사람을 괴롭히고 곤란하게 하며, 사람을 죽이고, 다른 사람을 미치게 하는 놈입니다. 그놈은 정말 엄청난 악당입니다. 자려고 하면 전기의 초점을 지지직 지지직 맞춰가며 사람을 괴롭히는데, 그 행동이 얼마나 잔혹한지 여러분은 상상도 하지 못할 정도로 끔찍한 짓을 합니다. 렌즈를 넣은 전기의 초점을 날려 전파로 끔찍한 내용을 전송해 사람을 괴롭힙니다. 저는 21개월간 렌즈를 넣은 전등불에 둘러싸인 채로 잠을 자면서 강제로 최면에 걸리고, 녹음을 당하고, 정신이 나가는 그야말로 끔찍한 꼴을 당해왔습니다. 저는 재작년 8월부터 단 하루도 전기를 끄지 못한 채 밤낮으로 쉴 새 없이 녹음기를 통해 말을 전송받았고, 전기의 초점을 쏘이면서 괴롭힘을 당했습니다. 이제는 살이 쏙 빠진 지경입니다. 하늘을 올려다보면 저에게 번개를 휙 날려 보냅니다. 집 안의 전등불도 밝게 켜놓고, 방 안에도 보라색 전기 초점이 날아듭니다. 오늘 밤에야말로 네 놈을 죽이겠다, 전기를 쏘아 너를 갈기갈기 찢어 죽이러 가겠다, 전파로 최면을 걸어 너를 미치게 해서 죽이러

가겠다. 화장실에 가면 황산을 뿌려 버리겠다. 바느질하고 있으면 등 뒤에서 목을 졸라 죽여 버리겠다. 욕조에 들어가면 등 뒤에서 목을 조르겠다. 사장이 하는 짓을 알고 있는 네 놈을 결코 살려 두지 않겠다. 온갖 병에 걸리게 해 너를 살려 두지 않겠다. 온갖 질병에 걸리도록 너를 죽이러 가겠다. 너의 대뇌를 관통하겠다. 네 놈을 얼음처럼 꽁꽁 얼려 버리겠다. 전기·전파로 괴롭혀서 죽이면 경찰도 절대로 알아차리지 못할 것이다. 전파를 이용해 최면을 걸어 네 놈을 죽이러 가겠다…. 정말이지 그런 끔찍한 짓을 전파로 보내고 있습니다. 그 사이토 미에라는 놈은 목적지를 전깃불로 비추고 그 안을, 자동차에 배터리를 가지고 올라타 고무를 입은 채로 전송하고 있습니다. 실로 참혹하기 짝이 없는 짓을 남몰래 저지르고 있는 것입니다. 겉으로는 부자로 명성을 날리면서 뒤로는 이토록 참혹한 짓을 저지르며 끔찍한 일을 벌이고 있는 것입니다. 그놈은 그야말로 사람이 아닙니다. 전기로 사람을 죽이는 녀석입니다. 엄청난 악당입니다. 사회에 계신 여러분, 부디 다이쇼와 사장이 벌이는 짓을 막아 주십시오. 그놈에게 전기 초점을 쏘여 최면술에 걸린다면 실로 끔찍한 행동이 속출하리라 확신합니다. 그놈이 벌이는 짓을 이 평화로운 사회로 끌어내어 법의 심판을 받게 해주십시오. 그놈이야말로 인류의 적입니다. 사이토 미에라는 사장의 일가족 모두 실로 참혹하기 짝이 없는 놈들뿐입니다.

후지노미야시 주민
요시와라 경찰서 귀중

프롤레타리아 문학 스타일의 공상과학소설이나 에도가와 란포를 연상시키는 문체의 이 고발장은 황당무계하면서도 '강렬한 자극'이 넘쳐흐른다. 하지만 조현병 환자로 보이는 작성자의 고통이 생생하게 전달된다. 실제 고발장은 편지지 두 장에 만년필로 작성되었는데, 상당한 달필이었다. '전기'와 '전파로'라는 표현이 반복되는 효과는 실로 어마어마했다.

그렇다면 쓰부라야의 유서에서 느껴지는 애달프고 안타까운 울림은 어떠할까. 먼저 가는 불효자를 용서해 달라는 유형의 최고봉이라고 해야 할까. 나도 모르게 그만 건방진 표정을 지으며 '그야말로 죽음을 앞두고 일본인 특유의 가족주의적이고, 엔카* 가사에 등장할 법한 정에 약한 모습이 무의식중에 전경화된 것이다'라는 식의 말이 하고 싶어져 버

* 일본 가요 장르 중 하나로, 사랑·의리·인정을 다룬 가사가 많다.

린다. 그가 남긴 유서에는 나도 모르는 사이에 일본인론으로 넘어가 부연 설명을 하고 싶어지는 보편적인 강력함이 숨어 있다.

과거에 일본의 판화가 겸 칼럼니스트인 낸시 세키는 《우동 한 그릇》*이나 《참 다사로운 어머니께》**에 현저히 나타나는 센티멘털리즘의 기저에는 밴드 '요코하마 긴베'*** 로 대표되는 양키(불량 청소년)의 심성과 공통되는 부분이 있다고 설명하며, 잡지 《하이 패션》의 1996년 7월호에 실린 칼럼에 "의식적이든 무의식적이든 간에 '요코하마 긴베 같은 스타일'에서 마음의 평안을 얻는 사람이 남녀노소를 불문하고 일본 인구의 약 오십 퍼센트를 차지한다고 본다"라고 적었다. 나 또한 확실히 그렇다고 말하고 싶다. 그런 맥락에서 보자면 쓰부라야 고키치의 유서까지가 '요코하마 긴베 같은 스타일'에 포함될 듯한 기분이 든다. "맛있었습니다" 같은 인상적인 표현에는 확실히 사람을 고양하는 무언가가 있다.

* 연말에 메밀국수를 먹는 풍습이 있는 일본에서 메밀국수를 한 그릇만 주문하러 오던 가난한 세 모자의 이야기를 다룬 책.
** '일본에서 가장 짧은 편지'라는 편지글 대회의 1회 수상작을 실은 책.
*** 1980년에 활동한 로큰롤 밴드로, 요란한 헤어스타일에 선글라스를 쓰고 흰 바지와 검은 가죽 재킷 차림으로 등장해 젊은이들에게 인기를 끌었다.

묘하게 차분한

내게 '이런 게 유서의 현실인가?'라고 생각하게 한 유서가 하나 더 있는데, 바로 일흔세 살의 나이에 총리대신관저 앞에서 몸에 휘발유를 부어 분신자살한 유이 주노신이 쓴 유서였다. 변리사이자 일본 에스페란토 학회 회원이었던 그는 원자폭탄과 수소폭탄 금지 운동에 참여하고 원폭 피해자의 수기를 에스페란토로 번역하는 등 다양한 업적을 세운 인물이었다(그에 대해서는 9장에서 다시 다룰 예정이다).

1967년 11월 11일 저녁 무렵, 유이는 미국의 베트남 북폭北爆 시나리오를 지지한 일본 총리 사토 에이사쿠의 미국 방문에 대한 항의의 의미로 자신의 상반신에 휘발유를 뿌려 분신자살을 감행했다. 가방에는 '내각총리대신 사토 에이사쿠 각하'에게 보내는 항의문과 함께 다음과 같은 유서가 들어 있었다. 항의문과 유서 모두 볼펜으로 적혀 있었는데, 유서는 자살하기 직전에 급히 휘갈겨 쓴 것이었다. 참고로 유서에 나오는 '시즈'는 그의 아내의 이름이다.

오늘 자살을 감행할 것을 생각하니 아무래도 마음이 가라앉질 않아 항의서를 작성한 뒤로 밤새 한숨도 자지 못했지만, 전혀 졸리지 않았다. 아침에 집을 나서기 전에 책상 위를 정리했지만, 시즈가 아무런 의심도 하지 않아 차분한 마음으로 나올 수 있었다. 죽을 때가 가까워진 사람 치고는 냉정을 유지했다고 생각했지만, 도라노몬*이 가까워지자 가슴이 욱신거리기 시작했다. 총리대신관저에 가까워질수록 욱신거림은 더 심해졌다.

역시 죽는다는 건 쉬운 일이 아니다. 이윽고 관저 앞까지 왔지만, 통행인이 너무 많아 도저히 자살을 감행할 수 없어 그냥 지나친 후 저녁까지 기다리기로 했는데, 어쩌다 보니 그만 산노까지 왔다.

돌계단에 걸터앉아 이 글을 썼다. 내가 만약 분신에 성공한다면 사진기는 아래에 적은 사람에게 전해주셨으면 한다.

분쿄구 혼고 2초메 일본 에스페란토 학회의
미야케 시헤이 씨.

묘하게 차분한 톤이라 오히려 더 생생하다. 유서라기보다 일기에 가까운 느낌으로, '아, 이런 스타일의 유서도 있나?' 싶은 생각이 들게 한다. 마지막에 카메라를 이 사람에게 전해달라는 마치 업무 연락 같은 내용도 첨부되어 있어 담담하면서도 무언가 뒤죽박죽 섞인 듯한 느낌이 오히려

* 총리대신관저의 인근 지역.

강한 존재감으로 다가온다.

쓰부라야와 유이의 유서에는 여러 의미에서 정반대되는 부분이 있는데, 모두 유서로서의 현실성을 뒷받침하는 사례로 내 뇌리에 깊이 박혀 있다.

참고로 1933년 6월 10일에 다이도칸쇼텐에서 발행한 《자살에 관한 연구》라는 책이 있다. 저자는 야마나 쇼타로라는 인물로(1894년 출생, 사망 연도는 밝혀지지 않음), 오사카아사히신문사에 근무하다가 저널리스트의 길을 걸은 사람이라고 한다. 그는 자살 및 화술 지도에 관한 책을 다수 집필했는데, 그중에는 의외로 《필적에 따른 성격 진단》(소겐샤, 1964) 같은 책이나 《고양이에 관한 재미있는 이야기》(다이류샤, 1987) 같은 책도 있다. 후자의 경우, 출간 연도 당시 그의 나이가 아흔셋이었으니, 참으로 알 수 없는 사람이다.

어쨌거나 《자살에 관한 연구》로 다시 돌아가 보자면 서문에서 묘한 느낌을 받는다.

무엇이든 상관없었다. 연애편지든 이혼장이든 차용증이든 온갖 기록을 한번 수집해 보자고 시작했다가 그 가운데 자살 혹은 동반자살한 사람이 남긴 유서에 관심이 생겨 자살 연구를 시작하게 된 것이다. 사람들이 종종 어떤 계기로 그런 연구를 시작하게 되었냐고 묻지만, 내가 연구를 시작한 계기는 앞서 설명한 대로다. 자살 연구를 시작한 지 이미 10년이 훌쩍 지났지만, 전혀 진척이 없다. 하지만 나로서는 상당한 노력을 기울였다. 신문을 읽다가도 마음 심心이나 가운데 중中 같은 한자가 보이면 동반자살*이 아닌가 싶어 눈을 바쁘게 움직였다. 가끔은 내가 사신에게 홀린 건가 싶어 이제껏 연구한 자료를 전부 폐기해 버릴까 하는 생각도 몇 번 들었다.

야마나 씨는 열성적인 유서 수집가였으며, 나아가 자살에 관해 연구한 내용을 책으로 출간할 만큼 성과를 낸 모양이었다(그가 신문사에서 근무했다는 점이 수집 활동에 유리하게 작용했을 것이다). 그는 책의 상당 부분을 유서를 소개하는 데에 할애했는데, 어딘지 모르게 뿌듯해하는 느낌이 들었다. 유서 수집가다운 심성이 엿보이는 인물이 한 명 더 있는데, 바로 오랫동안 하마마쓰 의과대학 교수로 재직한 오하라 겐시로(1930~2010)다. 그는 자살 연구와 모리타 요법**으로 유명해졌지만, 일반 독자를 겨냥한 책도 다수 출간했는데, 유서에 관한 다양한 정보를 사진과 함께 소개하고 설명하는

---

* 일본어로는 동반자살을 신주心中라고 한다.
** 정신과 의사인 모리타 마사타케가 신경증을 치료하기 위해 독자적으로 창시한 심리요법.

모습에서 어쩐지 수집가다운 면모가 풍겼다. 그의 저서 중에 《자살 일본-자살은 미리 알 수 있다》(지산출판, 1973)라는 책이 있는데, 그는 그 책의 서문에서 "당시 신문에 스스로 자自라는 글자만 보여도 전부 '자살'로 보였고, 텔레비전 드라마를 봐도 결국 자살로 끝나리라 추측해 아내와 아이에게 빈축을 샀을 정도다"라며 자살 연구에 몰두했던 자신의 젊은 시절을 회상했다.

야마나의 책에는 '무명 자살자의 유서'라는 장이 있는데, 마치 그가 수집한 유서 가운데 걸작만을 뽑아 놓은 느낌이다. 그 가운데 내 나름대로 '아, 이런 게 바로 유서지'라는 생각이 들 만큼 현실감 있는 유서를 몇 개 골라 인용해 본다.

> * 저희 두 사람은 이제 이 청명하고 무심한 바다로 돌아갑니다. 번거로우시겠지만, 보자기에 든 현금과 물건으로 저희 두 사람의 사체를 함께 묻어주세요. 부탁드립니다. 달빛 아래에서 이 편지를 써서 필체를 알아보기 힘드실 수도 있지만, 잘 판단해서 읽어주시길 바랍니다.

> 여행을 떠나는 이로부터.

> * 나는 원래 죽음이라는 것에 대해 극심한 공포를 느꼈

지만, 돌이켜 생각해 보니 참 소심했다. 죽음은 인생에서 가장 즐거운 것이다. 나는 결코 죽음을 두려워하지 않는다. 나는 평안하게 죽음을 맞이할 것이다. 그리고 즐거운 마음으로 신의 손길에 구원받을 것이다. 안녕히 계세요, 사랑하는 부모님. 결코 제 죽음을 슬퍼하지 마세요.

* 저는 오사카 사람입니다. 이 세상에 더는 살아 있을 수 없는 사정이 있습니다. 집은 매우 풍족한 편이었으나 부모님은 엄격하셨습니다. 부모님(※여기서 끊김)

* 이승에 작별을 고하기 위해 한 자 남긴다. 나는 부족한 놈이야. 너는 좋은 여자였지. 하지만 나에게는 원래부터 매정했어. 기이치 같은 바보 녀석을 잘도 붙잡았네. 속상하고 분하지만, 너에게는 신세를 졌으니 죽어서 고마움을 표하마. 오테루, 이 나쁜 계집. 기이치, 이 바보 녀석. 분하면 내가 있는 곳으로 와라. 오지 않으면 귀신이 되어 찾아갈 테니 각오해. 잘 있어라.

* 17일, 일요일입니다.
갖은 괴로움을 견디며 고대해 왔던 오늘도 역시 허무한 결과를 맞고 나니 허탈하기만 합니다. 속상합니다. 오

103

후에 쇼치쿠좌*에 갔습니다. 후지카게 세이주(일본의 무용가, 1880~1966)의 '오시치 광란'을 봤습니다. 그래도 마음이 진정되지 않습니다. 점점 더 싫은 일만 머릿속에 떠오릅니다. 이럴 바에야 차라리 오시치** 같은 광인이 되어 사랑에 미쳐 죽고 싶습니다.

여기까지만 쓰겠습니다. 이제 저는 더는 어떻게 할 수가 없습니다.

위에 소개한 유서는 비교적 장문에 속한다. 야마나는 유서라기보다 간결한 경구에 가까운 글이 최근[최근이라고 해도 쇼와시대(1926년 12월 25일~1989년 1월 7일) 초기]에 매우 늘어나서 "유서의 절반 정도가 그렇다고 봐도 좋을 정도다"라고 적고 있다. 세상이 점점 빠르게 바뀌고 있으니 유서도 간결한 편이 현대적인 정서에 맞지 않을까. 물론 어디까지나 내 생각일 뿐, 그런 해설은 없었지만. 내가 일하면서 실제로 접한 유서 중에도 경구 같은 형식이 많았다.

　＊ 인생은 장례식 행렬이다(어느 이등병의 유서).

- 　　오사카시에 있는 공연예술극장.
- ● ● 오시치는 에도시대에 살았던 청과물 가게 주인의 딸로, 사랑하는 사람을 만나고 싶어서 방화 사건을 일으켰다가 화형에 처해졌다.

* 죽음의 길로 향하는 드라이브(다카라즈카 극장에서 투신 자살한 사람의 유서).

* 빈민이 많은 결혼은 바람직하지 않다(차에 치여 죽은 어느 청년의 유서).

* 들불에 타도 죽지 않고 봄바람이 불면 되살아나네(어느 주지 스님의 유서)

* 죽음과 연애는 인생의 첫 번째 조건이다(어느 승려와 유부녀가 동반자살하며 남긴 유서).

오하라 겐시로가 소개한 사례 중에는 피스 담뱃갑 뒷면에 "일본 국민 여러분, 안녕히 계세요"라고 적혀 있었다거나 기차가 내뿜는 매연에 검게 변해버린 육교 거더에 작은 돌로 "여자는 달과 같구나. 오직 밤을 위해 만들어진 존재라"라고 적혀 있던 경우도 있었다. 후자는 실연을 당한 남자의 분풀이였을 수도 있지만, 제법 명문(?)을 남겼다. 화장지에 립스틱으로 "죽습니다, 안녕"이라고 적은 여성의 유서도 있었다. 게다 •에 쓴 유서도 있었다. 게으른 성격의 사람이었는지, 어느 소설책에 실린 "죽는 것 말고는 더는 다른 방법이 없었다"라는 구절에 빨간색 색연필로 동그라미를 치고 죽은 사례도 있다고 하는데, "일본 국민 여러분, 안녕

• 일본의 나막신.

105

히 계세요" 같은 농담조의 유서는 확실히 현실에 있을 법하다. 이른바 조적 방어manic defense에 가까운 심리가 작용한 결과일지도 모른다.

막연히 예상했던 스타일의 유서가 거의 다 나온 것 같다. 반대로 말하면 죽음을 앞두고 남기는 마지막 말은 대부분 매우 산문적이며, 의표를 찌르거나 소름이 돋을 만한 글은 거의 없는 듯했다. 만약 내가 자살을 결심하고 유서를 쓴다고 해도 어차피 있을 법한 유형 중 하나에 속할 것이 뻔하다. 그렇다고 유서의 초고를 미리 작성하거나 여러 번 퇴고를 거치자니 그것도 이상하지만, 만약 그런 정성을 기울였는데도 결국 평범한 글이 되어버린다면 슬프지 않겠는가. 뭐, 죽음 자체가 원래 누구에게나 찾아온다는 점에서 평범한 것일 테니 죽음과 관련한 부분에서 개성을 추구하려 했다가는 결코 성불할 수 없을 것이다.

사실 이번 장을 쓰기에 앞서 조금 기대한 점이 있다. 유서를 옮겨 적는(실제로는 키보드를 두드렸지만) 행위는 경전을 베끼는 행위에 가깝지 않은가. 그렇기에 '유서를 옮겨 적는 작업을 통해 나도 모르는 사이에 다른 사람의 영혼의 근원적인 부분에 닿을 수 있지 않을까, 그리고 더 나아가 이번 장을 집필하고 나면 내가 작가로서나 정신과 의사로서 (아무런 노력도 하지 않고 있음에도) 한 단계 더 성장하지 않을까'

하는 기대가 있었다.

결과적으로 그런 일은 일어나지 않았다. 오히려 '현실에 있을 법한' 사례들을 확인하는 데에 그치고 말았다. 가끔 언령 신앙*과도 같은 기분에 잠기는 나만의 헛된 싸움이었던 셈이다.

여든 통의 유서

유서에 대해 한 가지 더 짚고 넘어가고 싶은 부분이 있다. 삶을 끝마치는 순간에 남기는 마지막 말이라는 관점에서 봤을 때 유서는 꼭 한 통이어야 할 것이다. 그 한 통에 온갖 감정을 담기에 의미가 있는 것이며, 어색한 문장과 서툰 표현이 오히려 유족의 마음을 더 울린다고 봐야 한다. 유서는 연하장이 아니니 여기저기 몇 통씩 남기는 것도 이상하다. 하지만《자살에 관한 연구》에는 다음과 같은 내용이 있다.

유서는 몇 통이어야 할까. 일반적으로 한 통에서 세 통 정도다. 두 통을 준비하는 경우가 가장 많다. 그리고 연인이

* 말에 영적인 기운이 깃들어 있다고 믿는 일본의 신앙.

제4장 유서들

동반자살할 경우, 각자 따로 쓰지 않고 남자가 먼저 쓴 다음 여자가 그 아래에 유서를 쓴다.

마쓰모토시 외곽에 있는 비와노유 온천에 치료차 장기 투숙했던 손님(51세)은 가족 네 명이 동반자살했는데, 이때 남긴 유서는 열 통이었다. 나가노현의 어느 여공 (21세)은 유서 마흔 통을 발송한 뒤, 공장의 여직원 숙소에서 목을 매 숨졌다. 시가현의 어느 포목점 직원(36세)은 유서를 마흔여덟 통 지닌 채로 감나무에 목을 맸다. 미농지에는 총 삼천육백 자가 적혀 있었다.

오사카시에 살았던 어느 블로거는 유서 서른 통을 지니고 있었다. 그 가운데 봉투에 담긴 유서가 열여섯 통이었고, 전보용지에 "인생 항로의 역경 앞에서 자살함"이라고 적은 유서가 열네 통이었다. 벤텐지마에서 투신자살한 동성애자 여성은 유서를 열두 통 남겼다. 도치기현 쓰가군에 살았던 어느 선거운동원(50세)은 낙선 소식을 듣고 자살했는데, 그에게는 유서가 열다섯 통 있었다. 부관 연락선 도쿠주마루에 탑승했던 일등실 승객(24세)은 유서 스물네 통을 료칸 봉투에 넣고 우표까지 붙여 둔 후 투신자살했다. 산구선 열차에 뛰어들어 숨진 미혼 여성은 연서 백이십 통을 품에 지니고 있었다. 그녀가 자살한 이유는 의사에게 버림받았기 때문이었다.

남겨진 유서가 마흔여덟 통이라든가 백이십 통이라면 당혹스러울 수밖에 없다. 자살하려는 사람이 남기고자 하는 메시지 외에도 무언가 다른 열정이나 의지가 작용한 것처럼 보인다. 그런 점을 생각하면서 나는 마쓰모토 세이초의 단편을 떠올렸다. 그도 '유난히 많이 작성된 유서'라는 점에 주목하고, 그에 대한 고찰을 소설로 완성한 것일지도 모르겠다. 단편의 제목은 〈여든 통의 유서〉로,《분게이슌슈》1957년 4월호에 발표되었다.

도메키치라는 인물은 고등소학교*를 졸업한 후, 어느 전기기구회사 출장소의 사환이 되었다. 그 당시 출장소 소장은 오모리 히데타로라는 인물로, 내향적이고 꼬인 성격이었다. 그 후 회사가 망하자 오모리는 직접 상사회사를 세워 나름대로 업적을 세웠고, 도메키치 또한 나름 노력했지만, 이렇다 할 성과를 내지 못한 채 쉰 살을 바라보고 있었다. 함께 근무했던 회사가 망한 뒤로 두 사람 사이에는 딱히 접점이 없었다. 그러다 도메키치가 우연히 유라쿠초에서 산 지방 신문에서 작은 기사를 발견한다. 바로 그 오모리 히데타로(60세)가 빚 문제로 고민하다가 면도칼로 경동맥을 그어 자살했다는 것이었다.

기사에는 신경 쓰이는 내용도 함께 적혀 있었다. "관계

* 　현재의 중학교 일이학년에 해당.

자 앞으로 남긴 유서 여든 통이 있었다"는 것이었다. 유서가 여든 통이라니, 범상치 않은 수이지 않은가.

하지만 도메키치는 유서를 팔십 통이나 쓰는 게 얼마나 방대한 일인지 다시 머릿속으로 떠올렸다. 그 정도의 유서를 쓸 정력의 밀도를 말이다. 그 당시 오모리 히데타로의 머릿속은 어떤 상태였을까.

유서 여든 통을 단숨에 썼을 리 없다. 그는 하루하루 몇 통씩 유서를 써 모았을 것이다. 도메키치는 그 일에 몰두해 있었을 오모리 히데타로의 모습을 상상해 봤다. 그 작업을 하면서 그는 도중에 '싫증'이 나지는 않았을까. 그런 지친 감정이 그를 삶으로 다시 돌려놓을 유혹이 되었을 것이 분명했다. 그는 유서 여든 통을 완성할 때까지 분명 삶에 대한 욕망과 싸웠을 것이다. 아무도 없는 곳에서 벌인 혼자만의 싸움이었을 것이다.

아니면 유서 여든 통을 써 내려가는 작업이 오모리 히데타로에게 죽음을 기정사실이 되도록 몰아넣는 속박 같은 조건이 되었던 것일까. 그렇다면 그는 처음부터 자신의 성격을 알고 있었다는 뜻이 된다. 그 조건을 미리 걸어놓고 엄청난 양의 유서를 쓰는 작업에 돌입한 것일지도 모르겠다.

도메키치는 문득 자신의 숙부가 자살했을 당시를 떠올린

다. 숙부는 가정불화로 유서 한 장 남기지 않고 소나무에 목을 매 죽은 인물이었다. 도메키치가 소년이었을 때였다. 숙부의 길게 늘어진 다리 밑에는 담배꽁초 사오십 개비가 흩어져 있었다. 이렇게나 많은 담배를 피울 동안 숙부는 산속에 쭈그려 앉아 무슨 생각에 잠겨 있던 걸까. 숙부가 죽기 직전에 '생각한 시간'을 말해주는 담배꽁초는 그 어떤 유서보다도 처절했다.

숙부는 죽음과의 싸움을 위해 담배를 세 개비, 다섯 개비 피우다가 결국 사오십 개비나 되는 꽁초를 바닥에 버렸을 것이다. 숙부도 처음부터 담배를 그렇게나 피울 생각은 아니었을 것이다.

오모리 히데타로도 처음부터 유서를 여든 통이나 쓸 생각은 아니었을지도 모르겠다. 그는 유서를 열세 통 쓰고는 괴로워하다가 마흔 통, 쉰 통, 여든 통, 이렇게 용기를 쌓아나갔을 것이다.

그렇다. 아마 마쓰모토 세이초가 말한 대로일 것이다. 다만 오모리 히데타로라는 캐릭터에서 벗어나 보면 오직 남겨질 사람들이 어이없어하길 바라는 마음만으로 "일본 국민 여러분, 안녕히 계세요"라는 농담조의 유서를 여든 통이나 꿋꿋이 써 내려가는 사례도 현실에는 충분히 있을 법하다. 예상치 못한 방향으로 빗나간 열정을 끌어낼지도 모른다는 점이 바로 유서가 지닌 현실성 중 하나일 것이다.

우리는 언제든지 예상대로 일이 진행될 때의 안도감과 미처 생각지도 못한 의외성을 동시에 요구하는 경향이 있다. 안전과 스릴을 동시에 원하는 것인데, 그런 이중적인 바람에 부응하는 것 중 하나가 바로 유원지의 놀이기구나 영화, 게임을 비롯한 다양한 오락거리다.

제삼자로서 유서를 읽는 일도 그런 이중적인 자세에 해당할까. 인간이라는 평범함과 스스로 죽음을 선택하려는 자의 특이성이나 기묘함… 그 모두를 무의식중에 전부 맛보고 싶어진다. 게다가 지극히 개인적인, 혹은 비밀에 속하는 글을 엿보는 '비도덕적인 행위'가 여기에 특별함을 더하기까지 한다. 당사자가 아닌 한, 유서는 오락 내지는 포르노그래피에 가까운 존재로 볼 수 있다는 것이다.

유서의 현실성이란, 비도덕적인 오락성 그 자체라는 뜻이다. 감상과 눈물, 당혹감, 호기심을 모두 포함한 오락이다. 누군가는 오락이라는 표현이 듣기 거북하다며 따질 수 있겠지만, 그런 단세포적인 사람은 여든 통의 유서가 품고 있는 '정신 작용의 다양성'도, "일본 국민 여러분, 안녕히 계세요"라는 글도 아마 평생 이해하지 못할 것이다.

제 5 장

자살의 유형 1

미학·철학에 따른 자살

자살에 관해 이야기하려면 역시 분류가 필요하다. 그렇게 하지 않으면 이야기가 산만해지고 초점이 흐려진다. 자살의 일반적인 분류 기준은 존재하지 않기 때문에 어쩔 수 없이 내 마음대로 자살을 원인에 따라 일곱 가지 유형으로 나누어 보려고 한다. 이렇게 나눈 특별한 근거는 없다. 생각나는 유형대로 열거해 보다가 자연스레 일곱 가지로 나누게 되었다.

일곱 가지 유형은 다음과 같다.

①미학·철학에 따른 자살
②허무함 끝에 발생하는 자살
③동요나 충동에 이끌린 자살

④고뇌의 궁극으로서의 자살

⑤목숨과 맞바꾼 메시지로서의 자살

⑥완벽한 도망으로서의 자살

⑦정신질환이나 정신 상태 이상으로 인한 자살

열거는 해봤지만, 관점에 따라 어떤 자살은 두 가지 분류 항목에 걸쳐 있거나(예를 들어 세상을 비관해 목숨을 끊는 염세자살은 ②에 해당할지 모르지만, ③이나 ④, ⑥에 해당할 가능성도 있다), 혹은 분류 자체가 어려운 사례도 있는 듯하다. 그래도 이념형으로서 이러한 분류가 역시 필수적이기는 하다. 누군가는 모든 자살이 결국 ⑦에 해당하지 않느냐고 주장할 수도 있다. 어느 정도 일리 있는 말이지만, 자살을 이해하고 싶다면 꼭 그렇게 일방적으로 단정 지을 필요는 없어 보인다.

어쨌든 지금부터 각 항목에 대해 순서대로 논해보자.

Don't trust over 30

지금 내 곁에는 낡은 잡지 한 권이 있다. 도쿄데카도샤에서 발행한 《월광-LUNA》 1985년 6월호로 표지에는 상냥한 표정을 지은 단발머리 소녀가 있다. 이 잡지는 이른바 탐미파,

요즘 말하는 부녀자*나 비주얼계 애호가 혹은 자의식이 과잉된 문학 마니아를 위한 잡지였는데, 이미 폐간되었다.

6월호에서는 '자살'을 특집으로 했었다. 특집 주제로 자살을 선정한 취지는 어디에도 나와 있지 않다. 뜬금없이 '자살'이 등장한 것이다. 6월호는 1983년에 케이오플라자호텔 옥상에서 투신자살한 미남 배우 오키 마사야의 양부이자 그와 동성애 관계라는 소문이 돌았던 히카게 다다오의 인터뷰 '오키 마사야와 나'에 상당한 페이지를 할애하고 있었기에 어쩌면 인터뷰에 성공한 후 부랴부랴 자살특집을 기획했을 수도 있다.

특집의 권두에는 작성자를 알 수 없는 '자살 연구'라는 글이 실려 있었다.

프랑스의 다다주의자이자 초현실주의자였던 크레벨은 자신의 동료들이 만든 예술 잡지 《쉬르레알리슴(초현실주의) 혁명》이 '자살은 해결책이 될까'라는 기획을 마련하고 설문조사를 했을 때 "가스난로 위에 홍차를 끓일 주전자를 올려둔다. 창문을 꼭 닫는다. 가스 밸브를 잠근다. 성냥불을 붙이는 것을 잊는다. 나쁜 소문은 나지 않고, 참회의 기도를 드릴 시간도 있다…"라고 대답했다.

•   BL 장르를 향유하는 여성 마니아.

이는 그가 설문조사를 받기 전부터 '완전한 자살법'으로 생각해 둔 방법으로, '자살한다는 사실을 사람들에게 최대한 들키지 않고 자살하는 것'이 목적이었다.

그 글의 앞부분은 위와 같았다(설문조사를 실시한 시기는 1925년으로, 정확히 10년 뒤에 르네 크레벨은 그 방법대로 자살했다. 초현실주의자들 사이에서 일어난 내분에 고뇌했고, 자신의 폐결핵 증상이 더 악화했다는 사실을 알고 절망했기 때문이다. 게다가 그의 부친 또한 자살했는데, 동기는 알지 못한다). 이 부분에서는 이처럼 묘할 정도로 일상과 매끄럽게 연결된 자살 방법을 매력적이라 말하고 싶은 분위기가 엿보였는데, 그것이 참으로 이 글의 서두다웠다. 이후의 특집 내용이 어땠을지는 아마 짐작이 갈 것이다. 자살에 관한 소박한 동경과 미화 같은 분위기였다.

내가 이런 잡지로 이야기를 시작한 이유는 탐미적이라든가 고고함을 사랑한다든가 추잡한 현실을 증오한다든가 하는 사람들이 확실히 자살과 친화성이 높다는 생각이 들기 때문이다. 바꿔 말하면 이들은 노화·쇠퇴·열화·타협·영합·범용 등을 미워하고, 그런 것에 지배당하느니 차라리 자살을 선택하는 게 더 순수한 정신의 이상적인 형태라고 생각하는 가치관을 지녔다. 앞서 언급했던 오키 마사야는 서른한 살의 나이에 스스로 목숨을 끊었는데, 엄청난 나르시시스트였던 그는 생전에 "나는 서른 살을 넘기면 죽을 거야. 늙어서 추해질 때까지 살고 싶지 않아"라고 당당히 말했었다. 그는 그런 각오를 실천한 것이다.

다만 그는 정신적으로 상당히 불안정해서 죽기 몇 년 전부터 항우울제를 복용했으며, 약 부작용인 부종과 비만, 컨디션 난조로 고민해 왔다고 한다. 그렇다면 그가 자살한 이유는 정신질환으로 인한 현실 검토 능력 저하나 약 부작용에 의한 용모의 부정적 변화일지도 모른다. 그가 아무리 강렬한 미학에 사로잡혔다고 한들 '서른 살이 넘으면 무조건 늙고 추해지니까'라는 식의 단순한 이유만으로 자살하지는 않았을 것이다.

나이를 먹는 것을 성숙함이나 원숙함으로 받아들이지 않는 사람들이 있다. 그들은 나이를 먹어가는 것을 '순수함이나 생기, 유연함, 번득임, 솔직함, 저돌성을 상실하는 것' 혹은 '영혼이 저속한 세상에 물들어 더럽혀지는 과정'쯤으로 보는 모양이다. 젊음을 순수하고 아름답다고 믿고 싶어 하는 기분을 이해하지 못하는 건 아니다. 요절을 동경해서 스물일곱 살에 사망한 전설적인 록 뮤지션을 신봉하고, 반전 운동 지도자이자 반문화의 상징이었던 제리 루빈의 말 "Don't trust over 30(서른 살 이상의 사람은 믿지 마라)"에 깊이 공감하고, 에곤 실레의 전시회 포스터를 벽에 붙여놓고, 아르튀르 랭보나 레이몽 라디게, 제롬 데이비드 샐린저의 책을 책장에 숨겨 놓지 않는다면 청춘이라는 통과의례를 제대로 치렀다고 할 수 없을 것이다.

하지만 서른 살이 되었다고 해서 '나는 이제 더는 믿을 만한 사람이 아니야'라고 한탄하며 아무런 미련 없이 자살해 버리는 사람이 정말 있을까(제리 루빈은 아무렇지 않게 변절해서는 월스트리트의 트레이더로 큰돈을 벌더니 쉰여섯 살이 되어서야 교통사고로 사망한 나쁜 놈이다). 이제 아저씨나 아주머니로만 보인다고 낙심할 수 있지만, 그렇다고 스스로 죽음을 택할 사람이 과연 있을까. 오키 마사야도 역시 우울증이 가장 큰 원인이었고, 여기에 항우울제 부작용이나 다른 요인이 겹쳤던 것뿐이지 않을까. 죽지 않고 계속 살면서 실제 나이보다 젊어 보이려고 고심하거나 성형을 반복하는 편이 그 꼴사나운 태도에 있어 훨씬 인간적이고 현실적이다. 미학에 따라 자살하는 경우는 설령 그런 사람이 있다고 치더라도 실제로는 좀 더 근본적인 이유가 숨어 있으며, 그 이유에 겹치는 형태로 미학적 문제가 전경화되어 있을 뿐이라는 생각이 든다.

그렇기에 미학에 따른 자살이란 설령 존재하더라도 매우 드물거나 '그런 것처럼 보일 뿐'이라고 멋대로 짐작하게 된다(미학을 낭만적이라고 받아들이면 일부 동반자살도 낭만에 따른 자살이지 않을까 싶다. 여러 사람이 의기투합하면 어떤 행동을 벌이는 문턱이 갑자기 낮아지는 게 일반적이다). 그런데도 나는 '미학에 따른 자살'이라는 항목을 따로 만들 수밖에 없었다. 자기 나름의 미학을 관철하는 삶을 고집하는(실제로 그 미학을 관철할 수 있느냐는 또 다른 문제다) 사람들이 생각보다 꽤 있으므로 그 연장선상에 '미학에 따른 자살'을 상정하고 싶었기 때문이다.

하지만 개인이 고집하는 삶의 방식과 '그에 따라 스스로 죽음을 선택하는 일'은 결코 직결되어 있지 않다. 이를 직결시키고 싶은 심리는 그럴듯한 괴담에 끌리는 안일한 심리와 별반 다르지 않다. 역시 죽음은 특별한 것이며, 죽음 앞에 서게 되면 신념이나 미학도 아무렇지 않게 철회할지 모른다…. 그런 '인간으로서의 나약함'을 인정해야만 비로소 세상을 이해하고 허용할 수 있게 될 것이다.

인터넷에서는 미남 미녀였던 배우나 가수가 노화나 질병, 성형 부작용 등으로 '이렇게 변해 버렸다'라는 사실을 알려주는 잔혹한 사진을 쉽게 발견할 수 있다. 나는 이런 사진을 구경한다. 그 사람들이 과거와 현재의 모습 사이에서 대체 어떤 식으로 타협하고 있을지 상상하기를 좋아하기 때문이다. 그들을 놀리고 싶어지는 짓궂은 마음을 만끽하는 것이다. 그들은 어떻게든 자신을 정당화해 보기도 하고 포기하거나 무시하는 등 온갖 방법을 다 써봤을 것이다. 나는 그런 그들을 불순하게 보거나 꼴불견이라 생각하지 않는다. 이제는 그들도 다른 사람을 이해할 수 있는 현실을 느끼게 되었다는 생각에 오히려 친근감을 느끼게 된다. 노년이 된 지금, 나는 '내 못생긴 얼굴에 절망하거나 자살하지 않아 다행이야'라고 내 젊은 시절을 돌아보며 가슴을 쓸어내리고 싶다.

　루키노 비스콘티 감독의 영화 〈베네치아에서의 죽음〉에서 타지오를 연기했던 비요른 안데르센은 완벽에 가까운 미소년의 외모로 칭송받았지만, 반짝스타로 끝나버렸고 지금은 결혼해 가정을 꾸려● 음악 교사로도 일하고 있다. 그가 최근에 찍은 사진을 보면 마치 몰락한 지골로●● 같은 모습인데(주름투성이지만, 여전히 날씬한 체형을 유지하고 있다는 점은 대단하다), 범상치 않은 카리스마가 느껴지기는 하지만 '세상에, 그 미소년이…'라는 생각에 말문이 막힌다. 인터넷에 그의 과거와 현재를 비교하는 사진이 수없이 많이 올라와 있다는 점만 보더라도 그런 기분을 맛보고 싶어 하는 사람이 얼마나 많은지 알 수 있다. 하지만 그는 여전히 멀쩡하게 잘살고 있다. 멋진 모습과 볼품없는 모습을 오가면서 양면적으로 사는 것이다.

　참고로 그는 2019년에 개봉한 아리 에스터 감독의 호러 영화 〈미드소마〉에서 실제 나이보다 일곱 살이나 많은 노인 역으로 출연해 왕년의 팬들을 놀라게 했다. 심지어

●　　현재는 이혼한 상태다.
●●　　부유한 여성을 상대하는 고급 남창.

2021년에는 〈세상에서 가장 아름다운 소년〉이라는 다큐멘터리 영화(크리스티나 린드스트룀, 크리스티안 페트리 감독)까지 제작되었다. 그 영화는 성적 착취를 당한 미소년이라는 관점에서 그려졌다고 하는데 아직 보지 못했다.

실시간으로 《월광-LUNA》를 애독했던 젊은이들이 이제는 콜레스테롤 과잉 상태의 육중한 몸을 한 중장년이 되어 있다고 생각하면, 다 안다는 듯한 표정으로 '그 또한 인생의 참맛이지'라고 중얼거리고 싶다.

자아도취적인 소년 철학자

철학적 자살(미학에 따른 자살과 마찬가지로, 추상적인 이념에 이끌린 자살로 분류된다)은 어떨까. 이 주제에서 꼭 거론되는 사례가 바로 후지무라 미사오(16세 남성)의 자살이다. 1903년 5월 22일, 당시 구제舊制 다이이치고등학교° 일학년에 재학했으며, 영어 시간에는 나쓰메 소세키의 수업을 들었던 후지무라는 닛코의 게곤 폭포에 몸을 던져 자살했다.

● 일본의 근대국가 설립에 필요한 인재를 육성하기 위해 1886년에 설립된 학교로, 졸업생 대부분이 도쿄대학교에 진학했으며 1950년에 학제 개편으로 폐지될 때까지 여러 분야의 인재를 배출했다.

이 자살이 세간의 이목을 집중시킨 까닭은 그가 실연이나 병고, 금전적인 문제 같은 세속적인 이유가 아니라(그의 집은 유복했고, 당시 다이이치고등학교 학생은 장래가 보장된 엘리트였는 데다 심지어 그는 용모도 빼어났다), 철학적 번민 끝에 자살을 택했기 때문이었다. 그뿐만이 아니다. 후지무라는 용소 근처에 서 있던 졸참나무의 껍질을 칼로 벗겨내고 여기에 유언으로 암두지감巖頭之感이라는 제목의 시를 먹으로 써서 남겼다. 그의 시풍뿐만이 아니라, 이러한 죽음마저도 세간의 눈에 일종의 퍼포먼스처럼 대범하게 비치지 않았을까.

다음은 '암두지감'의 전문이다.

아득히 멀구나, 하늘과 땅이여.

실로 적막하구나, 과거와 현재여.

내 오 척 단구의 몸으로 그 크기를 재려 한다.

호레이쇼의 철학이 이제껏 어떠한 권위를 보여주었단 말인가.

만유의 진상은 오직 한 마디,

이르건대 불가해不可解이니.

내 이 한을 품은 채 번민하다

결국 죽음을 결심하기에 이르렀도다.

이미 바위에 올라섰음에도

마음에는 아무런 불안이 없으니.

비로소 깨달았도다.

크나큰 비관은 크나큰 낙관과도 같다는 것을.

　이 시는 사람의 마음을 묘하게 고양하는 듯한 어조로 가득 차 있다. 이 사건을 일본 최초의 철학적 자살로 세간에 선전하며 관심을 끈 이는 선정적인 기사를 주로 다루던 일간지 《요로즈조호》를 창간한 구로이와 루이코였다. 그는 후지무라 미사오가 자살하자 나흘 뒤 《요로즈조호》에 '소년 철학자에게 조의를 표한다'라는 글을 싣고, "우리나라에는 철학자가 없다. 이 소년에게서 비로소 철학자를 보았다. 아니, 철학자가 없는 것이 아니라, 철학을 위해 목숨을 거는 자가 없는 것이다"라고 후지무라를 칭송했다. 사실 구로이와는 그저 자신의 저서 《덴진론》을 이 사건과 엮어 선전하려고 글을 쓴 모양이었지만.

　4장에서도 언급했던 정신과 의사 오하라 겐시로는 일반 독자를 대상으로 쓴 《자살 일본―자살은 미리 알 수 있다》에 "어쨌거나 이 게곤 폭포는 후지무라 미사오 덕분에 자살 명소가 되었다. 그 당시 해당 지역 면사무소에는 후지무라 미사오가 변사체 제1호로 기록되었으며, 자살 이유로는 '철학적 자살'이라 적혀 있었다고 한다. 그 후에도 이곳에서 자살 시도가 끊이질 않아 마치 유행처럼 자살자 수가 폭등했다고 전해진다"라고 적었다. 확실히 연쇄 자살의 기세가 엄청났는지 후지무라가 죽은 뒤 4년 동안 게곤 폭포에 몸을 던진 사람의 수가 자살 미수를 포함해 총 백팔십오 명에 달했다.

아무래도 후지무라 미사오의 자살을 계기로 '철학적 자살'이라는 것이 마치 죽기 위한 새로운 구실을 제공하는 결과를 낳은 모양이었다. 어쩌면 하나의 발명으로 평가해야 할지도 모르겠다. 작가 아사쿠라 교지는《자살의 사상》(오타출판, 2005)에서 후지무라가 쓴 편지에 대해 다음과 같이 말했다.

> 자주 등장하는 어휘는 주관, 객관, 비관, 해석, 회의, 지식, 공간, 시간, 철리哲理 그리고 그가 남긴 시 '암두지감'에 들어가 유행어까지 된 번민 등 추상적인 개념을 나타내는 표현이 대부분이다. 그 대부분이 메이지 시대에 서양의 여러 학문과 사상을 수입할 때, 그것들을 받아들이기 위해 한자어나 불교 용어를 바탕으로 새롭게 '만들어진' 단어들이다. 철학 연구를 지망했고, 다이이치고등학교에 입학한 직후 아베에게 "나는 과학, 윤리, 종교를 초월한 순수 철학을 공부할 생각이야"라고 호언장담했다는 후지무라에게는 당연한 이야기일 것이다. 내가 현재 관심을 가지는 부분은 이처럼 새롭게 '만들어진' 추상적인 언어 사고를 당연하다는 듯이 자유자재로 구사할 수 있게 된 후지무라 세대에 (어쩌면 그런 연유로) 자살의 뒤

르켐(에밀 뒤르켐. 프랑스의 사회학자이자 철학자. 1897년에 《자살론》을 출간했다-인용자 주)이라는 새로운 유형이 '창조'되었다는 점이다.

이는 상당히 흥미로운 지적이다. 새롭게 만들어진 추상적인 언어가 불안정한 젊은이의 심리에 독특한 드라이브를 추가해 죽음이야말로 정신의 순수함을 뒷받침한다는 발상을 부추긴 것일지도 모른다. 작가 구레 도모후사는 《자살하고 싶은 사람들》(다카라지마샤, 1999)에 수록된 '허무와 마주하는 말'이라는 논고에서 "이 문체에서 자신의 자의식이 근대라는 새로운 시대의 최첨단에 자리하고 있다는 후지무라 미사오의 긍지를 느낄 수 있다. 이 글이 설령 한 소년이 객기로 쓴 것이라 해도 어딘지 모르게 사람의 마음을 울리는 것은 바로 이러한 긍지 때문이다"라고 밝혔다.

아사쿠라의 책에는 다음과 같은 서술도 있다.

후지무라는 죽기 한 달 전쯤, 다이이치고등학교에서 사귄 친구인 우오즈미 세쓰로에게 문득 "번민이라는 건 그 단어 자체만으로도 기분이 좋아"라고 말했다고 한다.

또 마찬가지로 다이이치고등학교에 와서 만난 후지와라 다다시라는 친구와 우에노 숲을 산책하다가 "바라건대 번민하고 또 번민하다가 죽기를, 헛된 깨달음 속에서 죽음을 맞이하느니"라고 흥얼거리고는 후지와라에게 "이게 내 유언이야, 기억해 둬"라고 말했다고 전해진다.

아마도 후지무라는 번민하는 자신의 모습에 취해 있었을 것이다. 그에게는 긍지도 있었지만, 자아도취적인 성향 또한 있었다. 그렇다면 오히려 그는 자기애에 따라 자살했다고 보는 편이 적절할지도 모른다. 애초에 어째서 '암두지감' 같은 요란한 글을 써서 남겼을까. 좀 더 조용히 죽을 수는 없었냐고 반쯤은 빈정대고 싶어진다. 번민이 그렇게나 대단한 것이냐고 묻고 싶어진다. 벼루와 칼, 양산까지 들고 자살할 장소로 향하는 모습이라니, 조금 '계산된' 느낌이 들지 않는가.

사실은 그가 자살한 진짜 이유가 실연이었다는 설이 과거에 여러 번 제기된 바 있다. 이런 세속적인 이유가 우리 같은 평범한 사람에게 더 수긍이 가기 때문이다. 그리고 미나모토노 요시쓰네*처럼 후지무라 미사오 또한 몇몇 생존

• 1159~1189년, 일본 헤이안 시대 말기부터 가마쿠라 시대 초기의 무장으로, 이복형이자 가마쿠라 막부 초대 쇼군인 미나모토노 요리토모와 갈등을 빚다 쫓겨난 후 자살했다. 사후에 그의 머리가 궤에 담겨 가마쿠라로 보내졌으나, 사실 그 머리는 가짜이며 요시쓰네는 북쪽으로 도망쳤다는 전설이 전해진다.

설이 돌기도 했다. 이즈미 교카의 신문연재소설 〈후류센〉의 줄거리가 후지무라 미사오의 생존설을 다루고 있다고 하는데, 읽어보지는 않았다. 이즈미 교카의 문장은 어쩐지 잘 읽히지 않아서 좋아하지 않는다.

후지무라의 생존설을 다룬 보기 드문 작품 중에 미스터리 작가 사이토 사카에의 《일본 햄릿의 비밀》(고단샤, 1973)이라는 소설이 있다. 이 소설에서는 후지무라의 투신이 사실 위장 자살이며, '암두지감'에 암호가 숨어 있다는 기발한 주장이 펼쳐진다. '암두지감'에는 '호레이쇼의 철학'이라는 표현이 등장하는데, 이 호레이쇼는 셰익스피어의 희곡 《햄릿》에서 관객이 줄거리의 진행을 이해할 수 있게 돕는 역할을 하는 인물이다. 그렇기에 이 소설의 제목이 '일본 햄릿의 비밀'이 된 것이다.

중요한 암호 부분은 어떨까. 먼저 '암두지감'의 일본어 원문을 구두점을 기준으로 열 문장으로 나눈다.

① 아득히 멀구나, 하늘과 땅이여.
② 실로 적막하구나, 과거와 현재여.
③ 내 오 척 단구의 몸으로 그 크기를 재려 한다.
④ 호레이쇼의 철학이 이제껏 어떠한 권위를 보여주었단 말인가.
⑤ 만유의 진상은 오직 한 마디,

⑥이르건대 불가해不可解이니.

⑦내 이 한을 품은 채 번민하다.

⑧결국 죽음을 결심하기에 이르렀도다.

⑨이미 바위에 올라섰음에도 마음에는 아무런 불안이 없으니.

⑩비로소 깨달았도다. 크나큰 비관은 크나큰 낙관과도 같다는 것을.

그런 다음 각 부분의 첫 글자를 딴다. 그러면 '유·레·고·호·바·이·와·쓰·스·하'가 된다('적막하다'의 일본어 발음은 옛 표기에 따라 '리'가 아니라 '레'가 된다). 이것만으로는 뜻을 알 수 없지만, 《화엄유심의석의華嚴唯心義釋義》라는 책을 참고해 다시 배열하면 '고유하스쓰 이와바호레', 즉 '다섯 가지 뜨거운 물을 버리고 바위가 많은 곳을 파라'라는 뜻이 된다.

주인공이 갑자기 '오색온천'으로 유명한 시오바라 온천으로 향하게 되는데, 사실 마지막에는 전개가 늘어져서 이해가 잘 가지 않는 부분이 있다. 후지무라 미사오가 위장 자살을 한 이유조차 밝혀지지 않는다. 그런데 소설의 마지막 부분에 이런 문장이 나온다.

후지무라 미사오는 '암두지감'에 남긴 것처럼 오쿠시오바라에 남에게 말할 수 없는 비밀을 가지고 있었다. 그리

고 그 시기가 올 때까지 세상에 나가는 것을 스스로 금지
했다.

하지만 그의 비밀은 시간이 흐르고 관동대지진의 여파로
산사태가 일어나면서 영원히 땅속에 묻혀 버린 것이다.

이미 산송장이 되어 버린 그는 만년에 조용히 오쿠시오
바라의 숲에서 돌아올 수 없는 사람이 되어 무연고자 무
덤에 잠들었다….

나는 마침내 이러한 결론을 얻은 것이다.

남에게 말할 수 없는 비밀이 무엇이었는지 전혀 알 수
없고, 굳이 암호를 남겨야 했던 이유도 확실하지 않다. 위장
자살을 택한 이유도 애매하다. 이야기를 제대로 끝맺지 못
하고 흐지부지 끝나버리는, 정말 별로인 소설이다. 이런 책
을 고단샤에서 잘도 출판했구나 싶어 놀라지 않을 수 없었
다. 하지만 '암두지감'에 암호가 숨어 있다는 발상 자체는
나쁘지 않았고, 그런 아이디어를 다소 무리하게라도 500장
짜리 소설로 완성해 낸 능력 자체는 인정할 만하다. '암두지
감'이 일본인들의 마음에 깊이 스며들었다는 방증이기도 하
니 말이다.

철학적 자살이란, 즉 이념적·관념적인 이유에 바탕을
둔 자살일 것이다. 월간지 《유레카》의 1979년 4월호는 '자

살―파국으로의 의지'라는 특집으로 꾸며졌는데, 이 잡지의 특성상 예술가의 자살에 대한 논고가 많이 실려 있었다. 죄다 얄팍한 글밖에 없었지만, 그중에서도 특히 그 정점이었던 것이 문예평론가 이소다 고이치(1931~1987)가 쓴 '자살과 이상주의'라는 글이었는데, 그 글에는 이런 내용이 있다.

> 영어의 'Idealism'이 '이상주의'를 의미하는 동시에 철학적 개념으로서의 '관념론' 또한 뜻한다는 것은 자살의 구조를 생각했을 때 매우 시사적인 부분이 있다. 이상주의자의 눈에 비친 세계는 주관에 따라 구성된 관념의 세계라고 봐도 좋으며, 여기에 성립하는 것은 당위^{sollen}로서의 관념과 실재^{sein}로서의 현실 세계의 분열 상태라고 할 수 있다. 이때 자살이란 '마땅히 그래야 할 자신의 모습'과 '실제 자신의 모습'이 일정 거리 이상 벌어져 버렸을 때 전자를 증명하기 위해 후자를 물리적으로 말살하는 행위이지 않을까.

참으로 피상적인 생각이다. '이지 않을까'라니, 짜증이 다 난다. 심지어 그는 다음과 같은 글까지 썼다.

> 모든 자살이 이상주의를 표현했다고 단언할 수는 없다. 육체적 고통에서 벗어나기 위한 자살은 아마도 '안락사'

에 가까울 것이다. 최근에 일어나는 자살 사건에 대해 말해 보자면 닛쇼이와이[•] 상무가 자살한 데에는 '의리'나 '체면' 등이 작용했겠지만, 당연히 심적 고통에서 벗어나고 싶다는 바람도 컸을 것이다.

한편 모 대학교수 아들이 자신의 외조모를 살해한 후 논리정연하게 쓴 유서를 남기고 자살한 사건도 있었는데, 그 유서의 내용이 비록 일반적인 도덕적 관념에 비추어 봤을 때 상당히 왜곡되어 있기는 했지만, 나는 그가 철학적 자살자라는 생각이 든다. 그 유서에는 적어도 라스콜니코프^{••}가 사색의 싹을 틔운 것에 견줄 만한 것이 있었다. 이것을 이상주의의 역설적인 표현이라 불러서 안 될 이유가 있을까. 문학의 '독'은 이제 그 소년의 유서 같은 곳에밖에 남아 있지 않게 된 것 같다.

'뭐가 문학의 독이냐!'라고 나야말로 독설을 퍼부어 주고 싶어진다. 지식인을 자처한다는 경박한 인간이 얼마나 자살을 관념적으로 다루고 있는지를 말해주는 좋은 사례로밖에 보이지 않는다.

• 1928년 설립된 일본의 종합 무역상사로, 2004년도에 니치멘주식회사와 합병하여 소지츠 종합상사가 되었다.
•• 도스토옙스키의 소설 《죄와 벌》의 주인공.

저 글에 나온 '모 대학교수 아들이 외조모를 살해한 후 논리정연하게 쓴 유서를 남기고 자살한 사건'은 1979년 1월 14일에 세타가야구에서 일어난 일명 '아사쿠라 소년 외조모 살해 사건'이다. 이소다가 그 소년이 철학적 자살자 같다고 했으니, 일단 어떤 사건이었는지 조사는 해봐야 하지 않겠는가.

소년이 남긴 유서

사건의 개요는 간단하다. 당시 열여섯 살(다섯 살 어린 여동생이 있었다)로, 와세다고등학원 일학년생이었던 아사쿠라 이즈미(남성)가 예순일곱 살의 외조모를 잔혹하게 살해하고, 얼마 지나지 않아 범인인 이즈미도 투신자살한 사건이다. 다만 이 사건에는 몇 가지 특징이 있었다.

우선 이 사건이 엘리트 집안에서 일어났다는 점이다. 이즈미의 부친은 오차노미즈여자대학교 교수였고, 모친은 쓰다주쿠대학교 출신의 각본가며, 외조부는 도쿄대학교를 졸업한 저명한 프랑스 문학자였다. 그리고 이즈미의 부친은 외조부의 도쿄대학교 시절 제자이기도 했다. 고학력자로 구성된 삼대 가족 안에서 이런 사건이 일어난 것이다. 또 다른 특징은 이즈미가 방대한 양의 유서를 남기고 자살했다는 점이었다. 유서에서 이즈미는 자신을 엘리트라 칭했으며, 매우 오만하고 과장된 태도를 보였다. 마치 '중이병'의 연장선 상에 놓여 있는 것만 같은 그 유서의 존재야말로 이 사건을 사람들의 뇌리에 각인시켰다고 볼 수 있다.

이즈미는 외조모의 사랑을 듬뿍 받으며 컸다. 모친은 각본가로 일하느라 바빴고, 부친은 연구에만 몰두하는 형편 이었기에 부모보다는 외조모가 아이들을 주로 양육했다.

이즈미는 원래 성적이 우수했지만, 중학교 시절 소설 에 눈을 뜨면서 성적이 한때 하락했다. 하지만 이내 스파르타식 학원에 다니며 원래의 성적을 회복했다. 머리가 좋은 학생에게서 흔히 볼 수 있는 유형인데, 이즈미는 아마도 이 때 학원에서 그릇된 엘리트주의를 주입받은 듯했다. 그러 다 그가 중학교 삼학년 때 부모가 이혼하면서 부친이 집을 나갔다. 그때부터 외조모의 과잉 간섭이 한층 심해졌다. 이 즈미는 비록 게이고 고등부 진학은 실패했지만, 와세다고 등학원에 입학했고 그 후에도 좋은 성적을 거두었다. 하지 만 1979년 1월 10일에 장문의 유서를 완성하고, 심지어 사 본 3부를 작성해 3대 신문사인《아사히신문》과《요미우리 신문》,《마이니치신문》에 보낼 예정이었으나 실행하지 못 한 채, 그해 1월 14일 정오 무렵에 외조모의 방(그녀의 방과 이 즈미의 방은 문 하나를 사이에 두고 있었으며 잠금장치는 없었다)에 서 그녀의 머리를 쇠망치로 내려치고, 이어서 송곳과 과도 로 난도질해서 과다 출혈로 사망에 이르게 했다. 얼마 후 이즈미는 자택을 빠져나와 약 2킬로미터 떨어진 오다큐 전철 교도역 기타구치 빌딩 14층에서 투신자살해 숨졌다.

이즈미가 남긴 유서(즉, 이소다가 말한 '문학의 독')란 어떤 것이었을까. 그의 방에서는 대학노트 두 권이 발견되었는데, 한 권에는 범행 계획(시나리오)이 네 개의 장에 걸쳐 적혀 있었다. 이것만 읽으면 알리바이 조작 운운하며 완전범죄를 노린 것처럼 보이지만(과연 어디까지가 진심이었는지는 확실하지 않다. 또 범행은 계획대로 실행되지 않았다), 범행 후에 자살할 의지가 있던 점 또한 기록되어 있었다.

다른 한 권에는 400자 원고지 94장 분량의 유서가 검은색 볼펜으로 적혀 있었는데, 필체가 매우 반듯하고 오탈자도 거의 없었다고 한다. 유서는 다음과 같이 총 여섯 장에 걸쳐 구성되어 있었다.

1장 총괄
2장 대중·열등생의 역겨움
3장 외조모, 어머니
4장 여동생
5장 결론
6장 꼬리말

1장에서는 "내가 이번 사건을 일으킨 동기를 정리해 둔다"라며 다음 세 가지를 열거했다.

1. 엘리트를 질투하는 궁상맞고 교양도 없으며 천박하고 무신경하고 지능도 낮은 대중·열등생들이 미우니까. 그리고 이런 바보를 한 명이라도 줄이기 위해.

2. 1의 동기를 대중·열등생에게 알려 조금이라도 불쾌하게 만들기 위해.

3. 부친에게 살해당한 가이세이고등학교 학생(당시 가이세이고등학교 학생이었던 열여섯 살 아들이 심각한 가정 폭력을 멈추지 않자, 이러다가 아들이 범죄자가 되어버릴 것을 우려한 부친이 1977년 10월 30일에 아들을 목 졸라 죽이고 자수한 사건-인용자 주)에게 저능한 대중이 엘리트를 미워하며 가한 비판에 같은 엘리트로서 복수 및 공격.

짜증을 내고 있다는 것은 알겠는데, 결론이랄 것이 없는 글이다. 그가 보기에는 자신의 외조모 또한 궁상맞고 교양도 없으며 천박하고 무신경하고 지능도 낮은 대중·열등생에 포함되었던 모양이지만, 외조모 역시 엘리트 가족 중 한 명이 아니었던가. 글의 내용에서 모순이 엿보였다. 하지만 본문은 의외로 탄탄한 편이었는데, 예를 들어 3장에서 자신의 모친을 관찰한 부분 등은 냉정하고 냉소적이지만 잘 쓴 편이었다(글을 쓴 당사자는 열여섯 살이었다. 다만 당사자는 소설가 쓰쓰이 야스타카*의 문체를 차용했다고 5장에 밝히고 있다).
그 일부를 인용하자면 다음과 같다.

> 어머니는 승리욕이 너무 강한 사람이라 보통 귀하게 자
> 란 아가씨들에게 엿보이는 '단아함'이 전혀 없다. 승부
> 욕. 어머니가 싫은 점은 이 한마디로 집약된다. 승리욕이
> 강해서 누구에게든 사양하는 법 없이 커왔기에 자신의
> 감정을 속에 담아두고 뒤로 물러나는 법이 절대 없다. 늘
> 자기 생각을 당당히 내세우며, 겁을 먹는 일도 절대로 없
> 다. 이는 물론 대단한 일이지만, 여성이 심지어 너무 극단
> 적으로 나오면 실로 불쾌하기 짝이 없다. 여성의 미덕 중
> 하나인 조신함이 전혀 없다.

어쩐지 남편의 '불평'처럼 들리지만, 읽다 보면 자연스
레 이즈미를 동정하고 싶다. 심지어 그의 외조모는 그를 억
압하는 성향이 있는 데다 완고하고 무식하며 지배적인 성
격이었고, 손자에 대한 기대가 과도했으며 사춘기 소년에게
너무 무신경한 부분이 있었던 듯했다(외조모와 이즈미의 방
이 문 하나를 두고 붙어 있었고, 잠금장치조차 설치해 주지 않았다는

• 일본의 3대 SF 소설가 중 한 명으로, 〈시간을 달리
  는 소녀〉를 썼다.

138

일화만 봐도 그러한 점이 엿보인다). 그런 어머니와 외조모에게 둘러싸여 살았으니 이즈미의 짜증이 날로 커졌으리라는 사실은 쉽게 짐작할 수 있다.

자신이 엘리트 집안의 일원이라는 사실 또한 상당한 부담으로 작용했을 것이다. 이즈미 본인은 자신을 엘리트라 칭했지만, 사실 본인이 그리 뛰어나지 않다는 사실을 이미 자각하고 있지 않았을까. 애초에 와세다고등학원 학생을 엘리트라고 하지는 않는다. 월반까지 해서 다이이치고등학교에 들어갔던 후지무라 미사오 같은 사람을 엘리트라고 하지. 이즈미도 그런 사실을 알고 있었을 테고, 고등학교쯤 가면 공부를 제대로 하지 않는 것 같은데 늘 좋은 성적을 받는 동급생을 보며 '저 녀석은 나와 뇌 구조가 다른 건가?'라고 놀라는 일도 생긴다. 그러니 어쩌면 그는 이러다 자신이 낙오자가 되는 건 아닐지, 글재주가 조금 있을 뿐 자신이 그리 특출난 인간은 아니라는 생각에 겁이 났을지도 모른다. 게다가 이즈미는 그런 걱정을 솔직하게 받아들여 줄 만한 환경에 살고 있지도 않았다.

그러니 만성적인 짜증과 불안이 나중에는 우스꽝스러울 정도의 오만함으로 변해 그의 머릿속을 헤집어놓은 게 아닐까. 만약 그렇다면 그가 쓴 범행 계획과 유서는 단지 고조된 감정을 가라앉히려고 시작한 일일 수도 있다. 하지만 그처럼 절실한 동기로 시작한 일이 마음을 가라앉히거나 혹은 자신을 객관적으로 바라볼 수 있게 도와 한 번 웃고 넘길 수 있게 하지 않고, 짜증을 더 키우고 말았다. 유서를 썼기에 오히려 그는 사건을 실현하고자 쉽게 발을 내디디고 말았다. 결국 유서가 두 사람의 생명을 빼앗은 것이다. 6장의 '꼬리말' 부분은 다음과 같은데, 여기서 그는 이미 자신의 한계를 어렴풋이 느끼면서도 이를 인정하지 않으려고 필사적으로 버티고 있는 듯 보였다.

이제껏 이런저런 내용을 적었지만, 바보 같은 대중은 이런 일을 무시하고 금세 잊어버리겠지. 하지만 그게 뭐 어떻단 말인가. 가이세이고등학교 사건이나 혹은 내 사건이 잊힌 뒤에도 이러한 수험 지옥, 학력 지옥은 여전히 계속될 것이다. 영원히 이어질 것이다. 어리석은 대중들. 너희는 앞으로 수험 지옥에 계속 시달릴 거다. 꼴 좋다. 엘리트를 질투한 벌이다. 자, 괴로워하라! 엘리트를 박해한 죄다! 자, 괴로워하라!

수험 지옥, 학력 지옥의 소용돌이 속에서 이즈미가 서 있던 자리를 생각해 보면 결국 어리석은 대중이 곧 이즈미 본인으로 읽힌다. 그는 그야말로 자포자기한 것이었다.

이소다는 이처럼 사건의 대략적인 내용을 알면서도 아사쿠라 이즈미를 철학적 자살자라 칭하고, 그가 쓴 유서에

"라스콜니코프가 사색의 싹을 틔운 것에 견줄 만한 것이 있었다"라는 둥 "문학의 독은 이제 그 소년의 유서 같은 곳에밖에 남아 있지 않게 되어 버린 것 같다"라는 둥 열변을 토한 것이다. 나는 사건을 조사하면서 솔직히 이즈미의 불안에 가득 찬 '허세'에 오히려 공감에 가까운 감정마저 느꼈다. 그렇기에 이 사건은 새로울 것이 전혀 없는 뻔한 살인과 허탈한 자살이라는 생각이 들었다. 대체 이 사건이 어딜 봐서 철학적 자살이란 말인가? 문학의 독이라느니 하며 그럴 싸해 보이는 소리를 늘어놓은 이소다의 엉덩이를 걷어차 주고 싶어진다.

아무래도 적지 않은 사람들… 특히 까다로운 책을 읽을 것 같은 사람들에게는 철학적 자살 같은 것이 존재했으면 하는 바람이 있지 않을까. 적어도 백 퍼센트 순수한 철학적 자살은 마치 1956년에 발행된 십 엔 주화라든가 인간과 원숭이 사이의 '잃어버린 고리'라든가 혹은 무라카미 하루키가 말하는 '완벽한 절망'처럼 '있을 것 같지만, 실제로는 존재하지 않는' 것이라고 인식하면서도 반올림이라도 하면 어떻게든 철학적 자살에 해당할 것 같은 사례를 무의식적으로 찾게 되는 것이 아닐까 싶다. 그렇지 않으면 인간이 왜 소해질 것만 같고, 더는 이소다 같은 인간이 활약할 수 없을 테니.

그 반올림이라는 부분이 중요하다고 생각한다. 잘라

버린 부분에 세속적인 고민이나 때로는 조현병으로 연결될지도 모를 과도한 추상적 사고 혹은 사춘기의 불안정한 정서 등이 포함된다. 하지만 우리는 그런 것들을 외면하고 자꾸만 철학적 자살이나 미학에 따른 자살 같은 것들을 추출하고 싶어진다. 그것들이 돋보이게 하려면 구레 도모후사가 지적한 것처럼 '긍지의 유무'와 일종의 고양감이 필요할 것이다. 아사쿠라 이즈미에게는 고양감은 있었지만, 긍지는 없었다. 이번 장의 서두에서 소개한 자살 분류에 따르자면 그의 자살은 오히려 '⑤목숨과 맞바꾼 메시지로서의 자살'처럼 비치지만, 실제로는 '④고뇌의 궁극으로서의 자살'과 '⑦정신질환이나 정신 상태 이상으로 인한 자살'이 복합된 것이지 않을까 싶다. 이즈미는 정신질환까지는 아니었겠지만, 그가 처한 상황을 미루어 봤을 때 '정신 상태 이상' 상태에 있었다고 생각할 수 있다.

'①미학·철학에 따른 자살'이라는 분류 항목은 일단 거론해 두기는 하겠지만, 사실 《산해경》에 나오는 요괴처럼 '수상쩍은 존재'로 보는 게 적절할 것 같다.

제6장

자살의 유형 2

허무함 끝에 발생하는 자살

이른바 음독자살 중에는 감정에 휩쓸려 '죽어 줄게!'라는 식으로 약을 단숨에 들이켜거나 죽기로 마음먹고 남몰래 조용히 약을 삼키는 두 가지 경우가 있는 듯하다. 후자의 경우, 독을 삼키자마자 바로 사망에 이른다면 모를까 효과가 천천히 나타날 때는 말 그대로 그 순간 죽음과(또는 삶과) 대치하게 된다. 그 시간의 밀도는 얼마나 높아질까.

그런 점을 생각하고 있자니 작가 시마카게 지카이의 《죽음의 심경―유언·사세 연구》(교자이샤, 1937)라는 책에서 칼모틴으로 자살을 시도하는 인물의 유서랄까, 당사자의 실황 중계가 떠올랐다. (칼모틴은 진정제의 상품명 중 하나로, 일반명은 브롬발레릴 요소다. 일본에서는 브로바린이라는 상품명으로도 유통되었는데, 자살에 종종 쓰였다. 내 모친은 브로바린 의존증 경향이 있어 가끔 알코올과 병용했다가 심폐 정지 직전까지 가고는 했다. 꽤 강렬한 기억으로 남아, 그런 경험이 계기가 되어 내가 정신과 의사가 된 것인지도 모르겠다고 생각한 적이 있다) 그 책에는 '원인은 불명확하지만, 칼모틴으로 자살한 어느 장인 스타일 남성의 수기'라는 글이 서문에 첨부되어 있었다.

나는 지금 칼모틴을 먹었다. 잘 넘어가지 않아 물을 마시면서. (4시 40분) 몇 분이 지나면 이 글을 쓰는 손이 멈출까? 2분이 지났다. 아무렇지도 않다. 입안에 진흙이라도 넣은 기분이다. 3분이 지났다. 박쥐를(그 당시 유행하던 담배의 이름이 황금박쥐였다)를 피운다. 트림이 나온다. 4분, 아직 아무렇지도 않다. 그저 라무네*를 마신 기분이다. 5분, 담배를 잔뜩 피우고 있다. 6분, 내가 쓴 글을 읽어본다. 7분, 먹은 칼모틴이 효과가 없다. 8분, 이래서야 아무 일도 일어나지 않는다. 미하라산에 갈까? 10분, 아무렇지도 않다. 민요라도 한 곡 불러볼까? 12분, 눈 내리는 니가타, 눈보라가 그치지 않는 사도는….

여기에 저자 시마카게는 딱히 별다른 언급 없이 그저 "여기서 기록이 끊긴 것을 보니 12분에서 1, 2분이 지난 시

---

* 일본의 소다맛 탄산음료.

점에 의식을 잃었을 것이다"라는 당연한 말만 적어놓았다.

　이 수기가 어떤 경로를 거쳐 저자의 손에 들어왔는지는 알 수 없다. 경찰 관계자가 흘리지 않는 이상, 이런 자료는 입수하기 어렵지 않나. 아니, 그때는 인권이나 사생활에 대한 인식이 부족했으니 의외로 손쉽게 입수했을지도 모른다. 시마카게의 책에는 음독자살한 인물이 독을 먹고 의식을 잃기 전까지 쓴 수기가 이것 말고도 세 편 더 실려 있는데, 음독자살을 시도하면 다들 수기가 쓰고 싶어지는 걸까. 설마 날조되지는 않았겠지만, 위에 인용한 수기에서도 "10분, 아무렇지도 않다. 민요라도 한 곡 불러볼까?" 같은 부분은 현실적인 것 같으면서도 한편으로는 교묘하게 잘 만들어진 창작물 같다는 생각이 들기도 했다.

　저자인 시마카게 지카이를 검색해 보니 이름은 분명히 나오지만, 경력은 명확하지 않다. 1902년에 태어나 1983년에 사망한 평론가로, 인생론·행복론·운명론이나 서신 작성법, 종교 비판 등 다양한 분야에 걸쳐 다수의 저서를 남겼다. 《죽음의 심경─유언·사세 연구》는 그가 서른다섯 살에 집필한 책으로, 그 나이치고는 문체에서 깊은 통찰력이 느껴질 뿐만 아니라, 이를 뒷받침하는 자료도 풍부하다. 흥미로운 인물이기는 하다.

　'원인은 불명확하지만, 칼모틴으로 자살한 어느 장인

스타일 남성의 수기'를 다시 읽어보면 불안감이나 절망감, 슬픔, 분노 같은 생생하고 격렬한 감정은 이미 초월한 상태인지 자신을 실험동물을 바라보듯 담담히 관찰하고 있다는 점을 알 수 있다. "민요라도 한 곡 불러볼까?"라는 식으로 글을 적기는 했지만, 유머러스한 감정은 조금도 느껴지지 않는다. 이는 아쿠타가와 류노스케•가 "지금 내가 사는 곳은 얼음처럼 투명한, 병적인 신경 세계라네"라고 말한 것에 가깝다.

사람은 끝없이 밀려드는 허무함에 사로잡히다 못해 마음이 얼음처럼 투명해지는 지경에 이르면 오히려 더 농담 같은 말을 던지게 되는 모양이다.

수상쩍은 허무주의자

1949년 11월 24일 늦은 밤, 어느 고리대금업자가 청산가리를 먹고 자살했다. 그는 자신이 운영하는 긴자의 금융회사 사장실에 향을 피우고, 책상에는 양복 차림을 한 자신의 사진과 여덟 명의 애인 사진을 나란히 세워 놓은 뒤, 사진과

• 일본 근대문학을 대표하는 작가로, 〈라쇼몬〉 등을 썼으나 자살로 생을 마감했다.

마주 보는 자리에서 (조금 극적인 무대를 스스로 연출한 후) 독을 먹기 전부터 쓰기 시작한 유서를 끝까지 적으려고 했다.

1. 주의 사항. 검시 전에 사체에 손을 대지 말 것. 법 규정
   상 어쩔 수 없다면 교바시경찰서에 즉시 알리고, 검시
   후 법에 따라 해부할 것. 사인은 독극물. 청산가리(라
   는 말을 듣고 입수했으며, 이를 건넨 자가 혹시 속이지 않았는
   지 확인했음). 사체는 실험동물과 함께 소각하고, 남은
   재와 뼈는 농가에 비료로 매각할 것(그 비료를 먹고 자
   라날 나무가 돈이 될 나무거나 돈을 빨아들일 나무라면 상관
   없다).

2. 바라보면서 편안한 마음으로 지는 단풍잎. 이지理智의
   생명체의 증거가 있었다네 •

3. 출자자 여러분에게. 음덕을 쌓으면 보답을 받을 테고,
   은닉하지 않으면 죽을 텐데, 의심이 생기니 욕심부리
   다 아무것도 건지지 못하는 무모한 사람들인가. 고리
   대금업자는 차갑기 그지없다고 예전부터 듣기는 했지
   만, 시체를 건드렸다가는 얼음과자가 될 것(빚으로 인

•   유언을 작성한 이는 5·7·5·7·7음절의 5구로 구성
    된 일본의 정형시 단가를 썼다.

해 자살하며, 가사假死가 아니라는 증거●●).

4. 빚을 모두 청산가리 자살,● 빚으로 인한 자살. 아키쓰
   구, 오후 11시 48분 55초에 먹다. 오후 11시 49분 디 엔

위가 유서의 전문이다. 디 엔드^{The End}의 '드'를 적기 전
에 숨이 끊어진 듯했다. 그의 유서에는 '음덕'과 '은닉', '얼
음과자'와 '고리대금', '청산淸算'과 '청산靑酸' 등 일본어로 동
음이의어인 단어들을 이용한 말장난이 유난히 많이 보였다.
역시 사람은 죽음을 앞두고도 (어쩌면 그렇기에 더욱) '가벼운
농담 같은 말들을 툭툭 던져 버리는' 것일지도 모르겠다는
생각이 들어 새삼 마음이 복잡했다.

이 고리대금업자는 야마자키 아키쓰구라는 스물여섯
살의 도쿄대 법학부생으로(대학생치고 나이가 많은 이유는 학도
병으로 동원된 기간이 있기 때문), 그는 일명 '히카리 클럽 사건'
의 주인공으로 알려져 있다.

야마자키 아키쓰구(1923~1949)는 전형적인 엘리트였
다. 그의 부친은 부유한 의사인 동시에 기사라즈시의 시장
이었으며, 아키쓰구 본인도 구제 다이이치고등학교와 도쿄

● ●   '얼음과자'와 '고리대금', '빚'과 '가사', '증거'의 일
    부 발음이 같은 것을 이용한 말장난.

●   동음이의어 '청산淸算'과 '청산靑酸'을 이용한 말장난.

대학교에서 모두 우수한 성적을 올렸다. (그런데도) 그는 도쿄대 재학 중에 금융회사인 '히카리 클럽'을 설립하고, 사장이 도쿄대생이라는 점과 교묘하고 세련된 광고, 즉 고리대금업에 흔히 따라붙던 어둡고 수상쩍고 믿음이 가지 않는 인상을 불식시킨 이미지 전략을 앞세워 단숨에 두각을 드러냈다. 야마자키는 명석한 두뇌를 이용해 법을 자신에게 유리한 방향으로 교묘히 해석하고, 공격적인 경영방침으로 세력을 확장해 나갔다. 그야말로 빛이라는 뜻의 '히카리'라는 이름에 걸맞게, 패전 직후에 일본이 혼란한 시기에 반짝반짝 빛나는 기업으로 성장한 것이다.

하지만 1949년에 그는 물가통제령 위반 혐의로 체포되었다. 야마자키의 주장이 통해 다행히 기소는 면했지만, 그 일로 출자자에게 신용을 잃게 되었고, 이후 벌인 모든 대응이 그의 예상을 벗어나 삼천만 엔의 채무를 이행할 수 없게 되자 앞서 말한 대로 청산가리를 먹고 자살한 것이었다. 돌연변이처럼 등장해 14개월간 세간을 떠들썩하게 했던 히카리 클럽은 그렇게 한순간에 사라지고 말았다.

이 사건이 사람들의 뇌리에 깊이 박힌 이유는 소위 '아프레게르 범죄' 중 하나로 주목을 받았기 때문이다.

아프레게르란 원래 전후파를 뜻하는 프랑스어로, 일본에서는 패전 후 전쟁 전의 보수적인 가치관을 부정하고 (아니, 오히려 비웃고), 미래는 생각하지 않은 채 순간적인 쾌락

만을 탐하던 향락적이고 퇴폐적이며 자유분방한 젊은이들을 지칭했다. 히카리 클럽은 기존의 고리대금업 체와는 달리 세련되고 멋있었으며, 사장이 도쿄대학교에 재학 중이라는 의외성까지 더해져 전후의 새로운 분위기와 겹쳐 보였을 것이다. 그렇게 분위기에 휩쓸려 급성장했던 히카리 클럽은 순식간에 공중분해되고 말았다. 게다가 히카리 클럽의 사장은 평소에는 냉랭하기 짝이 없는 발언을 해대더니 정작 죽음을 앞두고는 세간을 깔보는 듯한 유서를 남겼다. 구세대에게 야마자키 아키쓰구는 자신들을 비웃기라도 하듯 은근히 무례한 태도로 일관하다가 죽어 버린 사람처럼 비치지 않았을까.

작가 가라키 준조는 야마자키가 좌담회 당시 발언한 기록《후진코론》(1950년 1월호. 좌담 상대는 작가 니와 후미오와 고타니 쓰요시)을 읽고 느낀 점에 대해 1950년에 발행한《덴보》4월호에 이렇게 밝혔다.

야마자키 같은 특이한 인물이 늘 머릿속 어딘가를 자극해 주는 듯한 느낌이 들었다. 실제로 만났다면 아마 조금 견디기 힘들었을 것 같다. 깍듯한 존댓말을 쓰며 오뚝한 코에 은테인지 뭔지 모를 안경을 걸친 남자, 실연당한 뒤 어떤 기분이 들었냐는 질문에 "여러모로 느낀 바가 많았습니다"라고 대답하는 이십 대 학생에게 틀림없이 못마

땅한 마음이 들었을 거다.

하지만 패전 후 아직 궤도에 오르지 못한 사회, 기성세대의 생활 기준이 붕괴하고, 새로운 도덕적 기준이 아직 제대로 정립되지 않았던 시대에 자기 스스로 '합의한 것은 준수되어야 한다'라는 단순한 표어를 내걸고, 그에 맞춰 살다가 그에 맞춰 죽어 간 이 청년은 그저 전후의 현상 중 하나로만 보기에는 부족한 무언가를 지니고 있다.

불쾌감을 드러내면서도 야마자키를 무시하지는 못하는 가라키 준조의 짜증이 생생히 전해져 오지 않는가.

야마자키 아키쓰구의 말투는 어찌나 직설적이었던지, "합의한 내용은 준수되어야 하므로 한 번 약속한 사항은 무조건 이행하는 것뿐입니다. 이는 저의 세계관에 바탕을 둔 행동이며, 제가 결정한 기반이므로 저는 그에 따라 행동할 뿐입니다. 하지만 제가 아닌, 다른 사람이 정한 사항에는 따르지 않을 것입니다"라고 말하기도 했으며, 자신은 이론대로 살아왔다고 자부하지만, 그 이론은 신앙을 바탕으로 하기에 자신이 자신의 이론에 지는 순간이 오면 죽을 수밖에 없다는 식의 발상을 펼쳤다. 심지어 그는 그러한 생각대로 자신의 이론에 져버린 순간 자살을 선택했다. 어쩌면 그는 밥을 먹고 사는 인간이 아니라, 전기로 움직이는 로봇이 아니었을지 의심하고 싶어진다.

다이이치고등학교 학생이었을 당시, 야마자키 아키쓰구는 기숙사에서 생활하면서도 주변 사람들에게 자신의 이야기나 속내를 전혀 털어놓지 않았다고 한다. 이 글에서 소개하는 자료는 대부분《진설 히카리 클럽 사건》(호사카 마사야스 지음, 가도가와쇼텐, 2000)을 참조했다. 혈기 왕성한 고등학생치고는 매우 특이한 모습이었다. 기숙사에서 같은 방을 썼던 다카하시 야스유키(몇 안 되는 야마자키의 친구 중 한 명)는《주간 아사히》1949년 7월 31일 호에서 야마자키에 대해 "돈에 집착하는 게 아니었어요. 돈을 버는 일 자체에 쾌감을 느끼는 것도 아니었고요. 그는 자신의 합리주의를 실제로 증명하고 싶었을 뿐입니다"라고 밝혔다. 아, 역시 그는 확고한 신념을 지닌 니힐리스트(허무주의자)였던 걸까.

원래 야마자키는 무덤덤하고 초연한 성격이었지만, 학도병으로 동원되어 시작하게 된 군 생활에서 매우 심한 인간 불신에 빠지게 된 듯했다. 도쿄대학교로 복학한 뒤, 전 과목에서 '우'를 따려고 맹렬히 공부했다.* 그러기 위해 그는 평범함과는 거리가 먼 생활을 하며 '시계 일기'라는 것을 쓰기 시작했다. 하루 24시간을 30분 단위로 나누어 도표

---

* 당시 도쿄대학교에서는 성적을 우優, 양良, 가可, 불가不可 총 4단계로 나누어 평가했다.

화한 것이었다. 무엇을 했는지, 어떤 일을 하는 데에 시간이 얼마나 걸렸는지, 그 일이 자신에게 유익했는지 등을 평가했다. 경제원론과 로마법을 공부하기도 했으며, '조식, 신문 etc.', '반성, 사색', '빨래 etc.' 같은 항목 외에도 'T·T와의 성교, 요리 및 식사, 놀기 etc.' 등과 같은 기록이 섞여 있었다. 여성과의 관계에 대해서도 유의미한 시간을 보냈는지 아니면 재미없었는지 등을 기호로 평가했다(그는 여성을 성욕 배출구로밖에 보지 않았다). 강박적인 성향도 엿보인 데다 일상의 모든 행동에 대해 유익했는지 아닌지 점수를 매긴 점 등을 미루어 볼 때 그의 정신 상태는 그리 건강하지 못했던 듯하다.

야마자키 아키쓰구는 다이이치고등학교 시절부터 인간의 감정을 수치화해서 형을 결정하는 '수량형법학数量刑法學'이라는 것을 확립할 야심을 품고 있었다고 한다.

호사카의 책에 실린 《주간 아사히》 1949년 12월 11일 호의 기사를 보면 이런 내용이 있다.

당시(다이이치고등학교 재학 중 도쿄대 법학부에 합격했을 무렵-인용자 주) 나는 수량형법학… 이라고 부를 만한 하나의 학문 체계를 만들려고 생각했었다. 모든 형벌 법규 전체를 종합적으로 고찰해서 법정형에 대한 형벌 수량의 논리적 구성을 밝혀 양형상의 처단을 한정하는 것으로,

건축기사가 로그표에 맞춰 설계하듯이 판사는 이 형벌수량표에 맞춰 합리적인 판결을 내릴 수 있다.

판사가 판결을 내릴 때 다양한 요소를 매뉴얼에 정해진 수치대로 환산하고 이를 종합하면 형벌의 경중이 자동으로 산출되는 시스템이었다. 그는 이렇게 하면 애매하거나 불필요한 감정이 개입될 여지가 없으리라 생각했을 것이다.

이것도 일종의 비정함·초연함이 반영된 발상일 것이다. 다만 내 개인적인 생각을 말하자면 이런 식으로 어떤 일을 점수화·수치화해서 '합리적으로' 판단을 내리려는 생각에 끌리는 부류는 대체로 '똑똑해 보이는 것 같지만, 알고 보면 머리가 나쁜' 경우가 대부분이다. 인사고과에 이와 비슷한 방식을 도입했다가 실패한 기업이 적지 않으며, 정신의학 분야에서도 진단을 내리기 위해 미국 정신의학회에서 이와 비슷한 방식의 '정신질환 진단 및 통계 편람Diagnostic and Statistical Manual of Mental Disorders, DSM'이라는 체계를 도입한 적이 있으나 이 또한 인간에 대한 얕은 이해를 드러내는 데에 그쳤다. 그야말로 번뜩이는 영감이라고는 모르는 지루한 인간들이 이끌리기 쉬운 어리석은 발상의 전형적인 사례인 셈이다.

야마자키는 불건전하고 천박한 합리주의에 푹 빠져 있었다. '시계 일기'나 '수량형법학'에서 어딘지 모르게 어긋나 있는 공허한 분위기가 강박적인 심리와 함께 전해져 왔다. 정신과 의사의 관점에서 봤을 때는 그가 조현병이나 발달 장애와 친화성이 있어 보이기는 했지만, 그렇다고 치료 대상에 해당할 정도 같지는 않았다. 한 마디 덧붙이자면 전쟁 전에도 이런 부류의 인간은 일정 수 이상 존재했기에 굳이 '아프레게르'라는 꼬리표를 붙일 이유도 없다.

야마자키 아키쓰구를 허무한 인간, 니힐리스트로 보면 그의 모든 언동이나 자살이 설명될까.

논픽션 작가인 호사카 마사야스는 《진설 히카리 클럽 사건》의 꼬리말에 "야마자키는 전후 일본의 속물성을 진심으로 증오했고, 이를 철저히 경멸함으로써 시대에 깊은 각인을 남기려고 한 것이다"라고 적었다. 어쩌면 연기를 하는 듯한 느낌이 다분했던 그의 모습에 세간이 그토록 떠들썩했던 것이 아닐까. 즉 야마자키는 냉랭한 니힐리스트인 척했지만, 실제로 그의 정신에는 분노와 경멸 같은 인간적인 감정이 깃들어 있지 않았겠냐는 것이다. 그러니 과연 야마자키를 그저 허무한 인간이었다는 '편리한' 말 한마디로 결론지어 버려도 될지 나 또한 살짝 의문이 드는 것이다.

애초에 허무한 인간이라는 건 어떤 일에 대해서도 철저히 의미나 가치를 인정하지 않는 자세를 지닌 사람을 뜻할 것이다. 그런 인간이 도쿄대학교에 들어가거나 전 과목에서 '우'를 따려고 애쓰거나 고리대금업체 같은 회사를 운영할까. 그의 친구 다카하시 야스유키는 야마자키가 히카리 클럽을 설립한 일에 대해 "그는 자신의 합리주의를 실제로 증명하고 싶었을 뿐"이라고 말했는데, 실제로 증명하고 싶어 했다는 시점에서 그가 자신의 합리주의에 의미나 가치가 있다고 인정해 버린 셈이 되므로 결국 어중간하게 니힐리스트 흉내를 낸 것뿐이지 않을까. 그가 진짜 허무한 사람이었다면 살아 있다는 사실 자체가 귀찮아서 '시시하다'라고 결론지어야 했을 것이다. 인생이란 그저 자고 일어나 먹고 배설하는 일의 반복일 뿐이라고 주장했어야 한다. 자신이 자살하지 않는 이유는 자살 자체가 유난스럽고 귀찮은 일이기 때문이라며 큰소리쳐야 하지 않았을까.

생각해 보면 허무한 사람인 척 굴어도 누구나 여린 구석이나 집착이 은근슬쩍 비치게 되어 있다. 만약 완벽할 정도로 허무한 인간, 철두철미한 니힐리스트 같은 인간이 존재했다면 그들은 삶 자체가 모순덩어리였을 것이다. 링거 주사를 맞아가면서 단식투쟁을 하는 사람처럼 우스꽝스러워 보일 것이다.

필사적으로 공부했는데도 야마자키는 전 과목에서 '우'를 받지 못했다. 그가 남긴 기록에는 "교수의 기호나 변덕에 상당히 의존해야 하는 우, 양, 가의 구분에 내 모든 생활을 거는 게 우스워졌다"라고 적혀 있었다. 그런 그는 히카리 클럽 창설로 목표를 바꾼다. 그가 걸어간 길을 살펴보면 결코 허무함이라는 표현과 어울리지 않는다. 그는 '마음이 꼬여 있었다'라고 보는 것이 더 정확할 것이다.

하지만 금융회사를 설립한 지 14개월 뒤, 파산해 버린 야마자키 아키쓰구는 세상을 비웃듯 유서를 남기고 음독자 살했다. 자기가 만들어 낸 자신의 이미지를 철저히 지키면 서 죽음에 들었으니 자기 생각을 관철하려 했던 노력만큼은 나름 대단하다고 평가해야 할지 모르겠다.

결국 야마자키에게 허무함이란 것은 미학이지 않았을 까. 원래 그에게는 니힐리스트에 가까운 소인이 있었을 테 고, 호사카가 적은 것처럼 '전후 일본의 속물성을 증오'하려 는 측면도 있었을 것이다. 최종적으로 야마자키는 제5장에 서 소개한 '미학·철학에 따른 자살'에 해당하지 않을까 하 는 생각이 든다. 하지만 나는 앞에서 이미 '미학·철학에 따 른 자살'이라는 분류 항목을 거론해 두지만, "사실《산해경》 에 나오는 요괴처럼 '수상쩍은 존재'로 보는 게 적절할 것 같다"라고 의심을 드러낸 바 있다. 속지 않도록 주의를 기울 인 것이다. 그렇다면 야마자키 아키쓰구의 자살은 어떻게 해석해야 할까.

뇌 안에 숨겨둔 자기애나 자아도취, 분노(이들은 허무감 과 정반대에 위치할 것이다)가 더는 어찌할 수 없는 위기의 상황에서 미학적 아이템 중 하나인 '허무한 자살'로 위기를 바로잡을 방편으로 선택하게 했을 뿐이지 않을까. 이는 미학에 따른 자살로 가장한 가짜일 뿐이다. 가짜 니힐리스트가 스스로 준비한 진부한 마무리에 불과하지 않았을까.

허무함이라는 표현에는 아무래도 사람을 강하게 끌어당기는 면이 있나 보다.

진짜 허무주의자

하지만… 나는 실제로 허무함 그 자체인 듯한 인물과 만난 적이 있다. 그 사람은 상가건물 6층에서 뛰어내려 숨졌다.

그 사람을 S 씨라고 하자. 그는 사십 대 중반으로, 지방 공무원 사무직을 맡고 있었다. 미혼이었고, 본가와의 교류도 거의 없었다. 직장에서 친하게 지내는 동료도 없었다. 거의 외톨이나 다름없는 생활을 했지만, 그 점을 딱히 힘들어하지 않는 듯 보였다.

S 씨는 스물다섯 살에 조현병 증상이 나타났다. 환청이나 피해망상으로 고민하던 시기가 있었지만, 몇 개월간의 입원 생활로 증상이 개선되었고, 직장에도 복귀할 수 있었다. 해고당할 일이 거의 없는 지방공무원이라 운이 좋았다고 할 수 있다. 그녀의 성격이 무뚝뚝한 데다 목소리가 작았

고(그렇기에 창구 업무를 배정받는 일이 없었다) 적극성도 전혀 없었다. 주어진 사무 업무는 묵묵히 잘 해냈다. 출세에는 관심이 없었다. 잔업은 절대로 하지 않았고, 퇴근 시간이 되자마자 조용히 자리를 떠났다. 신입 환영회나 송년회에 참여하는 일도 없었다. '뭐, 원래 그런 사람이니까'라는 것이 주변의 평가였다.

그녀는 4주에 한 번, 정신과 병원 외래 진료를 통해 증상 재발을 막기 위한 소량의 약을 처방받았다. S 씨는 특이해 보이는 구석이 조금 있기는 했지만, 딱히 문제를 일으키는 일은 없었다. 타인에게 무시를 당해도 신경 쓰지 않았다. 희로애락을 드러내는 일도 없었고 유머와는 거리가 멀었다. 키는 조금 큰 편이었고, 몸무게는 표준 체중을 삼십 퍼센트 정도 초과한 상태였다. 수수하고 저렴한 옷을 걸쳤고, 유행 같은 것에 관심이 없었으며, 촌스러운 검은 테 안경을 썼다. 길게 기른 검은 머리를 적갈색 머리핀으로 대충 묶고 다녔다. 화장기 없는 얼굴에는 이중턱이 도드라지게 보였고, 피부는 거칠었다. 타인과 눈을 마주치려 하지 않았으며, 늘 고개를 조금 숙이고 있어서 그런지 묘하게 기억에 남지 않는 얼굴이었다.

그녀는 싸구려 아파트에 살았고, 신문은 조간만 정기구독하고 있었다. 점심은 직접 싼 도시락으로 해결했는데, 반찬은 가마보코라는 어묵으로 사쓰마아게라는 어묵튀김을 만들어 대충 채우기만 하는 정도였다. 지루함을 달랠 만한 취미가 있었는지는 확실하지 않다.

S 씨는 여름이 되면 일주일간 아파트를 비웠다. 여행을 간다거나 본가를 방문하는 것은 아니었다. 휴가로 받은 일주일 동안 자신이 외래 진료를 받는 정신과 병원의 개방 병동(다인실)에 스스로 입원해 시간을 보냈다. 거의 20년을 그렇게 보냈으니, 그것이 나름의 휴가 방식이었을지도 모르겠다. 딱히 다른 치료가 더 필요하지도 않아서 아침에 체온과 혈압을 측정하고, 밤에 담당 의사가 회진을 도는 것 말고는 의료관계자와의 교류도 없었다. 입원 중에 가끔 산책하러 나가기는 했지만, 대부분은 침대에 누워 주간지나 슈퍼마켓 전단을 보곤 했다. 솔직히 말하자면 어디에 마음을 의지해서 살아가는지 알 수 없는 사람이었다.

앞에서도 말했듯 그녀의 얼굴은 기억에 잘 남지 않는 편이었지만, 일단 소통을 시도해 본 사람에게는 쉽게 잊지 못할 깊은 인상을 남겼다. 붙임성이 없는 데다 무슨 생각을 하는지 알 수 없는 부분이 있기도 했지만, 실제로 그녀와 마주하면 말 그대로 '허무감 덩어리'인 것 같은 인상을 받았다. 소통을 거부하지는 않지만, 눈앞의 상대에게 조금의 관심도 없었고, 온 세상에 그 어떤 관심이나 감정조차 전혀 느끼지 않는 듯한 분위기가 어둡고 깊은 동굴에서 뿜어져 나오는 냉기처럼 전해졌다. 차라리 귀찮은 티라도 냈다면 이해하는 '척'이라도 해볼 수 있었을 텐데, 그녀는 그렇게 단순하지 않았다. S 씨에게 건넨 말은 죄다 허공에 던져진 말처럼 사라지는 느낌이었다.

S 씨와 소통을 시도한 사람들은 정도의 차이는 있겠지만, 그의 그런 분위기에 '주춤거리고' 말았다. 불길하고 꺼림칙한 느낌을 받은 사람도 있는 듯했다. "뭔지 모르겠는데, 저 사람은 그냥 싫어"라며 노골적으로 험담하는 사람도 있었다. 하지만 그렇다고 해서 S 씨에게 심술궂게 구는 사람은 없었다. 그럴 의욕마저 흡수해 버릴 듯한 분위기가 그녀에게 감돌았기 때문이다.

조현병 환자 중 일부는 환각·망상이 사라지고 만성기에 접어든 이후에 다른 사람의 접근을 거부하는 완고함과 강렬할 정도로 허무한 분위기를 풍기는 사람이 있다. 이 또한 하나의 증상으로 봐야 할까. 아니면 정신질환이라는 경험이 그 사람의 세계관이나 인생관을 크게 바꿔 놓았다거나 뇌 기능에 어떤 결함이 발생한 것일까. 예를 들어 자신의 눈앞에서 가족이 살해당하는 경험을 한 사람이 그 여파로 허무한 인간이 되냐 하면 의외로 그렇지도 않다. 물론 트라우마는 남겠지만, 그 경험이 단순히 허무로 연결되지는 않는다. 진정한 허무는 일종의 특이 체질이 아닐지 생각될 때가 있다.

S 씨는 날이 흐렸던 어느 평일에 역 앞으로 외출해 그대로 상가 빌딩 옥상에서 뛰어내려 자살했다. 병원에서 옥상까지 가는 도중에 어딘가에 들린 흔적은 없었다. 그녀는 신발을 신은 채로 뛰어내렸다. 가방은 옥상에 대충 놓여 있었다. 유서도 없었고, 병원에서 그녀는 자살할 기미를 전혀 보이지 않았다. 침대 주변이 죽음을 각오했다는 듯이 말끔히 정리되어 있지도 않았다. 마치 매일 그냥 지나치던 카페에 그날 문득 처음으로 발을 들여놓아 보았습니다… 라는 식으로 그녀는 그렇게 아무렇지 않게 스스로 목숨을 끊었다.

결국 나는 S 씨를 전혀 이해하지 못한 것이었다. 그가 자살한 이유도, '계기'도 확실하지 않다. '허무 그 자체를 구현한 사람이 가끔 있구나'라는 생각이 들었을 뿐이다. 영안실에서 그녀의 모친을 만났지만, 매우 평범하고 소박한 노년의 여성이었다. 자신이 낳은 딸이 자살했다는 사실 자체도 물론 괴로웠겠지만, 자식이 허무감 덩어리 같은 사람이 되어버렸다는 사실 또한 견디기 힘들었을 것이다.

나는 앞서 히카리 클럽의 야마자키 아키쓰구에 대해 이야기하면서 "그가 진짜 허무한 사람이었다면 살아 있다는 사실 자체가 귀찮아서 '시시하다'라고 결론지었어야 할 것이다. 인생이란 그저 자고 일어나 먹고 배설하는 일의 반복일 뿐이라고 주장했어야 한다. 자신이 자살하지 않는 이

유는 자살 자체가 유난스럽고 귀찮은 일이기 때문이라며 큰
소리쳤어야 하지 않을까"라고 적었는데, S 씨는 뭔가 다 안
다는 듯이 떠들어 댄 내 말을 한 방에 무너뜨려 버릴 만큼
강렬한 '부정적 존재감'을 발산했다. 그녀의 갑작스러운 자
살에 나는 '역시'라는 탄식조차 내뱉지 못했다.

아키타대학교의 보건관리 센터에서 사반세기 동안 젊
은이들의 정신 건강을 마주해 온 정신과 의사가 있다. 나
무라 이쿠로라고 하는 인물로, 그의 저서《자살의 내부 형
상—젊은이의 마음과 인생》(무묘샤출판, 2015)에는 매우 흥미
로운 지적이 담겨 있다. 그는 '절망 친화형', '자살 친화형'이
라고도 부를 만한 성격유형이 존재하는 것이 아니냐는 주장
을 했다.

> (…) 철들 무렵부터 이미 삶의 어려움을 강하게 느끼고,
> 늘 죽을 기회를 엿보며 사는 젊은이들이 적지 않다. 사람
> 들은 대부분 그 자체를 이해하기 어려울 것이다. 하지만
> '허무감'과의 격투를 평생 과제로 느끼는 사람이 의외로
> 많다. 방탕하게 사는 사람 중에도 있고, 견디기 힘든 허
> 무함에서 벗어나기 위해 일찌감치 신앙의 길로 들어서는
> 사람도 있다. (…)
>
> 절망이 앞서 늘 강한 불안감을 안고 사는 사람도 있다. 이
> 런 강한 불안에서 도망치기 위해 주술이나 종교를 좇는

사람도 있다. 혹은 불안에 강박관념까지 더해져 신경증적 경향이 한층 강해지는 사람도 있다. 늘 불안을 안고 살지만, 절망까지는 이르지 못해 끊임없이 발버둥질하는 사람도 있고, 어떤 일을 계기로 궁지에 몰려 죽음을 택하는 사례도 있다. 괴로운 시기가 너무 오래 지속되면 정신적 시야 협착과 희망 상실을 초래한다. 이런 상황에 도달하면 사람들은 대부분 '차라리 죽어서 편해지고 싶다'라는 생각을 하게 된다.

이러한 지적에는 깊이 수긍이 간다. 솔직히 말하자면 '아, 이런 생각을 하는 정신과 의사가 확실히 있구나'라는 안도에 가까운 감정마저 든다. 나 또한 자살 친화형 성격을 지닌 사람들이 분명히 존재한다고 느낀다. 나무라의 말처럼 초등학생 때부터 마음속에 남몰래 염세관이나 허무함을 품고 있어 쉽게 자살에 뛰어들지도 모를 유형의 인간은 학문적으로 밝혀내거나 통계적인 자료를 수집하기가 쉽지 않다. 또 누군가가 자살을 단행할 것인지 아닌지를 검증하기도 어렵다. 이런 성격유형의 수용 여부를 두고 세간의 강한 감정적 저항이 있을 수 있고, 자살을 단순히 개인의 성격 탓으로 몰고 가는 건 무책임한 발언이라는 비난도 나올 수 있다.

지금 시점에서 그런 유형의 인간을 설득력 있게 그려낼 수 있는 영역은 오직 문학밖에 없을 것이다. 예를 들어 요시무라 아키라의 단편 〈별로 가는 여행〉(1966)은 어떨까. 동기가 뚜렷하지 않은 젊은이들의 집단 자살을 그린 이 작품에서는 좋은 환경에서 자랐는데도 허무감과 권태감에 마음을 잠식당한 재수생 게이이치가 마찬가지로 (객관적으로는) 무기력과 권태감에 젖어 있던 젊은이들을 만나 결국 집단 자살(트럭을 타고 해안까지 여행한 후, 낭떠러지에서 전원이 함께 바다에 몸을 던진다)을 단행하는 계기가 다음과 같이 적혀 있다.

하지만 모치즈키가 여행을 가자는 말을 입 밖으로 꺼냈을 때는 평소와 전혀 달랐다. 모치즈키는 그 계획을 "죽을까?"라는 무책임한 말로 표현한 것이다.

게이이치는 갑작스러운 그 말에 한순간 등골이 얼어붙는 것을 느끼며 모치즈키의 얼굴을 응시했다. 그와 동시에 그는 자신의 주변에 퍼진 침묵을 알아차리고, 당황한 듯 다른 친구들의 표정을 살폈다. 그들은 일제히 입을 꾹 다물고 있었다. 표정은 딱딱하게 굳어 있었고, 눈에는 응고된 빛이 어려 있었다. 그리고 얼굴에 묘하게 흐릿한 미소가 떠오르기 시작하더니 당혹스러운 표정으로 서로에게서 시선을 돌리는 모습을 그는 멋쩍은 기분으로 훔쳐보았다. 그때의 기묘한 침묵을 게이이치는 지금도 생생히 떠올릴 수 있다. 생각지도 못한 뜨거운 감정이 그들을 지배하기 시작한 것이다. 그중에서 가장 나이가 어렸던 모치즈키만은 자신이 문득 꺼낸 말에 친구들의 마음이 크게 흔들렸다는 사실을 깨닫고 기쁘다는 듯이 안경 너머로 두 눈을 반짝이고 있었다.

이 장면에서 등장인물들은 소위 자살이라는 선택지를 '발견'했다. 그게 아니라면 자신들이 자살 친화형이었다는 사실을 새삼 깨달은 것은 아닐까. 어릴 적부터 줄곧 죽을 기회만을 엿보며 사는 사람이 있다면 그와 달리 어떤 사소한 일을 계기로 자신의 자살 친화형 성향에 눈을 뜨는 사람도 이 세상에 적잖이 존재하지 않을까. 특히 후자 같은 사람들이 갑자기 자살해 버렸을 때, 주위에 남겨진 사람들은 그들이 죽은 동기를 찾고자 크게 당황할 것이다.

우리 가운데 수십 퍼센트 정도는 어느 날 갑자기 자기 삶의 의미를 깨닫는다. 하지만 그것이 반드시 옳다고는 할 수 없으며, 엄밀히 말하면 의미를 깨달은 것이 아니라 의미를 깨달은 듯한 기분이 들었다고 표현해야 맞을 것이다. '나는 이 일을 하려고 태어난 거야'라거나 '내 삶에 주어진 사명은 이거야'라는 식으로 말이다. 하지만 이와는 반대로 이제껏 자신이 느껴온 삶의 고통이나 위화감이 자신의 자살 친화형 정신 구조에서 비롯되었다는 사실을 깨닫거나 '아, 그래. 내가 직접 준비한 죽음으로 마무리를 짓는 방법이 있었지! 그 사실을 깜박하고 있어서 괜히 그동안 고통을 맛보고 있었던 거야'라고 번뜩임을 얻는 사례도 있을 것이다. 이처럼 종종 자살이라는 기괴한 묘안은 하늘의 계시처럼 '발견'된다.

　　사실 자살 친화형이라는 것은 전적으로 자기 자신의 문제다. 죽음에 대한 근원적인 일체감(때로는 평안함) 같은 것이 있다. 하지만 이와는 반대로 죽음을 흥정의 재료나 극적인 요소로 이용하고 싶어 하는 사람들이 있다. 그들에게 죽음은 늘 타인과의 관계에서 '가장 강력한 카드'로 쓰인다. 그런 사람들이 가끔 자살 친화형과 잘 구분되지 않을 때가 있다는 점을 여기서 지적해 두고 싶다.

제 7 장

자살의 유형 3

동요나 충동에 이끌린 자살

딱히 짐작 가는 이유가 없고, 고민이나 문제가 있어 보이지도 않던 사람이 갑자기 자살해 주위를 당황하게 하는 사례가 드물지 않다. 단순한 '변덕'이나 '충동적'인(그리고 치명적인) 행동이라고 표현할 수밖에 없다. 혹은 '마가 끼었다'라든가. 그런 일례는 2장 '소설로 읽는 자살 1'에서도 소개했다. 상식적인 범위 내에서 상상한다면, 그 정도가 가장 설득력이 있어 보인다.

그렇지만 좀 더 다른 메커니즘은 없는 걸까.

갑자기 이야기가 다른 곳으로 튀지만, 시인 기타하라 하쿠슈와 동시대를 산 시인 중에 야마무라 보초(1884~1924)라는 인물이 있다. 그의 작품 중에는 1915년에 출판된 미래

173

파*적 전위 시집《성스러운 삼릉 유리》**가 유명한데, 그는 지인에게 보내는 서신에서 이 시집에 대해 "나는 지금의 문단 및 사상계를 위해 '폭탄'을 만들고 있다"라고 호언장담했다. 하지만 그 정도로 자부했음에도 광인의 글이라는 조소를 받거나 무시까지 당해서 생전에는 아무런 평가도 받지 못했다. 그는 매우 의기소침해졌지만, 그 후 전혀 다른 전원 시인 같은 작풍으로 변모했고, 이후 기독교 목사로도 활동했으나 폐결핵으로 불혹의 나이에 세상을 떠나고 말았다.

그런 그가 1918년에 발표한 〈새벽녘〉이라는 시가 있다.

아침이다
아침 안개가 서린 밭이다
옥수수와 단호박, 콩, 토란
…그리고
나는 신을 믿는다…
아직 아무도 지나지 않는가
이 밭의 지름길을
내 얼굴에 걸려

* 과거의 미학과 단절하고, 기계 문명이 가져온 현대 도시의 운동성과 속도감을 새로운 미로 표현하려고 한 전위예술운동.
** 성스러운 프리즘이라는 의미.

떨어지지 않는 거미집
그 거미집을 아름답게 장식하는 아침 안개
이 상쾌함은 무엇인가

…지금이야말로
나는 신을 믿는다

　미래파의 흔적이라고는 보이지 않는, 묘하게 긍정적이
고 목사인 척을 하는 작품이다. 아침의 상쾌한 전원 풍경에
마음이 설레는 부분이 있기는 하지만, 그렇다고 뜬금없이
"지금이야말로 나는 신을 믿는다"라는 글귀는 솔직히 쓴웃
음밖에 나지 않는다. 어떻게 반응해야 할지 모르겠다. 하지
만 '이런 시를 쓰는 사람도 있겠지'라는 생각은 든다.
　이런 시가 있다면, 이와는 정반대되는 심리로 이 세상
을 외면하면서 '지금이야말로 나는 스스로 목숨을 끊는다'
라고 갑자기 자살하는 사람도 충분히 있을 법하지 않을까
싶다. 하지만 실제로 그런 사람이 있을까. 갑자기 신을 믿게
되는 사람처럼 갑자기 죽음의 문을 두드리게 되는 사람이.
　그것이 신의 계시인지 악마의 속삭임인지는 둘째로 치
더라도 갑자기 죽으려는 생각이 들어 그대로 자살해 버리는
사례가 존재할까. 정신과 의사로서 나는 그러한 증상을 보
이는 사례가 있을 거라고 생각하지 않는다. 다만 주변에서

알아차리지 못하는 사이, 당사자가 정신적으로 궁지에 몰려 있다가 '마지막으로 얹은 지푸라기 한 올이 지칠 대로 지친 낙타의 등을 부러뜨려 버리듯이' 사소한 사건이 자살에 결정타를 날릴 수 있다고는 생각한다. 그리고 자살 준비 상태라고 할 만큼 정신적으로 궁지에 몰리는 상태는 의외로 사람마다 그 정도가 다를 수 있다. 덧붙여 6장에서 언급한 '자살 친화형' 성격은 원래부터 이러한 자살 준비 상태에서 하루하루를 버티며 살아온 사람들이라는 뜻이 된다.

러시안룰렛

내가 고등학생이었을 무렵, 어느 날 새벽에 국철·무사시이쓰카이치선 선로를 가로질러 가본 적이 있다. 11월 첫 주였다. 딱히 진심으로 철도에 뛰어들어 자살하려고 생각한 것은 아니었다. 사춘기 시절은 어떤 의미에서는 온종일 정신이 묘한 상태에 몰려 있는데, 그 배출구로 선로에 몸을 눕는 과장된 행동을 해보고 싶었던 것뿐이다. 그렇게 해서 실제로 철도에서 자살한 사람의 기분을 어느 정도 알 수 있을지 모른다는 기대도 조금 있었다.

　동트기 전, 10분만 더 지나면 지평선에서 탁한 오렌지색이 어두운 남색 밤하늘을 서서히 침식해 갈 시간이었다.

그 하늘이 놀라우리만큼 넓어 보였다. 별자리가 보이는 하늘은 광대한 반구 형태로 내 머리 위를 덮고 있었다. 별빛을 받아 은색으로 빛나는 선로는 차갑고 딱딱해서 등에 위화감을 주었고, 해서는 안 되는 사소한 일탈을 실행하고 있다는 기분이 이 상황을 더욱 비현실적으로 느끼게 했다. 살짝 졸렸지만, 만약 이대로 잠들어 버린다면 첫차에 치여 잠에서 죽음으로 자연스럽게 옮겨가게 되지 않을까 하는 생각이 들었다. 정말 그럴 마음이 있다면 굳이 선로에 누워 잠들지 말고 달리는 전철에 냉큼 뛰어드는 편이 재미있지 않을까. 그런 식으로 이상하리만치 성급한 생각이 머릿속에 맴돌았다. 진짜 자살자는 죽음에 대한 공포보다 성급함이 두드러지는 사람들일 것이라고 내 나름대로 이해했던 기억이 있다.

이제 와 이렇게 글로 적어놓고 보니 실로 바보 같은 짓이었지만, 젊은 시절에는 변덕과 충동, 사고事故 이 세 가지가 모두 뚜렷하지 않은 상태로 붙어 있었던 것 같다.

영국의 소설가 그레이엄 그린의 《자서전》(다나카 세이지로 옮김, 하야카와쇼보, 1974)을 보면 그가 열여덟 살부터 열아홉 살까지 집 찬장에서 발견한 낡은 리볼버 권총으로 러시안룰렛을 총 다섯 차례 시도한 내용이 나온다. 누가 보지 않는 곳에서 홀로. 그런 행동을 한 동기는 '권태감'이었다.

(…) 나는 결행할 장소를 신중히 골랐는데, 거기에는 진

정한 공포가 없었던 듯하다⋯ 아마 예전에 몇 번이나 계획했던 반 자살 행위가 그때보다 더 위험해진 이번 계획의 배경에 있었기 때문일 것이다. 나의 이러한 행동을 부모님이나 형들은 신경쇠약적인 문제라고 생각한 듯했지만, 나는 여전히 그 당시 상황에서는 지극히 그럴 만한 이유가 있는 행위였다고 생각한다.

그리고 그는 "눈에 보이는 세계를 전적으로 잃을 위험을 저지름으로써 그 세계를 다시 음미할 수 있다는 발견, 비록 시기의 차이는 있을지라도 나는 언젠가 이러한 발견을 하게 될 운명이었다"라고 밝혔다.

그건 자신의 생명을 포커 게임용 칩 대신 사용해야만 자신이 살아 있다는 사실을 또렷하게 실감할 수 있다는 뜻이다. 실제로 처음 시도한 러시안룰렛에서 성공한(총알이 발사되지 않았다) 뒤 느낀 감정에 대해 그레이엄 그린은 이렇게 적었다.

마치 어둡고 단조로운 거리에 갑자기 카니발 축제의 불빛이 환하게 켜진 것처럼 환희에 가까운 감정이 솟아오르는 것을 느꼈다. 우리에 갇혀 있던 심장이 다시 세차게 뛰며 내 인생이 갑자기 무한한 가능성을 내포한 삶으로 변했다. 이는 마치 젊은이가 처음으로 성적인 경험을 했

을 때 느끼는 감정과 비슷했다… 마치 애슈리지 이스테
이트*의 너도밤나무 숲에서 남성으로서의 테스트를 통
과한 듯한 기분이었다. 나는 집에 돌아가 권총을 다시 찬
장 구석에 되돌려 놓았다.

하지만 이런 무모한 시도도 곧 유명무실해졌다. 카니
발은 순식간에 끝나버렸다. 횟수를 거듭하는 사이에 '조잡
한 흥분의 충격'이 환희를 대신하자, 그는 권총으로 게임을
계속하기를 단념해 버렸다. 러시안룰렛에서 졸업한 것이다.
그렇다고 해서 그의 마음이 진정된 건 아니었지만.

일종의 러시안룰렛 또한 이후 나의 삶에 하나의 어떤 요
소로 남았고, 그래서인지 나는 아프리카에 대한 자세한
정보나 경험도 없는 상태에서 라이베리아 종단 여행을
훌쩍 떠나기도 했다. 또 종교 박해가 한창이던 타바스코
지역으로, 콩고의 한센병 요양소로, 마우마우 봉기가 한
창이던 시기에 키쿠유족 보유지로, 비상사태가 발생했던
말라야나 프랑스와 전쟁 중이었던 베트남으로 떠나기도
했는데, 이러한 곳으로 나를 이끈 것은 다름 아닌 권태감

 • 　영국 잉글랜드의 하트퍼드셔 주에 있는 자연 보호
　　지역.

에 대한 공포였다.

확실히 세상에는 이런 유형의 인간이 존재한다. 급진적이고, 탐욕스러울 만큼 강렬한 삶을 추구하기에 오히려 삶과 대조되는 죽음의 위험을 맛보고 싶어 하는 인간이.

그런 그들이 실제로 죽어버렸을 때, 그 이유가 부주의나 불운이었을 수도 있지만, 약간의 동요나 미미한 수준의 사소한 잡념(이를 의식 아래에 있는 자살 욕구라 부르는 사람도 있을 것이다)이 죽음에 결정적 요소로 작용했을 수도 있다.

이런 경우, 사고보다는 자살을 의심하고 싶어지는 사례로 처리될 수도 있을 것이다. 하지만 반대로 적극적인 동기가 발견되지 않는다며 사고로 처리되는 사례도 당연히 있을 것이다. 이 부분에 대해 얼마든지 깊이 생각할 수 있지만, 아무리 깊이 생각하더라도 결코 진실은 알 수 없다. 대부분 죽은 당사자조차도.

곡예사 같은 사람들

특히 젊은 시절에는 목숨을 마치 포커 게임용 칩처럼 다루는 행위가 우월감으로 이어질 때도 있을 것이다. 평범함에서 비롯한 권태감, 권태감의 탈을 쓴 무력감 같은 감정을 떨어내려고 한없이 죽음에 가까이 다가가 보는 것이다. 세간을 향해 '너희는 이런 대담한 짓을 못 벌이지?'라고 큰소리치기 위해서. 젊은이 특유의 오만함의 한 형태라고 할 수 있다.

나이가 들어서도 그런 심성을 버리지 못하는 사람들이 있다. 그들을 무어라 불러야 할까.

마이클 발린트(1896~1970)라는 영국의 정신과 의사가 있었다. 그의 전문 영역은 정신분석이었는데, 그는 스릴에 빠지거나 열중하는 유형의 사람들을 곡예사를 뜻하는 애크러뱃acrobat에서 따와 만든 조어 '필로뱃philobat'이라 명명했다. 반대로 위험을 혐오하고 확실한 안전에 집착하는 사람들을 오크노필ocnophil이라 이름 지었다('겁먹다', '매달리다'라는 뜻을 지닌 그리스어에서 따와 만든 조어).

필로뱃의 전형적인 예로는 모험가나 탐험가, 곡예사, 종군기자, 레이서 등이 있고, 이 밖에도 연예인이나 접객업자, 도박사, 기업가, 예술가, 직업적 범죄자, 용병, 폭발물 처리반, 재해지로 달려가는 응급의학 전문의, 소방수 등도 포함될 것이다. 소설가이자 공군 장교였던 생텍쥐페리와 소설가이자 종군기자였던 가이코 다케시 등도 그러했으며, 물론 그레이엄 그린도 필로뱃 중 한 명이었던 것으로 보인다. 얼마 전에《아내를 모자로 착각한 남자》를 쓴 올리버 색스의 자서전을 읽었는데, 그도 전형적인 필로뱃이었다.

내가 막연히 생각했던 개념을 명확히 글로 정리해 주었다는 점에서(심지어 조어까지 만들어!) 발린트의 이론은 자살을 이해하는 데에 조금은 도움이 되었다. 하지만 아무래도 그가 정신분석가였다 보니 그 이상의 깊은 이야기는 "이게 다 무슨 소리야?"라는 푸념이 절로 나올 만큼 어려워서 잘 이해가 가지 않았다. 다행히도 크게 도움이 될 만한 내용은 없었지만. 뭐, 어쨌거나 필로뱃이 자신의 목숨을 포커 게임용 칩처럼 다루고 싶어 하는 경향이 있는 것만은 분명하다.

대체로 오크노필을 내심 깔보고, 필로뱃에게만 흥미나 관심을 보이기 쉬운 듯하다. 오크노필은 견실할지 몰라도 지루한 데다 기회주의적인 보수당 지지자로, 관습에 집착하는 '벽창호'에 가깝다. 반면 필로뱃은 융 심리학에서 말하는 '영원한 소년•'과 겹치는 점이 있고, 마음을 조금 설레게 하는 부분도 있다. 그런 면이 더 나아가 요절이나 자살에 대한 문학적 관심과 연결되는 것 같다.

소설가 다자이 오사무 역시 의심할 여지없는 필로뱃이었다. 나는 그의 작품 중에서 〈황금 풍경〉과 《사도佐渡》를 좋아하는데, 이 작품들은 필로뱃이 오크노필 같은 것을 동경하

• 나이를 먹었으나 정신의 삶이 여전히 사춘기 수준에 머무는 사람.

는 점에 깊은 맛이 있다. 반대로 소설가 쇼노 준조는 전형적인 오크노필 스타일의 작가처럼 보일지 모르지만, 그가 가정소설을 집필하기까지 거친 과정을 살펴보면 '속죄에 심취해있는 필로뱃'이었다고 말하고 싶다. 이처럼 단순 명쾌해 보이는 이분법은 주의하지 않으면 사람을 속이기 쉽다.

필로뱃이라는 필터를 거치면 자살이나 사고도 어딘지모르게 낭만적으로 느껴진다. 마치 자신에게도 죽음에 대한동경 같은 것이 있는 척하고 싶어지기도 한다. 필로뱃이 노쇠해진 모습을 상상하면 어쩐지 서글프다. 아마도 아직 세상 물정을 모르는 급진적인 필로뱃은 늙고 병드느니 차라리죽는 게 낫다고 할 것이다.

행성 직렬처럼

프로이트가 제창한 '죽음 본능todestrieb(혹은 죽음 충동으로 번역되기도 한다)'은 어떨까. 죽음 본능은 변덕이나 충동으로 인한 자살을 실행시키는 근원적 동기가 될 수 있다.

정신과 의사인 나카이 히사오는 융이 필로뱃에, 프로이트는 오크노필에 친화성이 있다고 지적했다. 확실히 그들의 전기를 읽어보면 그런 생각이 든다. 오크노필 인간이었던 프로이트에게는 안정·불변·확실과 같은 가치가 삶의 목표가 되었을 것이다. 그러한 생각이 극단으로 치달으면 어떻게 될까. 삶은 원래 불안정하고 유동적이어서 아무것도 확정할 수 없다. 그렇다면 궁극적인 안정·불변·확실이란 결국 생명이 끝나야만 찾아온다는 극단적인 결론에 도달하지 않을까.

죽음 본능의 배경에는 이처럼 (산 자에게 있어) 본말이 전도된 사고가 있는 듯하다. 게다가 프로이트는 인류 역사상 최초로 가장 많은 사망자를 기록한 제1차 세계대전과 후두암 선고라는 두 가지 암울한 일을 겪었다. 전쟁이나 자살의 이유를 설명하기 위해 그가 죽음 본능이라는 개념(1920)을 발상해 낸 것은 자연스러운 흐름이었을지 모른다.

하지만 이런 개념은 지나치게 편리한 설명 장치가 되기 쉽다. 이것만 있으면 인간의 어리석은 행동은 대부분 설명된다(절도나 치한 행위조차 그것이 사회적 죽음으로 이어질 수 있다는 의미에서 죽음 본능에 지배된 결과라고 한다든가). 그건 결국 아무것도 설명하지 못하는 것이나 다름없다.

내 개인적인 견해로는 인간의 마음속에 갖가지 변태성욕이 내재되어 있을 수 있듯이 자살이나 자해, 살인이나 파괴 등을 비롯한 여러 공격성이 인간의 마음속에 숨어 있을 뿐이라고 생각한다. 다시 말해 절조가 없다(이를 다양성이라 말할 사람도 있을지 모르지만). 절조가 없어서 상황에 따라 전쟁을 일으키거나 자살해 버리는 것이지 않을까.

죽음 본능에 대해 생각하다 보면 어째서인지 사고가 깊어지질 않는다. 무언가 수박 겉핥기식 말장난으로 끝나는 듯한 아쉬움이 든다. 앞에서 죽음 본능은 "변덕이나 충동으로 인한 자살을 실행시키는 근원적 동기가 될 수 있다"라고 적었는데, 사실 이 문장에는 속임수가 있지 않을까.

그야말로 틈날 때마다 자살을 시도하는 성향의 사람이 있다면 그 사람에게 죽음은 어떤 의미일까. 먼저 ①죽음에 과도한 의미를 부여하는 유형일 수 있다. 이런 사람은 죽음을 동경하거나 죽음을 통해 구원받으려는 태도를 보이는데, 이는 자기애가 변형된 형태로 볼 수도 있다.

아니면 ②죽음에 대해 극단적으로 무관심하거나 둔감한 유형일 수 있다. 이런 사람은 삶에 집착하거나, 죽음을 특별하게 여기지 않는다. 밥을 먹는 일이나 죽는 일이나 크게 다르지 않다고 생각한다. 또한 자살을 심각하게 생각하지 않고, 마치 일상생활 속에 주어진 선택지 가운데 하나쯤으로 여기는 허무한 자세를 보인다.

그렇다면 죽음 본능은 이러한 두 가지 유형에 공통되게 작용할까. 본능이라고 불리는 이상, 죽음 본능은 당사자를 자살로 적극적으로 이끌어야 한다. 그렇게 되면 죽음 본능은 ①의 '죽음에 대한 과도한 의미 부여'와 겹치게 되는 것일까. 아니, 그런 요란하고 자의식 과잉인 정신 상태와는 다를 것이다. 죽음 본능은 좀 더 고요하고 무의식적이며 뿌리 깊이 내재한 것이 아닐까.

반면 ②에는 적극적인 뉘앙스가 없다. 오히려 감정적으로 결핍되어 있다고 보인다.

결국 죽음 본능이라는 것이 있다고 해도 내 생각에는 그것이 자살을 단행하는 데에 있어 어느 정도 허들을 낮출지는 몰라도 실제로 그리 영향력이 있을 것 같지는 않다. 뜬금없는 비유지만, 과거에 행성 직렬 현상이 대규모의 천재지변을 초래할 것이라는 통속적인 이미지가 세간에 유포된 적이 있다. 행성이 일직선을 이루면 중력이 큰 영향을 받기 때문이라는데, 그 당시에는 내게도 그 말이 어쩐지 설득력 있게 들렸다. 1982년 3월 10일이라든가 2015년 1월 5일 오전 2시 47분 등에 그런 현상이 일어날 것이라는 말이 돌았지만, 막상 그날이 되니 아무 일도 일어나지 않았다. 평소와 다를 것 하나 없는 하루였다.

나로서는 죽음 본능이라는 자학적이고도 매혹적인 이미지가 아무래도 행성 직렬 같은 공상의 산물처럼 느껴진다. 이렇게 말하면 프로이트가 그런 오컬트적인 이야기와 같이 취급하지 말라며 화낼 것 같지만.

자살 요인에 대한 단상

자살에 대한 허들을 낮춘다는 점에서는 연쇄자살suicide cluster
이 더 중요할 것이다.

일본의 정신병리학자 다카하시 요시토모가 쓴《연쇄
자살》(주코신쇼, 1998)에 따르면 연쇄자살은 다음의 세 가지
경우를 가리키며, 좁은 의미에서는 첫 번째 경우만을 의미
한다고 한다.

> ① 어떤 인물의 자살이나 자살 미수가 유인이 되어 두 명
>   이상의 사람이 잇달아 자살하는 현상(연쇄자살)
> ② 두 명 이상의 사람이 거의 동시에 자살하는 현상(집단
>   자살)
> ③ 어느 특정 장소에서 자살이 빈발하는 현상(자살 명소에
>   서의 자살)

유명인이나 혹은 주변 사람의 자살이 연쇄자살을 유
발하는 사례도 적지 않다. 이런 종류의 이야기가 나올 때마
다 늘 거론되는 사건이 아이돌 오카다 유키코의 자살이다
(1986년 4월 8일, 소속사 선뮤직의 건물 옥상에서 투신자살. 향년
18세). 그가 자살한 후, 2주 사이에 일본 전국에서 미성년자
스물다섯 명이 자살했다. 물론 그것이 전부 연쇄자살은 아

니겠지만, 그녀의 자살이 큰 영향을 끼쳤으리라 추측한다 (이를 오카다 유키코의 애칭인 '윳코'를 따서 일명 '윳코 신드롬'이라 불렀다).

자살할 준비 상태를 갖춘 사람에게 '특별한 인물'의 자살(그 인물과의 관련성을 주변에서 알지 못하면 동기가 불명확한 갑작스러운 일로 비칠 것이다)이 자살에 대한 허들을 단숨에 낮추리라는 점은 쉽게 상상할 수 있다. '그 사람도 자살했는데'라는 논리가 그들에게는 자살하기로 마음먹기에 앞서 일종의 해방감이나 안도감을 안기지 않았을까. 물론 슬픔을 견디지 못하고 뒤따르듯 자살하는 사례도 있었겠지만.

자살에는 꺼림칙함과 거북함이 동반된다. 죽음의 공포와 불길함이 따라다닌다. 나 자신의 자살 가능성에 대해 생각할 때면 늘 머릿속에 바늘로 이루어진 산이나 피로 만들어진 연못, 무간지옥이나 아비지옥 같은 토속적이고 미신 그 자체인 이미지가 떠올라 내 마음을 위협한다. 나이가 들어도 어릴 때와 하나 다를 바 없다. 어쨌거나 이런 게 없었다면 아마 진작에 자살하지 않았을까 싶은 생각이 들 정도다.

하지만 특별한 인물의 자살은 이러한 부정적인 이미지를 (일시적으로) 불식시킨다. 결과적으로는 나쁘게 작용하는 것이지만.

특별한 인물이 자살하면 아마 큰 충격과 슬픔을 받는

동시에 갑자기 어둠 너머로 신비로운 빛이 보이는 듯할 것이다. 또는 생각지 못한 곳에서 샛길을 발견한 기분이 들지도 모른다. 물론 이런 게 다 착각이고 함정이지만.

하지만… 착각 혹은 함정에 마치 구원(을 닮은 무언가)의 손길이 나타난 듯한 고양감이 동반되는 것 또한 사실이다. 그런 기분은 평생 몇 번 맛보기 힘들다. 연쇄자살을 긍정하려는 건 아니지만, 당사자의 주관적인 관점에서는 의외로 그것이 해피엔딩일 수도 있다는 생각이 들기도 한다.

②의 집단자살은 군중심리나 감응성 정신병(영향력이 강한 사람의 정신병리가 다른 사람에게 이전되는 결과를 낳는 정신병 상태로, 특히 폐쇄적인 환경에서 잘 발생한다)으로 설명할 수 있을 것이다. 그렇다면 ③의 자살 명소는 어떨까.

자살을 계획할 정도로 궁지에 몰린 사람에게는 죽기 적당한 장소를 물색할 만한 여유가 없다. 그래서 자살하기 좋은 곳으로 '정평이 나 있는' 장소를 주저 없이 선택한다. 그곳이 이미 많은 자살자가 나온 곳으로 유명하다면, 그만큼 자살 성공률이 높다는 뜻이니 더욱 자살할 장소로 선택하기 쉬울 것이다. 개인적으로는 죽는 순간만이라도 독자성을 발휘해 보라고 말하고 싶지만, 사실 독자성을 유지할 정도의 정신 상태라면 자살을 단행하지도 않을 것이다.

사람들은 자살할 장소를 고를 때 풍광이 수려한 곳이나 자신이 '영향을 받고 싶은' 사람이 자살한 곳(게곤폭포라든가 선뮤직 사무소 빌딩 등), 혹은 그저 확실한 죽음이 보장될 만한 곳(다카시마다이라 단지*) 등 다양한 조건을 보는 듯하다. 심지어 풍수라든가 지박령의 유무까지도 따지려 든다.

쇼와시대(1926년 12월 25일~1989년 1월 7일) 초기에는 현대적인 문화의 상징이었던 백화점 창문으로 뛰어내려 자살하는 것이 유행처럼 번졌는데, 야마나 쇼타로는《자살에 관한 연구》에서 그 이유에 대해 뜻밖의 가설을 제시했다.

원래 사람은 높은 곳에 올라가면 아래로 뛰어내려 보고 싶어지는 법이다. 사람은 높은 곳에 올라갈수록 불안정하다고 느껴서 안정된 곳을 그리워하기 때문이다. 게다가 백화점에는 자살자들을 만족시킬 만한 두 가지 유혹이 있다. 하나는 창문의 유혹이다. 나란히 나 있는 창문과 창문. 그리고 불빛과 수직 기둥. 보기만 해도 경쾌하고 명랑한 분위기가 느껴지는 현대적인 건물에 달린 창문. 원래 건축은 보편적인 아름다움을 통해 사람들을 유쾌하게 하는 효과, 아니 그렇게 해야 할 임무가 있다. 그래서 창문이 많은 건물은 활기가 넘쳐 보인다. 감옥에는 창문이

---

* 일본에서 보기 드문 고층 빌딩으로, 입주가 시작된 1972년부터 투신자살이 이어져 자살 명소로 유명해졌다.

없다. 그렇기에 백화점에 나 있는 창문은 마치 장식을 위해 존재하는 것처럼 보일 수 있다. 물론 실제로는 전망과 채광을 위한 것이지만.

두 번째 유혹은 창문 아래로 보이는 가로수와 산책로 그리고 자동차들이 빠르게 스쳐 지나가는 도로의 모습이다. 그저 도로만 가득한 장소는 투신자살을 끌어낼 힘이 부족하지만, 발밑을 지나가는 사람들의 경쾌한 발걸음, 쌩쌩 달리는 자동차 같은 것들은 확실히 투신자살을 유발하는 원인이 된다.

불안정한 곳에서 안정된 곳을 그리워한다는 점은 프로이트가 제창한 죽음 본능과 일맥상통하는 부분이 있다. 게다가 백화점이라는 현대적인 건축물의 높고 리드미컬한 창문 배열이 낙하를 부추기고, 발밑을 질주하는 자동차의 속도나 거리를 활보하는 사람들의 경쾌한 분위기가 자살자를 취하게 해서 투신자살을 단행하게 한다는 설명이다. 어쩐지 미래파적인 자살론에 가까운 느낌이다. 일본에서 미래파가 널리 알려지게 된 시기가 1920년 무렵이니(필리포 토마소 마리네티가 미래주의 창립을 선언한 것은 1909년) 시기적으로도 맞아떨어진다. 그렇게 생각하니 가슴이 조금 두근거린다.

변덕이나 충동 같은 갑작스럽고 비연속적인 요소가 원

인으로 의심되는 자살은 아마도 두 가지 이상의 요인이 복합적으로 작용해서 벌어지는 일이라 생각한다. 각각의 요인 자체는 그다지 특이하지 않다. 조금 신경 쓰이는 요인이라고 해봤자 필로뱃 정도일 것이다. 놀라운 진실이 숨어 있는 사례는 드물다.

예를 들어 어디선가 마술 해법을 알게 되어도, 그것이 명작으로 손꼽히는 정통 추리소설에 등장하는 속임수만큼의 카타르시스를 안겨주는 일은 드물다. 대개 사소한 맹점을 찌른 주요 아이디어를 교묘한 솜씨나 선입견으로 보강할 뿐이다. 혹은 그리 특별하지 않은 소소한 속임수를 몇 가지 조합할 뿐이다. 적어도 우주를 뒤흔들 만한 엄청난 비밀 같은 것은 등장하지 않는다.

주변 사람들이 정확한 동기를 짐작하지 못하는 자살도 마찬가지다. 그 죽음에서 엄청난 인생의 비밀을 알아차리는 사례는 드물다. 하지만 그러한 사실을 우리는 쉽게 받아들이지 못한다. 삶과 죽음에 깊은 의미가 숨어 있지 않으면 마치 모욕을 당한 기분에 빠지기 때문이다.

어쩔 수 없다. 애초에 자살이란, 세상을 아무 미련 없이 놓아버리는 동시에 남겨진 사람들을 당혹스럽게 하는… 그런 극적인 효과의 다른 이름이니까.

제 8 장

자살의 유형 4

고뇌의 궁극으로서의 자살

우리가 막연하게 믿고 있는 일종의 미신 중에 이런 것이 있다. 아무리 괴로움에 발버둥 쳐도 도무지 뾰족한 수가 보이지 않아 결국 고뇌의 극한까지 내몰렸을 때 사람은 어떻게 될까. 바로 그러한 질문에 대한 답이다. 바꿔 말하면 괴로움이 궁극에 달했을 때, 인간은 어떻게 행동하겠냐는 것이다.

아마 두 가지 답이 나오지 않을까. 자살하거나 미쳐버리거나. 둘 중 하나일 것이다. 간혹 깨달음을 얻거나 신의 계시를 받는 사례도 있을지 모른다. 하지만 그 또한 일종의 광증이라 주장하는 사람도 나올 수 있다.

일례로 2018년 4월 24일 자《요미우리신문》조간 3면에 난 기사를 소개해 보겠다. 기사 제목은 〈살인 수배범, 사체로 발견〉이다.

가나가와현 기요카와무라의 미야가세 댐에서 작년 8월
에 백골 사체로 발견된 남성이 가나가와현 아쓰기시에
서 2003년에 발생한 살인사건의 지명수배범이었다는 사
실이 가나가와현 경찰의 감정 결과 밝혀졌고, 수사 관계
자가 이 사실을 확인했다. 가나가와현 경찰은 남성이 음
식점 직원이었던 여성을 스토킹하다가 살해하기에 이르
렀고, 그 후 댐에서 뛰어내려 자살했다고 보고 있으며,
24일 중에라도 용의자가 사망한 상태에서 살인용의 등
의 혐의로 남성을 서류 송청*할 예정이다.

수사 관계자에 따르면 해당 남성은 아쓰기시 미나미초
에서 청소부 아르바이트를 했던 구보타 다다요시 용의자
(사건 당시 24세)다. 그는 2003년 11월 9일 오전 1시 25분
경에 아쓰기시 히가시초의 한 주차장에서 기다리고 있다
가 음식점에서 나오던 나카노 시호 씨(당시 26세, 시즈오카
현 후지시)의 가슴을 칼로 찔러 살해하고, 이를 말리러 나
온 남성 점장에게도 중상을 입힌 혐의를 받고 있었다.

스토커 남성이 제 성질을 이기지 못하고 표적으로 삼
던 여성을 칼로 찔러 죽인 뒤에 이제 자신의 인생은 끝났다

고 자포자기한 것인지, 아니면 저세상까지 상대방을 쫓아가려 한 것인지, 혹은 심한 자책감에 시달린 것인지 그 이유는 알 수 없지만, 어쨌거나 (14년간 도피 생활을 한) 지금의 상황을 더는 견디지 못하고 댐에서 뛰어내려 자살한 것이다.

우리는 그의 이야기를 충분히 있을 법한 일이라 인식하고 받아들인다. 스토커 살인 등을 저지르고 나면 형기를 마치고 출소해도 정상적인 삶을 살기 어렵다. 더는 본인이 만족할 만한 평화로운 삶을 누리지 못할 것이다. 오직 비참하고 괴로운 나날이 기다릴 것이다. 그리 생각한다면 자신의 처지를 비관하거나 자포자기하여 자살하는 것도 무리는 아닐 것이다.

하지만 이런 형편없는 살인범 가운데 자살하는 사람은 의외로 적다. 자신의 인생이 이제 '막다른 곳에 몰렸다는' 사실을 깨달아도 그들은 죽음을 선택하지 않는다.

집요한 '괴롭힘'을 견디지 못하고 자살하는 사람이 있다. 실연이나 실패를 겪고 스스로 목숨을 끊는 사람도 있다. 부모나 연인 혹은 '둘도 없는 소중한' 사람의 죽음을 경험하고 그 뒤를 따르는 사람도 있다. 하지만 비슷한 경험을 하고도 계속 살아가는 사람이 더 많다. 훨씬 많다. 그런데도 우리는 절망이나 상실, 괴로움이 자살로 향하는 문이라 믿고 있다.

그렇다면 광증은 어떨까. 1968년에 개봉한 마스무라 야스조 감독, 오쿠스 미치요 주연의 〈섹스 체크〉라는 영화가 있다. 이 영화에서 일본 스포츠연맹 촉탁의인 미네시게 마사오의 아내 아키코(오가와 마유미가 연기하는 기모노 차림의 정숙한 부인)가 오가타 켄이 연기하는 거칠고 난폭한 미야지 코치에게 성폭행당하는 장면이 있다. 그 충격으로 미쳐버린 아키코는 정신 병원에 수용된다. 영화에서는 쇠창살이 달린 창문 사이로 기모노 차림의 아키코가 초점이 맞지 않는 눈으로 바깥을 바라보며 즐겁다는 듯이 음정이 맞지 않는 노래를 흥얼거리는 광경이 묘사된다. '절망이 광증으로 발전한' 전형적인 장면으로, 당시 신주쿠의 영화관에서 이 영화를 봤던 나는 고등학생이었지만 '아무리 그래도 저건 좀….'이라는 생각이 들었다. 하지만 그것과는 별개로 역시 고뇌가 극한에 치달으면 광기로 변한다는 도식을 믿게 된 건 사실이다.

인간은 괴로움이 궁극에 달했을 때 자살하거나 혹은 죽지 않더라도 광기의 세계를 헤맨다는 합의가 세간에 성립된 것이다.

저마다 다른 궁극의 거리

나카무라 고쿄(1881~1952)라는 심리학자가 있다. 나쓰메 소세키 문하의 문학자인 동시에 심리학도 공부한 그는 진료소를 개설하고 일본 정신의학회를 설립했을 뿐만 아니라 잡지 《변태심리》를 창간했다(여기서 사용한 '변태'라는 표현은 신경증적이라는 의미로, 비정상적인 성적 기호를 지칭하는 것이 아니다). 이 밖에도 통속 심리를 다룬 책도 다수 집필했다.

그의 저서 《자살 및 정사情死* 연구》에는 메이지와 다이쇼 시대에 일어난 자살 및 정사 사례가 많이 소개되어 있어 상당히 흥미롭다. 그중에서 두 가지 증상의 사례를 인용해 보려 한다.

> 오사카부에 거주하던 미○ 야쿠(17세)는 고무 회사의 여공으로 일하고 있었는데, 어느 날 분을 두껍게 바르고 화장실에 들어갔다가 그곳에 비치된 방향제가 화학반응을 일으켜 얼굴이 단숨에 노랗게 변하는 바람에 동료에게 놀림을 받았다. 그러자 원래 히스테릭한 성격이었던 그녀는 정신 이상을 일으켜 철로에 뛰어들어 자살했다 (1918년 9월).

● 연인 사이인 남녀의 동반자살.

다카마쓰시에 거주하던 나카야마 ○의 아내 아무개는 남편이 집을 비운 사이에 시장에서 싸게 팔던 쌀을 사러 갔다가 지갑이 없다는 사실을 알아차리고는 자신이 잃어버렸다고 지레짐작했다. 그녀는 남편에게 미안하다는 이유로 길가에서 소독용 포르말린을 복용하고, 심지어 면도칼로 목을 찔러 괴로워하다가 지나가던 사람에게 발견되었는데, 그 사람이 사정을 묻자 쌀과 돈 이야기만 하다 사망했다. 나중에 조사해 보니 그녀가 잃어버렸다고 생각한 돈은 개수대 서랍에 있었다(1918년 8월).

첫 번째 사례의 여성은 분을 두껍게 바르고 화장실에 들어갔다가 방향제가 화학반응을 일으켜 얼굴이 노랗게 변하자 수치심을 이기지 못하고 철로에 뛰어들어 자살했다. 두 번째 사례의 여성은 싸게 파는 쌀을 사려고 시장에 갔는데, 지갑이 보이지 않았다. 지갑을 잃어버렸다는 생각에 남편에게 미안해진 그녀는 포르말린을 마시고 면도칼로 목을 찔러 자살했다. 하지만 알고 보니 지갑을 집에 두고 온 것뿐이었다는 웃지 못할 후일담이 이어진다.

이들 사례에 대해 나카무라 고쿄는 냉정한 평을 남겼다. "그들은 사는 세계가 너무 좁아서 우리가 보기에는 아무것도 아닌 사소한 일로도 자살한다. 꾸지람을 들었다는 이유만으로 자살하는 경우 등이 바로 그러한데, 다른 사람을 부리는 위치에 있는 사람은 이런 점을 깊이 주의할 필요가 있다"라고. 나도 그의 말에 고개를 끄덕이고 싶지만, 과연 그렇게 쉽게 단언할 수 있을까. (나카무라의 입장에서는) 가난하고 교양도 부족한 서민에 해당하는 사람은 대단치 않은 이유로 자살하는 사례가 유난히 많을까.

십 대 후반인 여공의 머릿속이 화장이나 외모에 관한 일들로 가득 찬 것은 결코 부자연스러운 일이 아니다. 가난한 가정의 주부가 지갑을 잃어버린 사실을 알아차리고 마치 세상이 끝났다는 듯이 그 사실에 사로잡혀 있었다 한들 전혀 이상하지 않다. 그들의 행동이 세상의 기준과 크게 동떨어진 것도 아니다. 이를 두고 "그들은 사는 세계가 너무 좁아서 우리가 보기에는 아무것도 아닌 사소한 일로도 자살한다"라며 마치 별나다는 듯 결론지어 버리는 것은 너무 가혹하지 않을까.

단지 그들에게는 너무나도 절실했던 가치가 나카무라에게는 그다지 와닿지 않은 것뿐이다. 그런데도 그들이 너무 좁은 세계에 살아서 그렇다는 식으로 잘났다는 듯이 단정 짓는 것은 문제이지 않을까. 학회의 권력투쟁이라든가 연구논문의 전문지 게재 여부 같은 이야기를 해야 넓은 세계에 산다고 말할 수 있을까. 그렇다면 명예나 영광을 논하는 사람은 그보다도 더 광활한 세계에 사는 것일까.

문제는 마음을 얼마나 잘 고쳐먹느냐이지 않을까. 지금 자신이 몰두해 있는 주제가 실망이나 절망으로 끝났을 때에 어떤 행동을 취하느냐는 사람마다 다르다. '아, 이제 다 끝이야!'라며 비탄에 젖어 자살을 택하는 사람도 있을 테고, 밤새 우는 사람도 있을 테고, 만취할 때까지 술을 들이붓는 사람도 있을 테고, 자신이 의지하는 상대에게 고민을 털어놓는 사람도 있을 것이다. 또 '에라 모르겠다' 하고 돈을 펑펑 써버리거나 주변 사람에게 화풀이하거나 혹은 좋은 인생 경험을 했다면서 참고 넘어가는 사람도 있을 것이다.

어쩌면 눈앞에 놓인 주제에 관해 고뇌가 궁극에 이르렀을지도 모른다. 하지만 사람은 보통 그럴 때, 일단 그 주제와 거리를 둔다. 화제를 살짝 바꾸거나 생각하지 못한 방향으로 관심을 돌리는 식으로 일단 넘어간다. 그리고 시간을 번다. 그러면 어느 정도 마음이 진정되면서 마치 '저 포도는 실 거야'라는 식으로 감정을 달래는 작용이 자동으로 발동된다. 이것이 자연스러운 형태다. 그러지 않고 만약 자살로 귀결된다면, 이런 좀스러운 고집에는 정신병리가 필요하지 않을까.

스토커 행위를 저지른 것도, 자랑스럽게 여긴 얼굴이 노란색으로 변한 것도, 지갑을 잃어버린(잃어버렸다고 굳게 믿어 버린) 것 모두 그 자체만으로는 자살의 절대적인 이유가 되지 못한다. 그러한 사건에 얽매여 '정신적 시야 협착'

이 일어난 끝에 자살 이외에는 다른 선택지를 생각할 수 없게 될 만큼 유연성이 결핍된 점이 문제일 뿐이다. 바꿔 말하면 정신적 시야 협착이 일어난 사람에게는 사소하고 시시한 일도 얼마든지 자살의 이유로 작용할 수 있다는 뜻이다. 궁극이라고 하면 매우 거창하게 들리겠지만, 세상에는 무한히 먼 거리에 존재하는 궁극도 있고, 고작 10센티미터 앞을 가로막은 궁극도 있다. 그러니 말에 현혹되어서는 안 된다.

정신적 시야 협착 1

인간은 세상을 꿋꿋이 살아가기 위해 무의식중에 다양한 전략을 구사한다. 고집이나 정신적 시야 협착은 그런 전략 중 하나로 등장한다.

애초에 우리 인간에게 가장 큰 고뇌는 무엇일까. 사람마다 의견이 다르겠지만, 현실 생활에 비추어 봤을 때 도저히 해결할 수 없는 고민거리가 동시에 발생해 어디서부터 어떻게 손을 대야 할지 모를 상태에 빠지는 것이 '고뇌 순위'의 최상단은 아니어도 최소한 상위권에 들지 않을까. 각각의 고민거리 자체는 일상적 수준에 불과하지만, 이들이 동시다발적으로 발생해 머릿속이 쓰레기장처럼 변한다면 진절머리가 날 것이다. 귀찮고 성가시고 짜증이 날 뿐만 아니라, 무력감에 휩싸일 것이다. 이런 상황에 직면하면 죽고 싶은 마음이 더 강해질 것 같다.

하지만 이럴 때 인간은 회피할 방책을 고안한다. 바로 '어느 한 가지 일에 온 신경을 쏟는 것'이다. 시시한 일이라도 상관없다. 일단 그 일에만 신경 쓰기를 고집하는 것이다. 그러면 어떻게 될까. 정신적 시야 협착 상태가 된다. 현재 신경 쓰는 일을 제외한 나머지 일은 전부 의식 밖으로 내쫓게 된다. 현재 스포트라이트를 받는 대상과 달리, 자신을 괴롭히는 다른 일은 주변의 어둠 속으로 가라앉는 것이다.

물론 그렇게 한다고 해서 문제가 해결되는 것은 아니지만 당장 마음은 편해진다. '사방에 흩어진' 문제들이 단순해진다(라는 기분이 든다). 그래서 한숨 돌리게 된다.

다른 표현을 빌려 보자면 '한 가지 일에 온 신경을 쏟는 것'은 귀찮은 상황에서 눈을 돌리기 위한 양동작전이다(신경증도 증상에 집착해 괴로움에서 벗어나려고 한다는 점에서 같은 범주에 속한다). 물론 그런 묘책을 쓰면 결과적으로 사태가 더 악화할 수 있지만, 사람은 종종 이런 비장의 수단에 기대고 싶어 한다.

문제는 정신적으로 쉽게 시야 협착에 빠져 헤어 나오지 못하는 유형의 사람이 있다는 점이다. 그런 사람들은 일단 어떤 고민에 사로잡히고 나면 단숨에 고뇌가 궁극에 달해 다른 생각은 하지 못한 채 '이제 더는 어쩔 도리가 없어!'

라며 자살로 치닫지 않을까. 그리고 자신들의 자살 경위에 대해 "그들은 사는 세계가 너무 좁아서 우리가 보기에는 아무것도 아닌 사소한 일로도 자살한다"라는 평을 들을 가능성도 있다. 확실히 시야 협착 상태에 빠진 그들의 눈에 비친 세계는 '매우 좁을' 테지만.

이 세상을 꿋꿋이 살아가려고 고안한 묘책이 도리어 사소하고 시시한 이유로 자살해 버릴 메커니즘을 담당할 가능성이 있다니 참으로 얄궂은 일이다.

극적이고 로맨틱한 것

자살의 특수한 유형으로 동반자살이 있다. 동반자살은 '같은 장소에서, 같은 시각에, 두 명 이상의 사람이 자신들의 의지로 합의한 상황에서 같은 목적으로 함께 자살하는 행위'라 정의할 수 있다. 동의하지 않은 사람에게 동반자살을 강요하거나 죽은 사람의 뒤를 따라 자살하는 파생적인 형태도 있지만, 그중에서도 남녀가 슬픈 사랑의 결과로서 동반자살에 이르는 경우를 정사라 부른다.

정사에는 궁극이라는 의미가 강하게 내포되어 있다. 번뇌의 궁극과 사랑의 궁극이 합쳐진 것으로 이해하기 쉽기 때문일 것이다. 그야말로 극적이고 로맨틱한 것이라고.

자살학의 권위자였던 오하라 겐시로는 그의 저서 《자살 일본－자살은 미리 알 수 있다》에서 "소위 지카마쓰•의 시대라 불렸던 에도시대 전기(1603~1690)에 일어난 정사는 사랑과 돈, 수치심이 원인으로 알려졌지만, 고미네 시게유키라는 학자가 쇼와시대 초기의 정사를 분류해 본 결과, 부부가 되지 못해 비관했거나 치정 관계, 경제적 문제, 가정불화 등이 원인으로 꼽혔다. 하지만 내가 몇몇 사례를 조사해 보니, 가족들이 두 사람의 결혼을 반대한 사례가 아예 없지는 않았으나, 그보다 먼저 두 사람이 사회나 가족과 원만한 관계를 맺지 못했고, 그 결과 자신들의 세계가 점점 더 좁아져 자살 말고는 다른 방도를 찾지 못한 사례가 많았다"라며 가혹한 현실을 드러냈다. 이에 그치지 않고 "나는 과거에 정사를 시도했다가 다른 사람의 도움으로 미수에 그친 사례를 설문조사한 적이 있었다. 함께 죽으려고까지 했던 사이이니 당연히 살아남은 후에도 두 사람이 함께 지내리라 생각했지만, 놀랍게도 그들은 1~2년 사이에 3분의 2 정도가 헤어졌다. 이유를 묻자 '얼굴을 보기 싫어졌다. 어째서 자신이 저런 남자와 함께 죽으려고 했던 건지 이해가 가지 않아 괴로웠다'라는 답변이 돌아왔다"라고 밝혔다. 역시 그런 건가 싶

• 에도시대 전기에서 중기까지 활동한 일본의 극작가 지카마쓰 몬자에몬.

지만, 한편으로는 좀 머쓱하기도 하다.

여담이지만 1914년 10월에 나고야에 살던 창기 시바쟈쿠(26세)가 같은 지역에 살던 가토 분지(21세)와 정사했는데, 그때 남긴 유서가 앞서 소개한 나카무라 고쿄의 책에 실려 있어 참고삼아 소개해 보려 한다. 먼저 가토 분지가 부모에게 남긴 유서다.

그리운 부모님께, 저는 어느 부인을 위해 세상을 버려야 하는 처지에 놓였습니다. 그저 무어라 말할 수 없는 일이 있었습니다. 자세한 내용은 모리카와 군에게 들어주세요. 부디 먼저 가는 불효자를 용서해 주시기 바랍니다.

무뚝뚝하지만 고뇌에 가득 찬 글이다. '난처한 상황에 몰렸지만, 사실 죽고 싶지 않다', '자신은 피해자다'라는 심경이 엿보이는 것도 같다. 반면 가토 분지보다 다섯 살 연상이었던 창기 시바쟈쿠가 남긴 유서는 좀 더 스스럼이 없다고 해야 하나, 의젓하지 못한 느낌이 든다. 그녀가 부모 앞으로 남긴 유서를 보자.

먼저 한 말씀 드리니 부모님, 먼저 가는 무례를 저지르오니 부디 건강히 잘 지내세요. 부디 용서해 주세요. 절대 낙심하지 마세요. 어머님, 아버님, 부디 용서해 주세요.

무언가 진지한 느낌은 나지 않는다. 그녀가 기루의 주인(자신의 고용주) 앞으로 보낸 유서도 한번 보자.

갑작스럽지만, 편지로 말씀드립니다. 일이 이리되어 정말 죄송하지만, 부디 용서해 주세요. 제발 용서해 주세요. 그리고 뻔뻔하게 들리시겠지만요, 저희가 죽으면 같은 함에 담아 묻어주세요. 이건 저희 두 사람이 함께 드리는 부탁이에요. 부디 용서해 주세요. 따로 묻으시면 평생 원망할 거예요. 부디 같은 함에 담아 주시길 부탁드립니다. 고향에 계신 저희 부모님께도 허락을 받아서 부디 서로 다른 곳이 아닌, 한곳에 묻어주세요. 그것만이 제 평생 소원입니다. 부탁드립니다. 분지 님과 제가 바라는 것은 오직 그것뿐이니 부탁드려요.

"뻔뻔하게 들리시겠지만요"라는 식의 말투나 개인적인 사정으로 죽음을 택하면서 엉뚱한 기루 주인에게 "평생 원망할 거예요"라는 표현을 쓴 걸 보면 참 어이가 없어서 쓴웃음이 나온다. 시바쟈쿠라는 비록 죽음이라는 형태일지언정 창부라는 자신의 처지에서 도망칠 수 있다는 사실에 들떠 있는 듯하다. 게다가 연하의 남성과 함께 죽는다는 상황에 취해 살짝 경조증 상태에 빠지지 않았는지 의심이 간다. 하지만 남성은 어쩌다 보니 분위기에 휩쓸려 죽게 되었다는 느낌으로, 사랑의 궁극이라고는 말하기 힘든 기색이 역력하다. 이런 상황이 묘하게 현실성 있게 느껴져 나로서는 왠지 개운치 않다.

내 감상과 별개로 정사라는 형식의 죽음에는 '이것만은 뭐, 어쩔 수 없지', '너무나도 사랑해서 한 일이니 너그럽게 봐줄 수밖에 없겠네'라는 심정이 마치 암묵적인 이해처럼 따라다니지 않을까. 오하라 겐시로는 다음과 같은 말도 했다. "정사에 관해 이야기할 때, 유독 아름다운 것을 선호하는 일본인의 특성을 거론하지 않을 수 없다. 일본인에게는 아름다우면 죄가 소실되고, 추한 것은 벌에 해당한다는 독특한 심정이 있다. 예를 들어 정사가 아름답다면 그것은 벌하지 않는다. 그런 심정이 정사를 더욱 미화시킨다고도 볼 수 있다." 말 자체는 상당히 거칠지만, 그가 무슨 말을 하려는 건지 이해가 간다. 적어도 일본에서는 정사가 일종의 양식적 아름다움으로 성립하지 않느냐는 것이다.

정사를 양식적 아름다움으로 보는 관점은 매우 흥미롭다. 그런 식으로 따지면, 정사가 허용되고 때로는 칭송받을 것이기 때문이다. 죽음에 대한 공포나 불안감도 양식적 아름다움을 내세우면 말끔히 불식시킬 수 있고, 자살에 대한 거부감을 줄이는 편리한 장치로 쓰일 수도 있다. 그러니 어쩌면 양식적 아름다움은 정사에만 국한될 수도 있지 않을까. 자살 그 자체를 의식적 아름다움으로 받아들이고 수용하는 감성마저 있을 수 있다는 생각이 들지 않는가. 5장 '미학·철학에 따른 자살'에서 아름다움을 실천하는 수단으로 (즉 작품으로) 자살을 대담하게 내세우고 있다는 뉘앙스를 풍긴 것과 달리, 여기서 말하는 의식적 아름다움으로서의 자살은 허들을 낮추어 자기 정당화를 꾀하는 방편으로서의 색채가 더 짙다는 점이 큰 차이인 듯하다.

사람은 이미지에 따라 사는 존재일까

사건은 1998년 2월 25일에 일어났다. 그날 도쿄도 구니타치 시의 한 비즈니스호텔에 회사 사장 세 명이 체크인했는데, 밤이 되자 그들이 각자의 방에서 같은 시각에 목을 매달아 자살한 것이다. 그들은 죽기 직전에 한방에 모여 가게에서 포장해 온 보통 사이즈의 규동과 캔맥주를 먹고 마시며 조촐한 파티를 열었다. 자살의 원인은 세 명 모두 각자의 회사가 경영 파탄에 몰렸기 때문으로, 25일이 어음 결제일이었다고 한다.

　　세 명의 사장 중 리더 격이었던 인물은 MK(51세)로, 자동차 액세서리를 취급하는 소매기업 '게인즈'를 운영하고 있었다. 이 회사는 한창 잘 나갔을 때 직원 수가 백팔십 명,

연 매출이 육십억 엔에 달했으며, 다마 지역에만 십여 개의 점포를 운영했을 정도였다. 심지어 국제 자동차 경주대회 '포뮬러원^{F1}'의 스폰서로 이름을 올리거나 일본의 경주마 아이네스 후진의 마주가 되어 1990년 일본 더비에서 우승을 경험하기도 했다. 다른 두 명은 소규모의 자동차 부품 소매업체 사장 MS(49세)와 가와사키시의 부품 도매업체 사장 YT(49세)로, MS와 YT는 어린 시절 친구였고, 세 사람은 거래 관계를 맺고 있었을 뿐만 아니라 사적으로도 친분이 두터웠다.

한때는 전성시대를 누렸지만, 거품 경제가 붕괴하고 경쟁 업체가 등장하면서 세 사람의 회사는 실적이 점차 악화했다. 더는 F1이나 일본 더비에 한눈팔 상황이 아니었다. 서로 어음을 융자해 가며 버텼지만, 결국 3사 모두 파산을 피할 수 없었다. 회사의 위기라는 '궁극'에 몰린 것이다.

그들은 경영 파탄에 대해 큰 책임을 느낀 듯했다. 사장으로서의 책임감이 강했던 걸까. 세 명 모두 유서를 남겼는데, 거기에는 전부 "죽음으로 사죄하겠다"라는 문구가 있었다고 한다. 심지어 MK는 사망보험금이 사억 엔인 보험에 가입해 있었다(다른 두 명도 마찬가지로 사망보험에 가입해 있었다). 그는 사망보험금을 회사의 자금 융통에 보태라고 적었지만, 그 정도의 금액은 임시방편에 불과했다. '게인즈'의 부채는 삼십칠억 엔에 달했기 때문이다. 실제로 그가 사망하고 이틀 뒤에 회사는 자기 파산 절차에 들어갔다.

이상이 '구니타치시 3사 사장 동반자살 사건'의 전말인데, 나는 이에 대한 기억이 꽤 선명하게 남아 있다. 의도적으로 이들이 호텔에서 나란히 목을 맸다는 점에서 나뿐만 아니라 많은 사람이 기이하다는 인상을 받았을 것이다. 아무리 사이가 좋았다 하더라도 중년 남성 세 명이 함께 자살하다니 좀 부자연스럽지 않은가. 이에 대해 동성애 관계를 의심하는 말까지 나왔었다(물론 그러한 가능성은 부정되었다).

'경영 파탄 → 사장의 자살'이라는 도식은 '고뇌의 궁극으로서의 자살'이라는 틀 안에서 일단 수긍이 간다. 하지만 그런 것치고는 어딘지 모르게 여유가 있다고 할까, 직선적이지 않다. 함께 호텔에 체크인하고 그곳에서 목을 맨 점이나 규동과 맥주를 먹고 마시면서 세상에 작별을 고한 점 등에서 묘하게 절박함이 부족하다는 인상을 받았다. 최후의 만찬을 마친 뒤 세 사람은 각자의 방으로 돌아갔는데, 혼자가 되었을 때 '어, 내가 지금 대체 뭘 하는 거지?'라는 의문이 들지 않았을까. 그렇게 의리를 지키며 자살까지 함께 할 필요는 없는데. 셋이 함께 카바레에 놀러간다면 모를까, 나란히 목을 매다니 이상하지 않은가. 애초에 자살 직전에 규동 같은 음식을 먹을 여유가 있을까.

물론 실제로 그런 일이 일어났으니 '인간은 그런 식으로 행동할 때도 있구나'라고 생각할 수밖에 없다. 오히려

'이래야 현실성이 있지'라고 생각해야 할까. 하지만 여전히 위화감이 남는다. 연인끼리 혹은 가족끼리의 동반자살이라면 이해가 가지만 중년 남성끼리의 동반자살이라니….

이 사례에서도 양식적 아름다움이라는 발상이 보조선으로서 유효할지 모른다. 예를 들어 그들은 어쩌면 전장에서 힘이 다한 용사 이미지를 자신들에게 투영하지 않았을까. 꽃이 지듯이 전장에서 전우들끼리 미련 없이 자결하는 그런 이미지 말이다. 중년 남성 셋이 나란히 목을 맨다고 하면 우스워 보일 수 있으니 용사들이 장렬하게 자결한다는 이미지를 그들 스스로 형성했을 가능성은 없을까. 사건이 아니라 전설이 될 것이라 자신을 설득했을 가능성은 없을까. 그렇게까지 상상력을 폭주시키지 않더라도 그들은 '깨끗이', '죽음으로 사죄한다', '전우', '당황해서 벌이는 자살이 아니라, 남자답게 운명을 받아들이는 자살'이라는 점에 마음을 의지한 채로 이 세상에 작별을 고했을 거라는 기분이 든다.

개인적인 생각으로는 그들이 오해를 사거나 주변을 당혹스럽게 할 위험 가능성을 전부 무시한 채, 조금 중이병 같은 감성에 빠져 동반자살에 이른 듯한 기분이 들어 애처롭기도 하고 한편으로는 그들의 심정이 조금 공감 가기도 했다. 일본이 미국처럼 총을 간단히 구할 수 있는 나라였다면 아마 이런 감성은 더 확대되었을 것 같다.

어쨌거나 사람은 이미지에 따라 사는 존재라는 생각이 절실히 든다. 아니, 삶뿐만 아니라 자살에 필요한 에너지로 도 작용해 버린다는 점에서 조금 당혹스럽다.

자살 템플릿에 대해

사람이 궁극의 상태까지 몰리면 심적 여유와 심리적 유연 성 모두 잃기 쉽다. 하필 그런 순간에 꼭 자살이라는 선택지 가 머리를 스치는 사람이 있다. 만약 궁지에 몰려 자살하는 사람의 행동 방식에 관한 템플릿이 존재한다면, 이들에게는 그것을 쉽게 따르고 마는 일이 생길 수도 있다. 그런 템플릿 가운데 하나로, 자살에는 양식적 아름다움이라는 것이 확실 히 존재한다. 이를 이용하면 그다지 주저하지 않고 자결하 는 게 가능하다.

연인의 동반자살처럼 이제는 조루리* 수준의 전통 예 능에 가까운 자살 템플릿이 존재하거니와 '죽음으로 사죄한 다'라는 템플릿, 전사의 미학이라는 템플릿, 번뇌하는 철학 청년이라는 템플릿 등 다양한 종류가 분명히 존재한다. 그

•   일본 전통 인형극의 일종.

리고 그런 템플릿 중에는 간혹 감각적으로 이해하기 어려운 것도 있다.

2002년에 어느 인터넷 자살 게시판에서 알게 된 남녀가 도쿄도 이타바시구의 아파트에서 연탄을 피워 동반자살한 사건이 있었다. 서른두 살의 여성이 남긴 유서에는 "함께 자살할 상대가 누구라도 상관없었다"라고 적혀 있었고, 이 사건을 계기로 '인터넷에서 동반자살할 상대 모집', '상대를 사실상 가리지 않음', '연탄' 같은 요소가 포함된 인터넷 동반자살이 급속도로 증가했다. 2003년에서 2004년 사이에 절정에 달했고, 지금도 여전히 산발적으로 발생하고 있다.

상식적으로 생각하면 인터넷에서 알게 되었을 뿐 누구인지도 모를 사람과 동반자살을 한다는 게 도무지 이해가 가지 않는다. 자기 자신을 너무 함부로 대하는 것이 아닌가 싶기도 하다. 죽음이란 좀 더 엄숙해야 하지 않을까. 마치 피자를 배달시키는 듯한 그 가벼운 태도에 거부감이 든다.

하지만 죽는 사람은 '고작' 이 세상에서 사라지는 것뿐인데 유난스럽게 구는 그 마음이 더 귀찮고 성가실 것이다. 아무렇지 않게 남들을 무시하는 듯한 너희에게 내가 왜 자살에 대해 이러쿵저러쿵 설교를 들어야 하냐고 생각할 것이다.

그들에게 인터넷 동반자살은 그저 '저승행 야간 버스'의 동승자를 모집하는 감각이지 않을까. 배웅도, 이별의 정표도 필요 없으니 얼른 이 세상을 떠나버리고 싶다는 마음. 그런 마음이 시대와 연동해서 어느 정도 보편성을 지니게 되면, 그것이 인터넷 동반자살이라는 템플릿으로 형태를 갖추어 나간다. 사람들 중에는 그런 다양한 자살 템플릿이 있다는 사실을 깨닫고, 이를 통해 자살을 좀 더 객관적인 시선에서 바라보다가 최종적으로 죽음과 거리를 두자고 결론을 내리는 사람도 있을 것이다.

정신과 의사로서의 경험을 포함해 내 개인적인 의견을 말하자면, 자살 템플릿을 쉽게 따르는 사람은 시기의 차이만 있을 뿐 언젠가는 자살을 단행할 가능성이 크고, 반대로 자살 템플릿을 냉정하고 객관적이게 인식할 수 있는 사람은 '정신을 차릴' 확률이 높다. 이 책의 존재 의의도 어쩌면 그런 점과 관련된 부분이 크지 않을까.

제 9 장

자살의 유형 5

목숨과 맞바꾼 메시지로서의 자살

자살은 많든 적든 간에 주변 사람들에게 충격을 준다. 때로
는 전 세계 사람들에게, 혹은 시대를 초월해 많은 이에게 끊
임없이 충격을 선사하기도 한다. '그렇다면 자살을 통해 메
시지를 전달하면 어떨까. 그보다 더 효과적으로 어필할 방
법은 없을 테니'라는 생각을 떠올렸다 한들 이상하지 않다.
에도시대의 할복자살은 얼마만큼의 메시지성을 띠었을까.
평균 수명이 짧았던 시대이니 형식적인 행위였을 수도 있
고, 어쩌면 양식적 아름다움으로서의 가치를 지녔을 수도
있다. 다만 오늘날에는 (기본적으로) 사람의 목숨은 한없이
존중받는다. 그런 분위기가 지배하는 세상에서 '목숨과 맞
바꾼 메시지'에는 자살 당사자가 기대하는 것이 실로 클 것
이다.

죽음으로 용서를 구하는 것에 대해

여기 어느 자살을 보도한 기사가 있다. 1977년 6월 20일 자
《요미우리신문》조간에서 발췌한 것이다. 기사 제목은 〈잠
수함 인생, 37년 차의 통한〉이다.

> [요코스카]19일 오후 1시 7분경, 가나가와현 즈시시 누마
> 마 1-2-28, 국철 요코스카선 히가시즈시역 하향선 플랫
> 폼에서 즈시시 야마노네 2-4-1 일본 강관 조선사업부
> 겸 공업부 고문인 오아키 료사쿠(59세)가 오후나역발 요
> 코스카역행 화물 열차[히로무 마사루 기관사(33세)·10량 편
> 성]에 뛰어들어 두개골 골절로 즉사했다.
>
> 즈시경찰서에서 조사한 결과, 오아키 씨의 양복 안주머
> 니에서 "사고의 원인은 나 한 사람의 책임이다. 유능한
> 두 청년을 죽게 한 죄는 몇 번을 죽어도 다 갚지 못할 것
> 이다"라는 내용의 유서가 발견되었다.
>
> 유서는 가족과 회사 앞으로 각각 한 통씩 따로 봉투에 담
> 겨 있었고, 일본 전통 종이인 와시에 쓰여 있었다. 유서는
> 전혀 흐트러짐이 없는 단정한 필체로 한 자 한 자 또박또
> 박 적혀 있었다.
>
> 오아키 씨의 아내 사치코 씨는 지난 17일 아침, 일본 강
> 관 쓰루미 조선소에서 건조한 캡슐형 잠수정 '우즈시오

(5.6톤)'가 지바현 보소반도 앞바다에서 잠수 테스트를 하던 중, 전기 배선이 타는 사고가 발생해 잠수정에 타고 있던 선주 후요 해양 개발회사의 젊은 기사 두 명이 일산화탄소 중독으로 사망한 사건에 대해 남편이 줄곧 해당 잠수정 설계에 관여한 사람으로서 고민이 많았다고 본지에 전했다.

또 장남인 슌 씨(27세)도 "아버지는 우즈시오 일을 하시는 동안 거의 모선에서 생활하셨지만, 18일 밤에는 9시 반쯤 집에 오셨고, 딱히 평소와 다른 모습을 보이지는 않았다. 하지만 이번 사고에 대해 아버지 나름대로 상당한 책임감을 느끼시는 듯했다. 평소에도 우리에게 책임을 다하라고 말씀하시고는 했는데, 그런 성격이 아버지를 자살로 몰아넣었다고 생각한다"라고 이야기했다.

오아키 료사쿠는 1937년에 도쿄대학교 공학부 선박 공학과를 졸업해 곧바로 해군 기술 장교가 되었으며, 이후 37년간 잠수함 설계 일에 종사해 왔다. 잠수정 우스지오의 설계에는 고문 역할로 참여했을 뿐, 결코 직접적인 책임자가 아니었다. 하지만 잠수함 기술에 있어서만큼은 일인자라는 그의 긍지가 필요 이상의 책임감을 안긴 듯하다.

잠수정에서 사망한 두 젊은 기술자와 그들의 가족에게 사죄하고 싶다는 뜻을 밝히고, 기술상의 모든 책임은 자신에게만 돌려달라는 주장… 그러한 메시지를 최대한 진지한 방법으로 전하기 위해 그는 자살에 이른 것이었다. 일반적으로 목숨은 사람에게 가장 중요한 가치이니 적어도 그 목숨을 바치고, 또 자신이 죽음으로써 앞으로도 이 이상 다른 사람에게 폐를 끼칠 가능성을 끊어버리자. 그의 자살에는 그런 마음이 담겨 있었을 게 분명하다.

　　물론 자살하는 게 더 무책임하다는 의견도 있을 것이다. 하지만 자신이 맡은 일로 두 사람이 죽었다면 그 충격으로 정신적 시야 협착 상태에 빠졌을 만하다. 그러한 상태에서 지금 자신이 무엇을 해야 할지 고민에 빠졌을 때, 자살이 가장 좋다는 (다소 충동적인) 결론에 도달한다 해도 전혀 부자연스럽지 않다. 그런 의미에서 이 자살에는 제8장 '고뇌의 궁극으로서의 자살'이나 제11장 '정신질환이나 정신 상태 이상으로 인한 자살' 같은 측면도 있다.

　　한편 2008년 3월 26일 자 《요미우리신문》 석간에는 〈초 육 투신자살, 졸업식을 마치고 귀가 후〉라는 제목의 기사가 실렸다.

　　도쿄도 이타바시구의 맨션에서 25일 구립 초등학교 육학년생 남아(12세)가 떨어져 숨진 사실이 밝혀졌다. 해당 남학생은 졸업식을 마치고 막 집에 돌아온 시점이었다.

맨션 내 자택에 유서로 추정되는 편지가 있었기에 경시청 시무라경찰서는 자살로 보고 동기를 조사하고 있다.

시무라경찰서에 따르면 25일 오후 1시 30분경, 이타바시구의 맨션 부지 내에 쓰러져 있는 남아를 관리인이 발견했고, 병원에서 사망을 확인했다. 자택 거실 테이블에 놓여 있던 B5 용지에는 가족 앞으로 "죽음으로 사죄드립니다"라는 내용의 문장 한 줄만이 적혀 있었다. 해당 남아가 쓰러져 있던 곳은 14층에 있는 자택 바로 아래로, 베란다에서 뛰어내린 것으로 보인다.

남아는 부모를 비롯한 4인 가족으로, 4월부터 해당 지역의 구립 중학교에 다닐 예정이었다. 이날 오전에는 초등학교 졸업식에 참석했고, 집에 돌아온 직후에 자살한 것으로 보인다. 다른 가족은 외출 중이었다.

남아가 다닌 초등학교의 교장은 26일 오전 이타바시구 교육위원회 자리에서 기자회견을 열고, 해당 남아에 대해 "출석률도 좋고, 성적 또한 우수했다. 학교에서 괴롭힘을 당했는지는 아직 파악하지 못했다"라고 밝혔다.

다만 졸업식에서 육학년생들이 한 명씩 사전에 정해진 대사를 하며 초등학교 생활을 돌아보던 중에 해당 남아가 '너무나도 좋아하는 학교'라고 해야 할 부분을 "너무나도 싫어하는 학교"라고 바꿔 말한 일이 있었다. 교장이 남아에게 이유를 추궁하자 "긴장해서 잘못 말했다"라

는 대답이 돌아와서 딱히 혼내지 않았으며, 더는 묻지 않
았다고 한다.

이 남아가 "너무나도 싫어하는 학교"라고 말한 이유는
무엇일까. 프로이트가 〈일상생활의 정신병리〉라는 논문에
서 지적한 무의식중에 입 밖으로 튀어나오는 속마음, 소위
'프로이트적 말실수'에 해당하는 것일까.

그럴 가능성도 있다. 아니면 시기상 조금 이르기는 하
지만 소위 중이병 같은 반항심리 내지는 장난을 치고 싶은
마음에 농담처럼 "너무나도 싫어하는 학교"라고 내뱉어 버
린 것일 수도 있다. 그저 가벼운 마음으로 장난을 친 것뿐인
데, 사람들이 웅성거리기 시작했고 예상보다 훨씬 분위기가
어색해져 버린 걸까(해당 남아는 다른 학생들이 손뼉을 치거나
동의한다는 듯이 깔깔대며 웃기를 기대했을지도 모른다).

남아는 갑자기 고립되고, 후회가 밀려왔을 수 있다. 심
지어 교장에게 추궁을 당하는 사태까지 벌어졌다. 교장은
혼내지 않았고 더는 묻지 않았다고 했지만, 표정이나 태도
가 해당 남아에게는 '돌이킬 수 없는 짓을 저지르고 말았다'
라는 절망감과 초조함을 일으켰을 수도 있다. 게다가 하필
그때 해당 남아는 졸업 직후, 말하자면 어디에도 소속되지
않은 인생의 공백기 같은 상태에 놓여 있었다. 그러니 그런
참을 수 없는 기분이 "죽음으로 사죄드립니다"라는 편지와

14층에서 뛰어내리는 극단적인 행동으로 이어졌다 해도 그리 이상한 일이 아닐지 모른다.

쉰아홉 살의 잠수함 기사도, 열두 살의 초등학교 졸업생도 죽음으로 사죄한다는 메시지를 실행에 옮겼다. 결과적으로는 큰 차이가 없다. 아동의 자살에 대해서는 '고작 그런 일로…'라고 말하고 싶지만, 아직 인생 경험이 얕았던 어린아이에게 그런 상황은 상당히 무겁게 다가왔을 것이다. 하지만 사죄를 받은 상대방의 심정은 어떨까. 오히려 마음이 불편하지 않았을까.

누군가가 아무리 사죄하려고 해도 그 사람을 용서하지 못하는 사례가 드물지 않게 있다. 그런데 사죄한답시고 갑자기, 그것도 일방적으로 목숨을 바치면 사죄를 받는 사람은 당황스러울 수밖에 없다. 그런 사죄는 받고 싶지 않다고 말할 기회조차 주어지지 않는다. 상대방이 멋대로 자살해버리는 바람에 '이 이상의 사죄는 불가능합니다'라는 소통 중단 선언을 당하는 꼴이다. 심지어 사죄를 받는 사람의 태도가 상대방을 자살로 몰고 간 게 아니냐는 사람들의 억측을 받을 위험마저 있다. 그러니 사죄를 받는 입장의 사람은 불공평하다는 느낌을 받을 수밖에 없다.

예전에 한 사람이 내게 갑자기 무릎을 꿇고 사죄한 적이 있다. 나에게 어떤 부탁을 하면서 '그동안 제가 범한 수

많은 무례를 용서해 주십시오. 그리고 제발 이 부탁을 들어주십시오'라는 의미로 무릎을 꿇은 것이었다. 그 사람이 SNS에 이런저런 내 험담을 올려서(심지어 내가 SNS를 하지 않는 주의라 자신의 의견에 반론할 리 없다고 나를 우습게 보았다) 심기가 매우 불편하기는 했다. 하지만 그 사람 나름대로 깍듯이 예의를 차렸다면 아마도 나는 그 부탁을 들어주지 않았을까. 굳이 무릎까지 꿇는 '계산적인' 행동을 하는 것은 폭력에 가깝다. 보기 좋지 않을뿐더러 진실성이 없어 보인다. 게다가 그런 행동에 내가 일방적으로 말려드는 꼴이 된다. 그 사람의 부탁을 들어주면 마치 내가 무릎을 꿇은 그의 태도에 만족한 것처럼 보이고, 반대로 부탁을 거절하면 나는 졸지에 상대방이 무릎까지 꿇었는데 양보할 줄 모르는 옹졸하고 고집 센 사람이 된다. 어느 쪽이든 무릎 꿇는 행위에 '당하는' 사람에게는 그런 일이 일어나는 것 자체가 재난이며, 무릎 꿇는 행위를 하는 가치관이나 감성에 의도치 않게 물들게 된다. 오염당하는 것이다.

어디까지나 전략적 차원에서 무릎을 꿇은 그 사람의 검고 비열한 속내가 뻔히 들여다 보였다. 죽음으로 사죄하는 사람에게는 그런 비열함이 없을지 모르지만, 결과적으로 정도의 차이가 있을 뿐 뻔뻔하고 폭력적인 느낌을 동반하지 않을까. 물론 그런 점까지 참작할 여유가 없는 상태에서 자살해 버릴 테지만, 그런 식으로 사죄를 받게 될 사람의 심정도 한번 생각해 보라고 말하고 싶은 것 또한 사실이다.

안주머니에서 나온 메시지

계산적이라는 점에서 항의의 뜻이나 주의·주장을 내세우기 위한 수단으로서의 자살은 어떨까.

일본 전체를 뒤흔들며 대규모 부정부패의 상징이 된 'KDD 사건'이 있었다. 발단은 밀수였다. 일본 국제전신전화주식회사(KDD, 현 KDDI)의 사장 이타노 마나부가 1979년 10월 2일에 모스크바에서 런던을 경유해 귀국했는데, 이때 나리타공항 세관 직원이 이타노 사장과 동행한 사원 두 명의 밀수입 시도 사실을 발견했다. 그들이 가지고 들어온 물품은 수천만 엔 상당의 고급 장신구였다고 한다.

조사해 본 결과, 밀수입은 사장까지 가담한 조직적 범행이었고, 심지어 비슷한 범행을 스무 차례 이상 반복했다. 그뿐만이 아니었다. 그들이 반입한 고급 장신구는 정치가 및 구 우정성* 관료에게 뇌물로 제공한 것이다. 국제전화 요금의 가격 인하를 막고 싶었던 KDD가 벌인 뒷공작이었다.

•　한국의 구 정보통신부에 해당. 2001년에 총무성에 통합.

게다가 우정성 관료 출신인 이타노 사장 1인 체제로 운영된 탓에 사장이 정치자금 파티권 구입이나 교제·접대 비용으로 수십억 엔을 뿌리고 다녀 재무제표가 엉망이 된 사실이 발각되어(뇌물을 받은 정치가가 백구십 명에 달했다) 이 사건은 정관계로까지 크게 번졌다. 최종적으로 대법원은 이타노 사장에게 징역 10개월, 집행유예 2년이라는 가벼운 형을 내렸고, 정관계에 대한 철저한 수사도 이루어지지 않은 채 사건이 끝났다. 대형 스캔들이었는데도 용두사미 격으로 마무리된 것이다.

수사 도중에 전 사장의 비서 야마구치 기요쿠니가 자택에서 목을 매어 자살하고, 전 사장의 직속 고문이었던 야스다 시게사다가 철도에 뛰어들어 자살했다. 이 사건으로 두 명이 목숨을 잃었다.

야스다 시게사다(62세)는 이타노 사장의 두터운 신뢰를 받았고, 뇌물 전달에 앞장선 인물이었다. 그래서 사건이 발각되자 그는 경찰로부터 집중적인 추궁을 받게 되었다. 2월 6일 자 《요미우리신문》 석간에 실린 기사의 일부를 인용해 보겠다. 의혹이 발각된 후 진행한 그와의 인터뷰를 바탕으로 작성한 기사다.

(…) 그 당시 한 시간 반에 걸쳐 진행한 인터뷰에서 몇 가지 마음에 남은 점이 있다.

한 가지는 야스다 씨가 "나는 무슨 일이든 간에 이타노 전 사장(이타노 사장은 10월 25일에 사임했다-인용자 주)과 사토 전 사장실장의 지시를 받아 움직였다", "두 사람이 내게 베푼 은혜에 보답하고자 최선을 다해 일했다. 하지만 (의혹이 발각된) 지금 와서는 그런 내 마음에 의문이 들기 시작했다"라고 거듭 강조한 점이다. 겸손한 언행, 부드러우면서도 빠른 간사이 사투리 말투. 겉으로만 봐서는 초면인 그의 속내를 깊이 들여다볼 수 없었지만, 생각해 보면 그때 이미 야스다 씨는 상사에 대한 충성심과 경찰의 추궁에 진상을 털어놓을 수밖에 없는 두 가지 상황 사이에서 깊이 갈등하고 있었음이 분명했다.

그러한 마음의 동요는 점차 야스다 씨의 행동에도 나타났다. 술을 거의 마시지 못하는 그가 KDD 본사 27층에서 위스키병을 손에서 한시도 놓지 못했고, 결국 11월 하순에 가나가와현의 병원에 입원했다. 국회에서 KDD 의혹이 거론되자 그 직후 고이케 신조 KDD 회장에게 처음으로 전화를 걸어 "국회에서 왜 자신만 나쁜 놈으로 몰아가는가. 이에 대한 회사의 견해를 듣고 싶다"라고 호소하기도 했다.

지난 1월 22일에는 "이제 모든 게 다 싫어졌다. 죽고 싶다"라고 부인인 시즈에 씨에게 전화를 걸어 말해, 이를 걱정한 변호사가 필사적으로 위로했다고 한다.

야스다 시게사다는 아내에게 전화한 지 2주 정도가 지난 1980년 2월 6일 오전 9시 57분경 무코가오카유엔역에서 오다큐선의 특급 로망스카에 뛰어들어 즉사했다. 그의 상의 안주머니에서 대학노트를 찢은 종이에 볼펜으로 쓴 유서를 발견했는데, "저는 이타노 사장과 사토 실장에게 희생되어 죽습니다. 쇼와 55년 2월 6일 야스다 시게사다"라고 적혀 있었다.

그야말로 원망이 가득 담긴 글로, 그는 자살로 자신이 사실상 피해자였다는 메시지를 전달한 것이다. 이 사실을 알고 '사축社畜•의 비애'라며 공감한 사람도 있을 테고, 사건이 발각되기 전까지는 사장 곁에서 '콩고물'을 얻어먹지 않았겠냐며 분개한 사람도 있을 것이다. 야스다의 심경이 어떻게 변화했을지 대충 짐작은 가지만, 결과적으로 보면 그다지 삶을 우아하게 끝마치지는 못한 것 같다. 애초에 우아한지 아닌지를 따질 겨를조차 없었기에 자살을 감행했겠지만, 종이 쪼가리에 남긴 유서 때문에 야스다는 사람들의 기억 속에 원망 섞인 글로만 남았다. 그가 자신의 삶을 스스로 작고 초라하게 만든 것 같아 실로 유감이다.

• '회사에 길들여진 가축'이라는 뜻으로, 회사가 시키는 일이라면 무엇이든지 불평불만 없이 하는 회사원을 비꼬는 말.

나를 위한 노트

이번에는 나름 우아하게 생을 마감하고자 했던 어느 자살자의 사례를 소개해 보고자 한다. 그 주인공은 시인 기시가미 다이사쿠(1939~1960)다. 세간에 알려진 그의 모습은 '혁명과 사랑에 살면서 순수한 감성으로 이를 단가로 짓고, 스스로 목숨을 끊은 학생 시인' 정도일까. 1960년에 일어난 미일 안전보장조약 개정 반대 투쟁의 분위기가 그의 삶과 죽음에 큰 영향을 끼쳤다.

기시가미는 그가 여섯 살일 때, 아버지가 전쟁 중 병사로 세상을 떠나면서 홀어머니 밑에서 힘들게 자랐다. 의무교육을 마친 뒤(중학생 시절에는 사회주의에 관심을 가졌다), 장학금을 받고 고등학교에 진학한 그는 재학 중에 단가에 눈을 뜬다. 고쿠가쿠인대학교 문학부에 진학해서도 장학금을 받으며 다녔다. 이때부터 효고현 간자키군 다와라무라에서 홀로 도쿄로 올라와 살았다. 아르바이트로 학비를 벌며 학업을 이어간 그는 고쿠가쿠인대학교 단가 연구회에 가입했고, 차츰 정치활동에 관심을 가지게 되었다.

1960년 6월 15일, 국회 구내에서 미일 안전보장조약 개정 반대 투쟁 시위에 참여하던 중에 경찰관이 휘두른 경찰봉에 머리를 맞아 두 바늘을 꿰매야 하는 상처를 입었고, 안경 오른쪽 렌즈에도 금이 갔다. 마침 그 자리에 있었던 후배

히라타 고지는 "기시가미 선배는 겁이 났는지 스크럼을 짜고 있던 팔을 뿌리치고 대열에서 벗어나고 싶어 하는 모습이었습니다", "저는 오히려 팔을 더 세게 죄었습니다"라고 발언했다.

시위를 하던 중 경찰기동대를 마주하고 겁먹은(게다가 다치기까지 한) 사실은 결코 부끄러워할 일이 아니다. 하지만 당사자에게 그 일은 마음에 큰 상처로 남았을 것이다. 더군다나 바로 그날, 같은 국회 구내에서 도쿄대학교 여학생이었던 칸바 미치코가 경찰기동대와의 충돌과정에서 사망한 사건이 일어나 그에게 더 큰 충격을 주었다. 그날의 일이 기시가미에게는 한층 더 투쟁에 몰두하게 되는 계기가 되지 않았을까. 자신이 느낀 부끄러움을 지우려는 의미에서도 말이다. 이야기를 잠시 두 달 전으로 거슬러 올라가 보자. 고쿠가쿠인대학교 문학부 신입생인 여성 Y·K가 단가연구회에 들어왔다. 기시가미는 단숨에 그녀에게 끌렸고, Y·K(그의 일기에는 이처럼 머리글자로 적혀 있었다)는 차츰 그의 운명의 상대가 되었다. '혁명과 사랑'이 차츰 선명한 윤곽을 드러내기 시작한 것이다.

기시가미는 정치활동을 하며 지은 단가 50수를 잡지 《단가 연구》의 신인상에 응모하기로 마음먹고, 초고의 정서 작업을 Y·K에게 부탁했다. 그러면서 두 사람은 서서히 친밀해졌다. 〈의사표시〉라는 응모 작품에는 "장갑차를 짓밟고 넘어가는 발바닥의 막힘없는 논리에 숨을 죽이고 있네", "학생연합의 깃발이 휘날리니 고발하기를 멈추지 않는 내부의 소리처럼 푸른색"과 같은 정치 투쟁의 분위기가 물씬 풍기는 단가가 많았지만, "바다에 관해 말하며 올라간 옥상에서 바람에 흩날리는 머리를 바라본다"처럼 Y·K를 의식한 단가도 섞여 있었다. 실제로 50수의 단가는 세 부분으로 나뉘었는데, 그중 13수에는 'II·Y·K'라는 소제목이 붙었다.

〈의사표시〉는 비록 《단가 연구》의 신인상을 놓쳤지만, 50수 중 40수가 추천작으로 9월호에 실렸고, 그 후 기시가미는 작품을 활발히 발표해서 신예 시인으로 주목받기 시작했다. 6월 15일에 벌어진 사건의 영향을 받아 지은 단가 중에는 "피와 빗물에 와이셔츠가 젖은 외톨이를, 한 사람에 대한 사랑이 아름답게 하네" 같은 작품도 있는데, 이건 너무 잔뜩 멋을 부린 느낌이 든다.

이렇게 보면 그의 삶이 마치 한 편의 청춘 드라마처럼 보이지만, 현실은 어땠을까. Y·K를 향한 기시가미의 집착은 요즘 말로 하면 스토커에 가까워 보이기도 한다. 두 사람은 함께 《자본론》 같은 책을 읽은 적이 있지만, 기시가미가 보인 열의가 Y·K에게 점차 공포로 다가간 듯했다. Y·K는 기시가미의 사후에 그와의 일을 소설의 형태로 발표했는데, 거기에는 "처음에는 답장했지만, 그 후에는 '불편하다'라고 거절하고 답장하지 않았다… '어쩌면 이 사람은 자살할지도 몰라' 여름 방학 때 그가 보낸 몇 통의 편지를 읽고 그런 예감이 들었다. 9월에 상경한 이후, 그의 그림자가 하나의 위압감이 되어 전철 안에서도, 시부야의 거리에서도, 학교에서도 늘 따라다니는 듯한 기분이 들어 마음 편히 있을 수 없었다"라는 내용이 있었다.

　이 일은 기시가미에게는 실연이었다. 그는 번민했을 것이다. 그리고 그것이 자살로 이어졌겠지만, 작가 후쿠시마 야스키가 쓴 기시가미 다이사쿠 평전《'사랑과 혁명'의 죽음, 기시가미 다이사쿠》(고세이샤, 2020)에는 "만약 기시가미가 단가를 쓰지 않았다면, 이렇게까지 자기 자신의 심정을 고양하는 일은 없지 않았을까. 스스로 만들어 낸 정형定型이라는 도그마*에서 격렬한 드라마를 연출하는 일도 없지 않았을까"라는 글이 있다. 그럴지도 모르겠다. 역시 창작자의 발언은 설득력이 있다.

　하지만 그렇다 하더라도 기시가미가 자살을 단행하기까지 걸린 시간이 너무 짧은 감이 있다. 그는 Y·K와 만난 지 불과 8개월 만에 스스로 목숨을 끊은 것이다. 은사나 친구에게 자살을 미화하거나 동경하는 듯한 말을 했지만, 말로

　•　독단적인 신념이나 학설.

하는 것과 실제로 자살을 실행하는 건 천양지차이지 않은가. 역시 단가라는 표현형식과 그의 행동이 악순환을 낳고, 그 결과 자가 중독을 일으켰기 때문이 아닐까.

기시가미가 요절한 시인으로 널리 알려진 이유 중 하나는 죽기 7시간 전부터 자살하기 직전까지 자신의 심정을 줄줄이 써 내려간 200자 원고지 54장 분량의 수기 '나를 위한 노트'가 존재하기 때문이다. 문장이라는 표현 수단에 능숙한 인물이 저승에 발을 들이기 직전까지 적어 내려간 장문의 수기는 그 누구라도 관심을 가질 수밖에 없지 않을까.

수기는 "이미 준비는 완료했다. 이제 시간이 지나면 예정된 프로그램을 수행할 것이다"라는 한 줄로 시작한다.

(…) 예전에는 자살하는 데에 용기가 필요하다고 생각했다. 하지만 요 이삼일 사이에 내가 평생 단 한 번뿐인 용기를 쥐어 짜낸 것도 아니다. 그저 평소처럼 몇 시간을 보낸 결과, 여기에 도달했을 뿐이다. 자살을 결심한 사람은 하는 행동만 봐도 금세 알 수 있다고 하던데, 나는 사람을 몇 명 만났고, 전철을 탔고, 길거리도 걸었다. 하지만 그 누구도 내가 자살할 방법을 고민하고 있다고 생각지 않았을 것이다.

자신은 죽으려고 하지만, 아무도 그런 자신을 알아차

리지 못한다. 그의 글을 보면 그러한 사실에 우월감을 느끼는 듯하다. 그런 식으로 자신을 북돋우지 않으면, 프로그램을 수행하기를 주저할 것이라고 걱정했을지도 모르겠다.

내 개죽음에 사회주의의 대의명분을 내세우는 건 관두자. 이건 나약하고 음험한 사내가 짝사랑과 실연 끝에 하는 자살에 불과하다. 단가연구회의 누군가에게 말했듯이 요절을 아름다운 것으로 보려는 센티멘털리즘은 피하자. 그래봤자 죽는 것은 어차피 꼴사나운 일이다. 목을 매어 축 늘어진 몸 그리고 그 일부, 일부분. 혹은 토사물. 그것을 과연 아름답다 할 수 있을까. 문제는 사는 것이 내게는 죽는 것보다도 꼴사납다는 점이다.

그는 농담처럼 일부러 자학적인 내용을 적었다. 이 시점까지도 기시가미에게는 여전히 자살이 현실적으로 다가오지 않은 듯했다. 본인도 그 점을 자각하고 있었는지, 여러 추억이나 미련 섞인 상상 사이에 구체적인 자살 방법을 적고는 했다.

차양에 줄을 매달고, 그 줄에 목을 맨 다음, 덧문 밖 툇마루(라고 하던가)에 살짝만 움직여도 몸이 떨어지게 걸터앉은 다음, 브로바린(최면제의 상품 - 인용자 주)을 마시면

236

된다. 그다음 의식 불명 상태에 빠지기를 기다린다.

그리고 그는 그것을 실행했다. 하지만 그 전에 "미일 안전보장조약 개정 반대 투쟁 시위에 참여하고, 시를 쓰고, 레닌을 읽었다. 나는 '사랑과 혁명을 위해 산다!'라고 생각했다. 하지만 그 모든 게 그저 한 여성에 대한 슈프레히코어•에 지나지 않았다. 그 슈프레히코어가 냉정히 거부당한 것은 출발점 자체부터 틀렸기 때문이다. 그렇다면 그것을 철회하고, 새롭게 출발하라고 말하는 건 누구냐. 그 슈프레히코어는 내가 살아온 21년의 결정체였단 말이다!" 같은 글을 쓰기도 했다. 그야말로 Y·K에게는 재난 그 자체였을 것이다. Y·K에게는 찜찜한 기분을 안기고, 정작 자신은 개의치 않던 기시가미의 자기중심적인 생각에 그의 글을 옮겨 적으면서도 질리고 만다.

남자답지 못하면서 어딘지 모르게 강압적인 자신의 글을 그는 도중에 다시 읽어봤을까. 아니, 다시 읽어봤기에 다음과 같은 변명 섞인 글을 끼워 넣은 걸까.

이 노트를 적는 까닭은 순전히 시간을 때우기 위함이지

• 시의 낭독과 합창, 연극을 하나로 통합한 '시합창 낭독극' 형식의 예술 형식.

연기가 아니다. 이미 준비는 완료했다. 아름다운 녹색 줄과 새하얀 브로바린. 독을 먹고 목을 맬 것이다. 실패할 걱정은 없다. 나는 완전히 자살할 것이다. 하지만 아직 시간이 이르다. 집에 있는 사람들은 잠들었지만, 게라 씨(같은 하숙에 살던 인물-인용자 주) 같은 사람은 적어도 12시까지는 잠들지 않을 테고, 창문 너머로 보이는 집도 아직 사람이 일어나 있는지 끊임없이 소리가 들린다. 누군가가 방해하면 큰일이다. 적어도 새벽 1시나 2시까지 기다리자. 지금은 아직 11시 전이니 이제 2~3시간 남았다.

어쩌면 나도 자살할 생각이 들 때 기시가미처럼 자기 번민이나 변명으로 가득한 장문의 글을 남기고 말 것 같아 기분이 썩 유쾌하지 않다. 그의 수기를 읽고 '작은 차이의 나르시시즘*'에 가까운 감정을 느끼는 사람이 꽤 많을지도 모르겠다.

나는 지금 떨고 있다. 추워서 그렇다. 오들오들 떨고 있다.

---

* 프로이트가 제시한 개념으로, 공통점이 많은 관계일수록 서로의 사소한 차이에 더 과민하게 반응해 끊임없이 대립·반목·경멸하는 현상.

이웃인 다카세 씨가 잠들기 전까지는 정해놓은 시간이
되어도 자살을 단행할 수가 없다. 얼른 불을 끄고 자줘!
무릎을 꿇고 기다리자. 아아! 기다려야지. 나는 평생 늘
기다렸다. 무언가를. 지금은 추위에 떨면서 내 손으로 실
행할 내 죽음을 기다리고 있다.

그의 글을 옮기다 보니, 마치 기시가미가 아니라, 내가
쓴 글처럼 느껴져 기운이 빠진다. 빙의라도 된 것 같은 느낌
이 든다. 그의 글은 부정적인 의미에서 보편성이 있을지 모
른다. 길게 써 내려간 글도 드디어 끝이 난다.

브로바린 백오십 알을 먹고도 의식이 남아 있다면 단가
라도 짓기로 하고 일단 이것으로 일단락을 짓는다. 이것
은 한 남자가 실연을 겪고 벌이는 자살이다. 단지 그뿐이
다. 내가 마지막 순간까지 평소와 다름없는 정신 상태에
서 하는 말이니 틀림없다. 믿기 바란다. 내일 아침에 날
이 밝으면 나는 보기 흉한 시체가 되어 비에 젖은 채 모
습을 드러내고 있겠지. 그뿐이다. 세상은 지극히 태평하
고 순조롭게 돌아가겠지. 그럼 이만 실례하겠다. 나는 이
제 옷차림을 정돈하고, 찻잔에 물을 따를 것이다. 모든
일이 예정대로 진행될 뿐이다. 그럼 이제 안녕히. 드디어
2시다.

1960년 12월 5일

기시가미 다이사쿠

이렇게 끝나는가 싶었는데, 글이 더 이어졌다.

> 2시 30분, 브로바린을 먹었다. 금세 의식을 잃을 줄 알았
> 는데, 생각보다…. 창밖으로 한 번 나가 보았지만, 견딜
> 수 없게 추워서 다시 어슬렁어슬렁 들어와 흩어져 있던
> 약을 먹는다.
> 현재 2시 37분.
> 얼굴은 비옷으로 가렸다.
> 불을 끄고 컴컴한 어둠 속에서
> 글을 쓰고 있다. 엉망진창이다!

여기서 '나를 위한 노트'는 완전히 끝난다. 후쿠시마 야
스키에 따르면 '12월 5일 월요일 아침에 이노카시라선 구가
야마역으로 급히 향하던 회사원이 도로에 면한 집 2층에서
비옷을 뒤집어쓴 채로 목을 맨 사체가 비에 젖어 있는 모습
을 발견했다'라고 한다.

어딘지 모르게 들떠 있다는 인상을 지울 수 없던 이 수
기도 드디어 그가 세상에 남기고 간 유물이 된 것이다. 나는
그저 허탈한 표정을 지으며 "아, 그렇구나"라는 말밖에 할

수가 없다.

그건 그렇고 과연 '나를 위한 노트'는 실시간으로 현장에서 즉흥적으로 쓰인 것일까. 추신에 "얼굴은 비옷으로 가렸다. 불을 끄고 컴컴한 어둠 속에서 글을 쓰고 있다"라는 부분이 있는데, 자필로 쓴 원고를 보지 않아 단정할 수 없지만, 어두컴컴한 곳에서 과연 판독 가능한 글을 써서 남길 수 있을까.

앞서 소개한 후쿠시마 야스키의 기시가미 다이사쿠 평전은 이러한 의문에 확실히 답한다.

"쓰고 있다. 엉망진창이다!"라는 부분은 원고지 여섯째 줄에 바싹 붙여 써놓았는데, 펜으로 쓴 글씨는 흐트러진 기색이 전혀 없었다. 더 놀라운 사실은 원고지 왼쪽 윗부분에 그어져 있던 쪽수 표기용 가로줄에 '54'라는 쪽수가 정확히 적혀 있었다는 점이다. 즉 기시가미 다이사쿠는 그 글을 '얼굴을 비옷으로 가리고', '어둠 속에서 쓴' 게 아니라는 것이다. 죽기 직전까지 그 어떤 흐트러짐도 없이 냉정하게 계획을 실행한 것이었다. 그는 '미일 안전보장조약 개정 반대 투쟁 시위에 참여한 1960년 12월에 혁명의 꿈을 안은 채로 실연의 아픔을 이기지 못해 자살했다'라는 자신의 '초상'을 완성하려고 한 것이었다.

더군다나 기시가미의 하숙방 쓰레기통에서는 그가 죽은 뒤에 '나를 위한 노트'의 초고가 발견되었다. 그가 남긴 수기는 처음이자 마지막으로 단 한 번뿐인 아슬아슬한 상황에서 즉흥적으로 쥐어 짜낸 글이 아니라, 오히려 정서에 가까운 작업을 거친 것이었다. 그 사실을 알고 나니 머쓱해지기보다는 '역시나' 싶은 마음이 들었다. 그렇다고 기시가미를 비난할 생각은 없다. 그는 고작 스물한 살이었고, 자신을 표현자라고 충분히 자각하는 청년이었으니 어느 정도의 연출을 하지 않는 게 오히려 이상했다.

　기시가미는 극적이고 우아하게 삶을 끝마치고 싶어 했다. 그건 그 나름대로 틀리지 않은 생각일 것이다. '나를 위한 노트'는 자살에 첨부한 메시지인 동시에 하나의 '작품'으로 남았다. 내 개인적인 생각으로는 그와 비슷하게 수기를 쓰고 자살하는 청년이 일본에서만 1년에 열 명 정도는 나오지 않을까 싶다. 하지만 그런 이야기는 들리지 않으며, 그런 수기가 공개된 적도 없다. 그 점이 다소 믿기 힘들다.

괴짜의 자살

이제 4장에서 유서의 생생한 현실을 이야기하며, 언급한 유이 주노신에 대한 이야기를 다시 꺼내보려고 한다. 그는 미국의 베트남 북폭 시나리오를 지지한 일본 총리 사토 에이사쿠의 미국 방문에 항의하려고, 1967년 11월 11일 총리대신관저 앞에서 분신자살했다(향년 73세). 그야말로 목숨과 맞바꾼 메시지로서의 자살이었다.

기시가미 다이사쿠는 어떤 의미에서는 그 당시 청년의 매우 전형적인 내면(중 하나)을 지녔던 걸로 보인다. 그렇다면 유이 주노신은 어떤 인물이었을까. 분신자살이라는 수단을 택한 사람은 그에 상응하는 특이한 내면을 지녔을 것이라는 생각이 들어 좀 더 조사해 보았다.

우선 분신자살이라는 다소 특이한 자살 방법에 대해 잠시 짚고 넘어가려 한다.

이 자살 방법은 오래전부터 존재했지만, 세간에서 분신자살을 항의의 메시지로 인식하게 된 계기는 베트남 승려 틱꽝득(1897~1963) 때문이었다. 그는 당시 베트남의 내전 상태와 더 나아가 베트남 공화국(남베트남)의 응오딘지엠 정권의 불교 탄압에 항의하기 위해 1963년 6월 11일 사이공(지금의 호찌민시)의 캄보디아 대사관 앞에서 몸에 휘발유를 끼얹어 분신자살했다. 그 비장했던 모습을 AP통신 특파원이었던 미국인 기자 말콤 브라운이 촬영한 덕분에 세상에 널리 알려지게 되었다(말콤 브라운은 그 사진으로 퓰리처상을 수상했다). 아마 그 사건(이후 승려들이 항의의 뜻으로 분신자살하는 일이 이어졌다)이 분신자살과 항의의 메시지를 이미지적으로 강하게 연결 짓게 된 계기가 된 듯하다.

1965년 3월 16일에는 베트남 전쟁에 항의하던 또 한 사람, 미국의 평화운동가 겸 유대계 퀘이커교 신자였던 알리스 헤르츠(1882~1965)가 디트로이트에서 분신자살했다. 그녀는 베트남 승려들의 분신자살에 큰 영향을 받았다고 말했고, 이 방법이 사람들에게 반전 메시지를 확산할 가장 효과적인 수단이라 생각했다. 저널리스트인 히가 고분의 저서 《내 몸은 불꽃이 되리, 분신자살로 사토 총리에게 항의한 유이 주노신과 그 시대》(신세이출판, 2011)에 헤르츠가 남긴 메시지가 실려서 소개한다.

미국 국민 여러분께
트루먼, 아이젠하워, 케네디, 존슨, 이들 대통령은
여러분을 엄청난 거짓말로 속이고, 현혹해 왔습니다.
지난 20년간 계획적으로 조장한 증오와 공포 탓에
여러분은 의원들이 수조 달러에 달하는 막대한 금액을
오직 파괴만을 일삼는 무기고에 지출하도록
허용해 왔습니다.

더 늦기 전에 일어나 행동하세요!

이 세상이 인류가 살 수 있는

선하고 고귀하며 평화로운 삶의 터전이 될지,
아니면 자멸해서 흔적도 없이 사라지게 될지는
여러분의 손에 달려 있습니다.

하느님은 조롱을 받으실 분이 아니십니다•

우리는 자신의 의지를 표명하기 위해
디트로이트의 웨인주립대학교 교정에서
불교도가 분신한 방법으로
항의할 것을 결심했습니다.
미국의 청년 여러분!
삶을 향해 앞장서 주세요!

1965년 3월
알리스 헤르츠

솔직히 말하면 그녀가 남긴 메시지가 너무 소박해서
당혹스럽다. 무슨 말을 하고 싶은지는 알겠다. 이것이 여든

•   성서에서 갈라디아인들에게 보낸 편지 6장 7절에
    나오는 말로, 이후 사람은 뿌린 대로 거두니 꾸준
    히 선을 행하라는 내용이 이어진다.

여덟 살의 그녀가 할 수 있는 가장 효율적인 호소라 판단했으리라는 점도 이해한다. 하지만 지나치게 생각이 단순하지 않은가. 자신의 목숨과 맞바꾼 메시지가 고작 이런 거냐는 말이 목구멍까지 치밀어 오른다. 이 정도의 메시지만으로 세상이 정말 바뀔 거라 믿느냐고 그녀에게 묻고 싶다.

하지만 그 후 미국 내에서 미국인 일곱 명이 베트남 전쟁에 항의하는 의미로 잇달아 분신자살했다. 어쩌면 유이 주노신도 그런 일련의 흐름 속에 있었다고 봐도 좋을지 모르겠다.

유이 주노신은 1894년 후쿠오카현 이토시마군의 유서 깊은 집안에서 태어났다. 후쿠오카시의 한 중학교를 졸업한 후, 부친의 반대를 무릅쓰고 도쿄로 상경한 그는 도쿄고등공업학교의 전기공업과에 들어갔다. 집안의 경제적 도움을 받지 않고, 학비를 벌어 힘들게 졸업했고, 재학 중에 '다이쇼 데모크라시'*의 영향을 받아 노동문제에 깊은 관심을 보이기 시작했다. 졸업 후 노동운동을 하려고 자신의 학력을 숨기고 오키전기공업에 직공으로 입사했지만, 근무한 지 1년

---

* 1910~1920년대에 일본의 정치·사회·문화 방면에서 일어난 민주주의의 발전과 자유주의적 운동 및 풍조의 총칭.

만에 군대에 가게 되었다. 제대 후 다시 오키전기공업으로
돌아가려 했지만, 학력을 숨긴 사실이 발각되어 해고당했다.
무직일 당시에 그는 지인의 소개로 초등학교 교사였던 시즈
를 만나 결혼했다. 이데 마고로쿠가 쓴 《그 순간에 이 사람이
있었다, 쇼와시대의 역사를 수놓은 이색적인 초상 37》(마이
니치신문사, 1987)에는 유이 주노신을 소개한 장이 있는데, 거
기에 그의 추도회 당시 아내인 시즈가 공개한 일화가 있어
소개해 본다. 시즈의 말에 따르면 결혼 직후 남편이 갑자기
자신에게 빈민굴에 들어갈 생각이 없냐고 물었고, 그녀가 이
를 거절하자 자신의 일기에 "실망했다"라고 썼다고 한다.

돈을 버느라 종일 일하고 온 아내에게 난데없이 그런
말을 했다는 게 조금 당황스럽겠지만, 그의 발언은 당시 노
동운동과 관련이 있다.

그 당시는 1880년대에 영국에서 시작된 인보관 운동
settlement movement이 퍼진 시대였다. 인보관 운동은 자본주의와
급속한 공업화로 발생한 빈민 문제를 해결하기 위해 지식
인, 대학생, 종교인 등이 슬럼가나 빈민굴로 이주해 함께 생
활하면서 사회적 약자에게 교육·의료·숙박·보육·자립 지
원 등을 돕는 사회개혁 운동을 말한다. 그때는 이를 두고 매
우 실천적이며 헌신적인 행동이라며 극찬한 사람도 있었
을 테고, 일부 지식인이나 생각해 낼 법한 이상주의적인 행
동이라며 비웃은 이들도 있었을지 모른다. 일본에서는 간

토 대지진을 계기로 인보관 운동이 활발해졌다. 물론 유이가 결혼한 시기는 간토 대지진이 일어나기 3년 전이었지만, 이미 인보관 운동에 크게 공감한 모양이다. 물론 그렇다 하더라도 그의 발언은 상식을 벗어났다고 할 정도로 사명감이 지나치게 앞선 감이 있다.

그 시기부터 유이는 에스페란토를 공부하기 시작했다. 잠시 이야기가 옆길로 새지만, 에스페란토에 대해 짚고 넘어가려 한다. 에스페란토는 유대계 폴란드인이자 안과 의사였던 루도비코 라자로 자멘호프(1859~1917)가 창제해 1887년에 발표한 인공어다.

공통된 언어가 존재하지 않으면, 국가 간의 소통이 어려워서 오해나 감정적 충돌이 발생하기 쉽다는 것은 누구나 통감하는 사실이다. 하지만 타국의 언어를 배우기란 그리 쉽지 않다. 특히 문법이나 명사의 격변화, 인칭대명사에 따른 동사 변화 등이 까다로워서 규칙성만 외운다고 해결되지 않는다. 에스페란토는 이런 점을 단순하고 논리적으로도 명쾌하게 개선하고, 어휘는 서구권의 단어를 바탕으로 새로 만들었다. 그래서 적어도 유럽권 사람들은 에스페란토를 그리 어렵지 않게 배울 수 있다고 한다.

세계의 언어를 하나로 통일한다는 구상은 사람의 마음을 설레게 하는 면이 있는 듯하다. 다나카 가쓰히코의 저서

《에스페란토, 이단의 언어》(이와나미신쇼, 2007)에 따르면, 권위와 신뢰성 면에서 높은 평가를 받는 일본어 사전《고지엔》을 편찬한 일본의 언어학자 신무라 이즈루가 1908년에 일본 정부를 대표해 독일 드레스덴에서 열린 제4회 세계 에스페란토 대회에 참석했다고 한다. 또 무정부주의자로 유명한 오스기 사카에는 옥중에서 에스페란토를 독학으로 익혔다(그는 지금의 도쿄외국어대학인 도쿄외국어학교 출신으로, 프랑스어에 능통했다). 이는 1906년의 일로, 같은 해에 소설가이자 번역가인 후타바테이 시메이는 일본 최초의 에스페란토 입문서《세계어》를 출간했다(그는 도쿄외국어학교에서 러시아어를 공부했다). 일본의 민속학자이자 관료였던 야나기타 쿠니오도 에스페란토에 큰 관심을 보였고, 시인이자 동화작가로 유명한 미야자와 겐지는 에스페란토로 시나 단가를 쓰기까지 했다. 사토 류이치의 저서《세계적인 작가 미야자와 겐지, 에스페란토와 이하토브》(사이류샤, 2004)에는 미야자와 겐지가 만든 '이하토브'라는 단어에 대한 내용이 등장한다. '이하토브'는 이와테현을 모티브로 한 가공의 지명으로, '이와테의 달걀'을 의미한다. 미야자와는 '이와테'를 에스페란토식 발음인 '이하테'로 바꾸고, 여기에 다시 명사의 어미변화를 적용해 '이하토'로 만든 다음, '달걀'을 뜻하는 '오보ovo'를 붙여 '이하토브'라는 지명을 만들었다고 한다.• 1892년에 데구치 나오가 창설한 신흥종교인 오모토교는 에스페란토를 포교에 활용하려고 했으며, 사상가이자 사회운동가였던 기타 잇키는 자신의 꿈을 이루어 줄 최적의 언어가 에스페란토라고 생각했다. 유이 주노신도 마찬가지로 에스페란토에 마음이 움직였다.

나도 예전에 무슨 바람이 불었는지 《에스페란토 소사전》(미야케 시헤이 편, 다이가쿠쇼린)을 구입한 적이 있다. 초판이 나온 시기는 1965년으로, 내가 산 사전은 2003년에 발행한 43판이었다. 수요가 나름 있었다는 뜻이다. 하지만 나는 유감스럽게도 이제껏 에스페란토어를 배운 사람을 한 번도 만나본 적이 없다. 사전에 실린 단어는 대부분 영어 정도의 지식만 있으면 어림짐작할 수 있는 수준이지만, 소가 'bovo'라든가 천둥이 'tondro'라든가 연필이 'krajono'라든가 하는 내용을 보고 있으면 어원이 무엇일지 더 신경 쓰이고 만다. 그런데도 내 책장 한편에 인공어 사전이 꽂혀 있다는 사실만으로도 어쩐지 기분이 좋아진다. 하지만 영어조차 만족스러운 수준이 아닌 나로서는 오스기 사카에처럼 감옥에라도

• '이하토브'는 미야자와 겐지의 작품 속에 여러 번 등장하는데, '이에하토브', '이하토보' 등으로 표기가 바뀌었다가 지금의 '이하토브'로 굳어졌다. '이하토브'는 미야자와 겐지의 심상 세계에 존재하는 이상향을 의미한다.

갇히지 않는 이상, 에스페란토를 본격적으로 공부해 볼 기회는 없을 듯하다.

다시 유이 주노신의 이야기로 돌아가 보자. 유이는 변리사(특허·실용신안·디자인·상표와 관련된 전반적인 절차를 대리하는 국가전문자격), 가구 제조, 전기기사 등 다양한 직업을 전전했다. 이직을 반복한 이유는 마음속에 사명감을 비롯한 여러 감정을 품고 있던 탓에 세상과 잘 타협하지 못했기 때문일 것이다. 그는 여전히 에스페란토에 대한 열정을 불태우며 보급과 교육에 힘썼다. 하지만 시간은 서서히 태평양전쟁을 향해 흘러갔다. 그리고 에스페란토에 대해 모국어를 부정하고 자국을 배신하는 행위로 보는 분위기가 군부 내에 생기기 시작했다.

1938년에 유이는 친구의 제안을 받고 만주로 건너갔다. 만주제사주식회사에서 기사로 일하게 된 것이었다. 그때 그는 의외로 만주국을 긍정적으로 생각했다. 히가 고분이 쓴《내 몸은 불꽃이 되리, 분신자살로 사토 총리에게 항의한 유이 주노신과 그 시대》을 보면 "(유이는-인용자 주) 만주국을 대일본제국이라는 '민족이 한마음을 이루는 이상적인 국가', '일본 민족의 사명인 팔굉일우*를 실현할 이상적

* 태평양 전쟁 당시 일본이 제국주의 침략 전쟁을

인 국가'로 보았다. 액면 그대로 해석하면 에스페란토를 창제한 자멘호프의 사상과도 일맥상통하는 부분이 있지만, 만주국의 실상은 전혀 달랐다"라는 내용이 있다.

1944년에는 일본군의 의뢰를 받아 당시 만주국의 수도였던 신징˙에 목제 비행기 개발회사를 설립하고, 베니어판을 이용한 군용기 개발에 몰두했다. 지금 와서 보면 터무니없는 행동이자 생각이었지만, 유이처럼 완고하고 융통성 없는 사람은 무언가 하나에 꽂히면 의외로 쉽게 속아 넘어갈 때가 있다.

일본이 패전을 선언한 날, 그는 어떤 감정을 느끼고, 무슨 생각을 했을까. 일기가 남지 않아 정확히 알 수 없다. 하지만 그동안 부당한 처사를 감내한 중국인들의 원한이 한꺼번에 터지고, 소련까지 참전하면서 만주에 있던 일본인들은 도망쳐야 하는 신세가 되었다. 형세가 역전된 것이다. 군부가 선전한 만주에서의 위상을 아무런 의심 없이 그대로 믿었던 유이는 자신의 인식이 잘못되었다는 사실을 알고 큰 충격을 받았다. 그의 가족은 그가 두세 달 동안 정신이 나간 사람처럼 온종일 멍하게 있었다고 증언했다. 자신이 사

합리화하려고 내세운 구호로, 온 천하가 한 집안이라는 뜻.
˙   지금의 중국 창춘시.

실 가해자 측에 속했다는 사실을 뒤늦게 안 그는 눈앞이 캄캄해졌을 것이다. 이러한 그의 심경은 속죄의 행동으로 이어졌다. 평범한 일본인이었다면 당연히 혼란에 빠진 만주에서 탈출해 일본으로 돌아가고 싶어 했겠지만, 유이는 가족만 일본으로 돌려보낸 채, 자신은 만주에 남았다. 중국 정부가 모집한 기술자 채용에 지원한 것이다. 이 시기에 대해 히가 고분은 자신의 저서에 이렇게 적었다.

> 하루라도 더 빨리 일본에 돌아가는 것만이 살길이라고 생각했던 시기에 자진해서 중국에 남아 기술자 채용에 지원하는 사람은 거의 없었다. 하지만 유이는 "일본제국주의가 만주를 다년간 지배한 점에 대해 일본 국민의 한 사람으로서 속죄하려고 오지행을 지원한다"라고 이시도에게 말했다. 단순히 일시적으로 기술자 채용에 지원한 것이 아니라, 중국 땅에 자신의 뼈를 묻겠다는 각오로 중국에 남을 결심을 한 것이다.

실제로 유이는 베이만●에 기술자로 갔고, 적어도 본인은 전쟁으로 황폐해진 대륙을 재건하는 데에 공헌할 생각

● 만주국의 특별구로, 원래 중화민국의 둥성 특별구였다.

을 했다. 하지만 결국 중국 정부가 보낸 귀국명령서에 따라 1949년에 일본으로 귀국할 수밖에 없었다. 그는 이듬해에 교토로 가서 '잇토엔'에 참가했다. 잇토엔은 1904년에 니시다 덴코가 설립한 참회 봉사단체로, 지금도 존속한다. 이곳은 종교단체가 아니라 그저 다툼 없는 삶을 실천하기 위해 공동생활을 하는 단체였다. 건축업·출판업·농업 등에 종사하며 이를 통해 벌어들인 수익은 개인이 소유하지 않았다. 아집을 버리고 봉사로 사회와 마주하는 게 이 단체의 목표로, 특히 전국 각지의 가정과 학교, 사무실 등을 방문해 화장실을 청소하는 봉사활동을 펼치는 것으로 유명했다.

하지만 잇토엔에서 나름의 방식으로 속죄만 할 수는 없었다. 유이는 엄연히 한 가정의 가장이었고, 가족을 부양할 의무가 있었다. 결국 그는 친구의 설득으로 1년 만에 잇토엔을 나와 가족의 품으로 돌아갔고, 그 후 변리사로 일하면서 에스페란토 보급에 힘썼다.

이렇게 유이 주노신의 일생을 따라가다 보면, 그의 근간을 형성하는 정의감과 성실함, 이상주의가 종종 현실과 동떨어지다 못해 세상을 지나치게 단순화하는 성향이 엿보인다. 나쁘게 말하면 그는 극단적으로 치닫기 쉬운 로맨티시스트에 가까웠다. 유이는 나이가 들며 차츰 온화해졌고, 중용을 깨달은 듯한 생활을 해나갔다. 에스페란토 운동을 평화운동과 관련지어 국제 교류 행사에도 참여했다. 하지만 일흔 살 무렵이 되자, 그는 베트남에 대한 미국의 군사 개입에 강한 분노를 느끼게 되었다. 그리고 자신이 일흔세 살이 되던 해, 즉 분신자살을 감행한 해(1967)에 동남아시아 방문을 앞둔 사토 총리에게 항의의 뜻을 담은 편지를 보냈고, 당시 미국 대통령이었던 린든 B. 존슨에게도 베트남 북폭을 무조건 중지해 달라는 호소의 뜻을 담은 편지를 보냈다. 앞서 소개한 알리스 헤르츠의 추도 집회에도 참석했다. 참고로 알리스 헤르츠도 에스페란토를 구사했는데, 어쩌면 그 점이 유이가 분신자살을 감행하는 데에 어느 정도 영향을 끼치지 않았을까 싶다.

하지만 유이는 알리스 헤르츠가 자살하기 전부터 이미 분신자살을 생각하고 있었다. 《주간 아사히》의 1967년 12월 1일 호는 '본지 독점, 유이 주노신 씨의 일기'라는 기사를 실었다. 유이가 대학노트에 에스페란토로 적은 일기 일부를 그와 친분이 있던 후쿠다 마사오가 번역한 것인데, 그의 일기에 분신자살이라는 단어가 처음 등장한 시점은 헤르츠가 자살하기 한 달 전인 1967년 2월 13일이었다. 일기는 날짜별로 주제를 담은 소제목이 적혀 있었다.

2월 13일(월) 흐림, 추움, 산책은 하지 않음
자살에 대해

아무래도 나이를 먹은 탓인지 잔병치레를 하고, 눈물이 많아졌으며, 소변도 자주 보게 되었다. 소변을 보는 데에 걸리는 시간도 더 길어진 듯하다.

건강을 생각하면 점점 자신이 없어진다. 앞으로 나는 어떻게 될까. 병약해지고, 노쇠해지고, 고독해지겠지…. 생각만 해도 견딜 수가 없다.

그런 불쾌함을 피하기 위해서라도, 그리고 베트남을 침략하려는 미국과 사토 내각에 강력하게 항의하기 위해서라도 분신자살을 단행해야만 한다. 요즘 들어 그런 생각이 날이 갈수록 더 강해지고 있다.

유이의 속마음으로 미루어 볼 때 아마도 노화에 대한 불안(그가 치매를 걱정하지 않은 것은 당시에 그런 개념이 존재하지 않았고, 평균 수명이 지금보다 짧았다는 점과 관련 있을 것이다)과 정치적인 호소, 이 두 가지가 결합해 분신자살을 단행하고자 마음먹은 것으로 보인다. 둘 다 그에게는 절실한 문제였다. 게다가 그의 정치적인 호소에는 자신이 만주에서 저지른 짓에 대한 속죄의 의미도 어느 정도 담겨 있었음이 분명하다.

객관적인 관점에서 봤을 때, 이런 행동은 공사를 혼동한 느낌이 다분하다. 결벽증에 가까운 그의 평소 성향을 고려했을 때, 노화에 대한 불안감이 분신자살한 이유에 포함되어 있었다는 점은 고개를 조금 갸웃거리게 한다. 그 점을 탓할 생각은 조금도 없지만, 정치적인 호소를 위해 분신자살하는 사람은 들어봤어도 노화가 두렵다는 이유로 분신자살하는 사람은 듣도 보도 못했다. 총리대신관저 앞에서 분신자살한 행위는 그에게 일종의 영웅적인 행위였을 것이다. 그런데 그런 행위에 나약한 마음이 섞여버리면, 기껏 감행한 그의 대범한 행위가 권력자의 비웃음을 살 수도 있지 않았을까. 뭐, 처음부터 끝까지 일관적이지 못했다는 점이 오히려 인간적이어서 개인적으로는 그에게 더 공감이 가기는 하지만 말이다.

3월 8일 (수) 맑음, 산책은 하지 않음

시력의 악화

사가미 철도의 기보가오카역에서 전철을 기다리면서 플랫폼의 광고 게시판을 보고 있었다. 그러다 문득 근시가 심해진 사실을 깨달았다. 글자가 두 겹으로 보였다. 근시 안경을 써봤지만, 역시 겹쳐 보였다. 그리고 자꾸 눈물이 난다. 노화가 더 심해진 걸 보면 내 생명의 불꽃이 꺼질 때가 가까워졌다는 증거가 분명하다!

존슨에게 보낼 항의문 작성

분신자살하겠다는 내 결의가 더욱 확고해졌다. 사전에

경고도 하지 않고 단행해 봤자 좋은 효과를 기대할 수 없다. 일단 도쿄의 미국대사관을 통해 존슨에게 항의문을 보내야 한다. 그런 다음 지금보다 미국의 공격이 더 확대되면, 그 직후에 존슨과 그에 동조하는 사토에게 항의하고 분신자살을 단행하는 것이다.

3월 13일(월) 맑음, 산책은 하지 않음
특허국에서 오래된 문헌 조사
텐트의 골격 중에서 이미 등록해 놓은 것 중 1912년부터 1965년까지의 것을 조사했다. 여러 가지가 등록되어 있지만, 이데오(유이의 장남. 에스페란토로 '사상'을 뜻하는 이데오(ideo)에서 따온 이름이다-인용자 주)가 생각해 낸 아이디어와 비슷한 것은 찾지 못했다. 이데오의 아이디어가 발표되면 틀림없이 성공할 것이다.

브로치 수령
브로치(유이는 원폭 돔의 보수 비용 마련을 도우려고 종이학 브로치를 판매하는 활동에 참여했었다-인용자 주)를 받기 위해 히라모토 씨를 찾아갔다. 그 자리에서 히라모토 씨는 내게 진심 어린 충고를 해주었다. 변리사 단체에 가입해서 최대한 많은 변리사와 친분을 쌓아야 한다, 요즘은 특허 발명이 유행하는 시대다, 변리사는 변호사보다도 더 많은 수입을 올리는 인기 직업이다…라고.

맞는 말이다. 하지만 조만간 분신자살할 내게 그런 건 필요없다!

소개한 일기 중 알리스 헤르츠의 분신자살을 언급한 부분이 전혀 보이지 않는 점이 의아하지만, 주간지에서 지면 관계상 싣지 않았을 가능성도 있어 무어라 말하지 못하겠다. 일기는 7월 9일이 마지막이었는데, 딱히 특별한 내용이 적혀 있지는 않았다. 아마 자살을 앞두고 해치워야 할 일이 산더미처럼 쌓여 있었을 것이다.

유이는 분신자살을 단행하기 전날 밤, 가족 앞으로 메모를 써두었는데 다음과 같이 조목조목 적은 항목이 있었다고 한다. 이번에도 히가 고분의 저서에 실린 내용을 인용한다.

1. 나는 무신론자로, 사후의 삶을 전혀 믿지 않는다. 정신은 육체가 죽는 순간에 함께 소멸한다고 믿기에 딱히 장례식은 필요하지 않지만, 세간의 이목이 신경 쓰인다면 장례를 치러도 된다. 다만 최대한 단순하게 치를 것.

2. 조의금 등으로 들어온 돈은 전부 베트남 전쟁 희생자 구제에 쓸 것. 북베트남과 남베트남 양측에 정확히 반

씩 나누어 보낼 것.

3. 사후 영혼을 믿지 않으니 추도회 같은 건 전혀 필요
없음.

고압적이라고 해야 할까, 온갖 잘난 척을 하는 게 눈에
보이는 글이다. 그는 자신이 가족에게 민폐를 끼쳤다는 사
실을 좀 더 자각해야 하지 않았을까. 메이지 시대에 태어나
가부장제 사회에서 자란 이 남성은 정신적으로 압박을 받
으면 오히려 가족에게 더 고자세를 취하는 성향이었을 수도
있다. 하지만 정의나 신념에 대해 잘난 척 떠들면서 정작 현
실에서는 가족에게 기댄 부분이 많았을 것이다. 나는 잇토
엔에서 겸허한 마음은 배우지 못한 것이냐고 그를 나무라고
싶다.

히가 고분의 저서를 보면, 에스페란토 사용자 중 여러
명이 유이의 죽음을 두고 '유이 주노신 씨다운 죽음이었다'
라는 수기를 썼다고 나와 있다. 확실히 그의 삶을 더듬어 보
고, 그의 성격이나 사고방식, 더 나아가 그가 직면했던 사건
과 그 시대의 분위기를 종합적으로 고려했을 때, 그가 항의
의 뜻으로 분신자살이라는 결말을 맞이한 건 어느 정도 수
긍이 간다. 자살 동기에 노화에 대한 불안감이 섞여 있었다
는 점도 아마 그다운 태도였을 것이다.

솔직히 말해 그는 일종의 괴짜였다. 그게 문제였다는

말은 아니다. 적어도 가족을 제외한 다른 이들에게까지 민폐를 끼치지는 않았고 꾸준히 자신의 신념을 관철했다는 점에서 충분히 허용 가능한 수준이기는 했다. 그렇지만 확실히 괴짜의 범주에 속했다. 그와 같은 괴짜를 직접적 혹은 간접적으로 본 적이 있냐고 묻는다면, 아마 독자 여러분도 한 명쯤 떠오르는 사람이 있을 것이다. 일본 전역에는 그 같은 사람이 꽤 많겠지만 분신자살을 단행한 사람은 유이 주노신, 단 한 사람밖에 없지 않을까.

어쩌면 그저 갖가지 우연이 겹쳤던 것일 수도 있다. 하지만 역시 유이의 자살은 일반적이지 않다. 그렇기에 그리 쉽게 '유이 주노신 씨다운 죽음이었다'라고 논하는 것은 사람들의 착각일 뿐이라는 생각이 든다. 대체로 자살의 이유를 이것저것 조사해 봤자 결국 수면 위로 드러나는 인과관계는 '나중에 덧붙여지는 이야기'에 불과하다. 자살한 본인조차 그 알기 쉬운 이야기를 염두에 두고 행동한 것처럼은 보이지 않는다.

어떤 이야기가 덧붙여지든 간에 자살은 갑작스럽고 부자연스러운 행위임이 분명하다. 자살에 필연성을 부여하려는 듯한 그런 이야기는 오히려 그렇기에 '가짜'일지도 모른다는 생각이 든다. 어쩌면 그런 생각이 자칫 이 책 자체를 부정하는 결과로 이어질지도 모르지만 말이다.

제 10 장

자살의 유형 6

완벽한 도망으로서의 자살

'정말 지긋지긋해', '이런 곳에 한시도 더 있고 싶지 않아'라는 생각을 해본 경험이 대부분 있을 것이다. 아니, 그런 생각을 하지 않는 사람이 드물지 않을까. '이런 곳'이 교실이나 직장, 기숙사나 집, 마을이나 도시처럼 비단 한정된 공간뿐만 아니라, 탐욕스럽고 무신경한 사람들이 사는 세계, 즉 사실상 도망칠 수 없는 이 세상 자체를 가리킬 때도 있다.

　　도저히 참을 수 없는 수준인데, 집단 따돌림이나 학대를 당하는 곳에서 도망치지 못하는 상황도 있다. 괴롭힘을 당하는 아이가 다른 학교로 전학하려면 일단 부모를 설득해 이해받아야 한다. 생각만 해도 쉽지 않은 일이다. 또 회사를 그만두고 싶어도 가족이나 생계를 위해 억지로 참고 다녀야하는 사람이 더 많을 것이다. 하물며 '역겨운' 무리가 활개를 치는 세간에서 도망칠 수 있는 곳은 수도원이나 무인도밖에 없을 것이다. 나는 예전에 근무하던 병원의 경영자와 큰 마찰을 빚고 그 자리에서 병원을 그만둔 적이 두 차례 있는데, 실제로 이렇게 그만두는 경우는 흔치 않다. 의사는 인격에 어지간히 문제가 있지 않은 이상, 일자리를 구하지 못하는 일이 없다. 그 점만큼은 정말 다행이라고 생각한다. 그렇다고 매일 마음 편히 지내는 것은 아니지만.

도망치는 방법에도 다양한 형태가 있지만 이를 실행에 옮기기란 (대부분) 쉽지 않다. 그런데도 어떻게든 무슨 수를 써서라도 도망쳐야 한다면 어떨까. 최후의 순간에 확실하게 도망칠 수 있는 수단으로 자살을 떠올리게 될 것이다. 이는 도망친다기보다 현실과의 '연을 끊기' 위한 가장 극단적인 수단일 것이다. 이론상으로는 선택할 수 있는 수단 중 하나가 될 수 있지만, 실제로 이를 실행하는 사람은 극히 드물다. 당연한 이야기다.

범죄자의 도망

1975년 10월 26일 아침에 다수의 신문이 사형수의 옥중 자살 소식을 일제히 보도했다. 사건 발생 장소는 후쿠오카 구치소(현 후쿠오카 구치소)의 독방으로, 자살한 사람은 '보너스

독살 사건'의 범인으로 사형 선고를 받은 쓰루 시즈오(43세)였다. 그는 면도칼로 왼쪽 손목을 긋고, 10월 3일 오전 6시 무렵에 과다 출혈로 사망했다.

쓰루는 집안 사정으로 거금이 필요해지자 후쿠오카현 지쿠고시의 시청 직원에게 지급될 보너스를 강탈하기로 마음먹었다. 자영업을 하면서 시립 병원의 운전사로 근무했던 그는 보너스 지급일(1964년 12월 15일)에 평소 안면이 있던 시청 직원 세 명이 은행에서 이천만 엔을 찾은 사실을 확인하고, 근처에서 직원들이 차로 돌아오기를 기다렸다. 그는 직원들에게 청산가리를 탄 건강 음료를 권해 마시게 했고, 두 명은 단시간에 사망했다. 나머지 한 명은 맛이 이상한 사실을 알아차리고 곧바로 뱉어 목숨을 건졌다. 세 명을 모두 죽이는 데에 실패한 쓰루는 이대로 있다가는 체포되리라 생각해 자신도 피해자인 척하려고 청산가리가 든 음료를 소량 마셨다. 그 바람에 중태에 빠졌지만, 병원으로 옮겨져 목숨을 건졌다. 하지만 살아남은 직원의 증언으로 범행을 의심받게 되었고, 경찰의 가택수사 결과 그의 집에서 청산가리가 발견되어 체포되고, 그 후 1970년 1월에 사형이 확정되었다.

사형수로 감옥에 갇혔어도 정확한 사형 집행일은 알 수 없었다. 그렇게 5년이 지난 1975년 6월, 같은 층에 있던 다른 사형수 니시 다케오의 모습이 갑자기 보이지 않았다.

그의 사형이 집행된 것이다. 그 일로 쓰루는 상당히 동요한 듯 보였다. 갑자기 죽음이 생생한 현실로 다가온 것이다.

같은 해 10월 1일 혹은 2일에 쓰루는 자신의 사형 집행일이 10월 3일로 결정되었다는 사실을 통보받았다. 당시에는 사형 하루 혹은 이틀 전에 사형 집행 예정을 사형수 본인에게 알리고, 가능한 범위 내에서 사형수가 원하는 음식을 제공하고, 목욕이나 가족과의 면회도 특별히 허락했다. 심지어 종교 교회사나 담당 교도관과 함께 송별회를 열 수도 있었다. 하지만 쓰루는 차분한 마음으로 사형 집행일이 다가오기를 기다릴 수 없었다. 그때까지 기다리는 것을 참을 수 없던 그는 자살을 통해 '이런 곳', 즉 가만히 앉아 죽음을 기다려야 하는 곳에서 완전히 도망치는 데에 성공했다. 사형의 공포를 자살로 회피하는 기묘한 행동이었다. 독방에는 형제들 앞으로 쓴 유서가 몇 통 남아 있었지만, 유품 정리 등에 관한 내용이 전부였다고 한다.

이 사건은 면도칼의 입수 경로가 크게 문제가 되어 언론에 사실이 발표되기까지 3주 이상 소요되었지만, 결국 입수 경로는 밝혀지지 않았다. 하지만 그보다도 사형 집행일을 전날 혹은 전전날 사형수에게 통보하는 문제에 대한 논의가 일게 되었고, 그 결과 사형 집행일 아침에 당사자에게 통보하고 부랴부랴 사형을 집행하는 지금의 방식으로 바뀌었다. 만약 내가 사형수라면 사형 집행 사실을 하루나 이틀 전에 미리 통보받는 것과 집행 당일 아침에 갑자기 통보받는 것 중에 어느 쪽을 선호할까. 아마 나처럼 소심한 사람은 지금처럼 당일에 통보받고 바로 사형당하는 게 마음이 더 편할지 모르겠다. 매일 아침 교도관들의 발소리가 자신의 방 앞에서 멈추지 않을지 두려움에 떨어야 하는 생활은 상상 이상으로 힘들겠지만 말이다.

도망이라는 표현을 들으면 나도 모르게 반사적으로 이쓰루 시즈오의 사례를 떠올린다. 그다지 건전하지 못한 연상이지만.

우리 사회에는 별별 쓰레기 같은 인간들이 살고 있는데, 그중에는 시즈오카현립 시각·청각·지체 장애 특수학교의 교사였던 한 남성처럼 자신이 가르치던 여학생에게 외설 행위를 지속한 사람도 있다. 2005년 8월 29일 드디어 사실이 발각되자 해당 남성은 출근 정지 처분을 받았다. 당연히 교육위원회로부터 사정 청취를 받았고, 그는 순순히 조사에 응했다. 하지만 같은 해 10월 3일 오후에 징계 처분 선고를 위해 현청에 출두하라는 통보가 전달된 뒤, 그는 모습을 드러내지 않았다. 해당 교사는 같은 날 오전 1시 무렵에 자택 인근 야산에서 목을 매 숨져 있었다(향년 46세). 결국 그에게는 징계 처분이 선고되지 않았고, 징계 면직도 성립되지 않았다. 검토 중이었던 고발도 이루어지지 못한 채 사건이 종료되고 말았다.

그 교사는 아마 수치심과 징계면직에 대한 절망감을 견디지 못하고, 이 세상에서 사라져 도망치고 싶은 마음에 자살했을 것이다. 결코 자신이 성적으로 가해한 여학생에게 사죄할 생각으로 죽은 것이 아니었을 것이다. 설마 징계 처분을 선고받기 전에 죽어버리면 징계 처분이 성립되지 않을 거라는 점까지 계산하지는 않았겠지만, 결과적으로 본인에게 유리한 방향으로 이 세상에서 사라진 셈이었다. 그야말로 절묘한 타이밍에 저세상으로 도주한 셈이니 보란 듯이 성공해 버린 그의 자살에 분노를 느낀다.

위에서 언급한 두 가지 사례는 극단적인 경우다. 당사자에게는 자살보다 더 나은 답이 없었으리라는 점도 충분히 이해가 간다.

증발하다

좀 더 평범한 사람들의 일상적인 수준에서 일어나는 자살을 살펴보면, 굳이 죽을 필요 없이 그냥 실종 같은 방법을 택했어도 되지 않았을까 싶은 사례가 대부분이다. 하지만 실종이라는 생각 자체도 꽤 어둡다. 출신 대학이나 의국의 졸업자 명부를 보면 가끔 주소란이나 소속란이 텅 비어 있고 '불명不明'이라고 표시된 사람이 있다. 그런 사람을 발견할 때마다 나는 가벼운 충격을 받는다. 단순히 정보가 불명확한 것이 아니라, 생사가 불명확한 듯한 느낌이기 때문이다. 그 사람이 정말 행방불명된 듯한 기분이 들어 찜찜하다.

개인적으로는 실종보다 '증발'이라는 표현이 더 꺼림칙하게 느껴진다. 지금은 거의 쓰지 않지만, 1960년대 중반부터 한때 증발이라는 표현이 유행했다. 유괴나 사고를 당한 것도 아닌데 이유나 동기를 알 수 없는 상태에서 어느 날 '갑자기' 사라져 버려 행방이 묘연해진 경우, 자살 가능성을 완전히 부정할 수 없지만, 평소에 그런 낌새가 전혀 보이지 않은 그야말로 이해하기 힘든 사례를 증발이라고 부르게 되었다. 그러다가 1967년에 이마무라 쇼헤이 감독의 영화 〈인간 증발〉이 개봉하면서 증발이라는 표현이 단숨에 퍼져나가 세간에 정착했다(당시에는 지방에서 중고등학교를 졸업하자마자 대도시로 가서 제조업이나 요식업 등에 단순노동자로 집단 취직한 순박한 젊은이들이 부조리한 도시 생활에 시달리다 증발하는 사례가 상당히 많았다고 한다).

이 영화는 내가 고등학교 일학년 때 개봉했는데, 전위적인 데다 사회에 문제를 제기한 걸작으로, 대중에게 상당히 좋은 평가를 받았던 기억이 있다. 그 당시에는 영화를 보러 갈 기회를 놓치고 말았는데, 거의 반세기가 지난 뒤에야 비로소 DVD를 사서 감상할 수 있었다.

영화에서 오시마 다다시라는 서른 살의 영업사원이 반년 뒤에 결혼식을 올리기로 한 약혼녀 하야카와 요시에를 두고 증발해 버린다. 약혼자와 연락이 끊기자 요시에는 경시청의 가출 전담 수사관에게 상담했지만, 아무런 진전이 없었다. 오시마가 증발한 지 1년 반이 지났을 무렵, 그녀의 일을 알게 된 이마무라 감독이 다큐멘터리 영화를 찍으면서 오시마의 흔적을 찾아보자고 제안한다. 이에 동의한 요시에는 배우 쓰유구치 시게루(리포터 역) 및 촬영 스태프와 함께 오시마의 발자취뿐만 아니라 오시마라는 인물의 본질을 조사하는 여정을 시작한다.

전편을 흑백 필름으로 촬영한 이 영화는 명암이 강조된 데다 가끔 화질이 거칠어진다. 오시마의 고향인 도호쿠의 시골 마을은 폐쇄적이고 음울한 데다 도움이 될 만한 단서도 없었다. 요시에는 답답한 심정에 무속인까지 찾아가기에 이른다. 그러다 오시마의 직장과 그가 영업했던 고객에게 예상치 못한 그의 모습을 알게 된다. 다른 여자와 함께 자취를 감춘 채, 어딘가 먼 곳에 살고 있을 가능성이 가장 유력해 보였다. 하지만 무속인은 오시마가 독살되었다는 둥 끔찍한 말을 한다. 그러다 요시에의 언니가 오시마와 깊은 관계였다는 의혹이 일자, 요시에는 자신의 언니에게 심하게 따져 묻는다. 뭐, 이런 식으로 누군가의 본질을 가차 없이 추궁해 나가다 보면 아마 이 영화처럼 골치 아픈 일이 일어나지 않을까 하는 생각이 든다. 그와 동시에 영화가 지나치게 극적이라는 느낌도 다소 든다. 이런 내 생각을 뒷받침하듯 영화가 종반에 접어들면 스태프나 감독이 아무렇지 않게 화면에 등장하기도 하고, 요시에와 그녀의 언니가 대화를 나누던 실내의 벽이 갑자기 철거되면서 그 방이 스튜디오 세트였다는 사실이 드러나기도 하는 등 다큐멘터리와 픽션이 뒤섞여 버린다.

오시마 다다시가 증발한 것은 사실이었고, 영화에 등장하는 관계자도 모두 실존 인물이었다. 하지만 촬영 스태프와 함께 오시마를 조사하는 여정을 이어가던 요시에는 점차 카메라에 익숙해진다. 어색함이 사라지고, 대사도 훨씬 '실제처럼' 하기 시작한다. 픽션으로서의 설득력이 점차 강해진 것이다. 그와 동시에 요시에는 오시마의 행방을 쫓는 일보다 리포터 역을 맡은 배우 쓰유구치에게 더 마음이 기울게 된다. 결국 오시마의 행방을 알지 못한 채로 요시에의 마음속에서 오시마의 존재감이 크게 줄어들고 만다. 증발해 버린 사람을 찾기 위해 시작한 여정이 언젠가부터 본래의 목적을 잃은 것이다.

DVD를 보며 나는 '실제 같은 것'이 무엇인지에 대해 생각했다. 우리는 극적이거나 예상치 못한 무언가가 숨어 있을 때 그 상황을 현실적이라고 느낀다. 일종의 이물감이 섞인 듯한 반응이 마치 진실을 보증하는 듯한 기분이 들기 때문이다. 하지만 반대로 '그냥 어쩐지'라는 식의 싱거운 반응이 오히려 더 진실을 가리키는 듯한 느낌이 들기도 한다. 우리는 무엇을 보고 '실제 같다고' 느끼는 걸까.

'증발한 이유가 무엇인가?', '어째서 자살하려고 했는가?'라는 물음에 상대방이 '그냥 어떻게든 도망치고 싶었어요. 그게 전부입니다. 더는 묻지 말아 주세요!'라며 비통한 신음을 내뱉는다면 그게 아마 그가 할 수 있는 최선이자 수긍이 갈 만한 답변이라는 생각이 든다. 어쩌다 보니 그렇게 됐다든지 혹은 의도를 했든 간에 일단 도망치는 행위 자체가 지닌 설득력이 압도적이지 않은가. 실제 같은 느낌이란 이처럼 노골적이고 거의 반사에 가까운 행동에 있지 않을까.

내가 알고 있는 모든 자살자를 향해 (죽어 버린 사람들이니 일단 허공에 대고), "아, 어쨌거나 당신은 무한히 먼 곳으로 도망치고 싶었던 거로군요"라고 속삭여 본다. 당연히 아무런 대답도 돌아오지 않지만, 조금은 그들의 행동에 수긍이 가는 기분이 든다. 그들을 어느 정도는 이해한 기분이 드는 것이다. 어차피 그런 '기분'이 드는 것에 불과하겠지만 말이다.

윌슨의 계획

이번에는 도망이라는 주제를 다룬 소설 한 편을 소개한다. 윌리엄 서머싯 몸의 단편 〈연꽃 먹는 사람The Lotus Eater〉이다. 제목 'Lotus Eater'는 그리스 신화에서 유래한 말로, 안일을 탐하는 사람을 의미한다고 한다.

소설 속 화자는 '나'로, 그는 작가와 거의 동일시되는 인물이다. 그런 '나'가 "자신의 인생 행로를 자신의 손으로 정하는 대담한 사람은 매우 드물다. 만약 그런 사람을 발견한다면 주의 깊게 관찰해 볼만한 가치가 있다"라며 예를 든 인물이 바로 토마스 윌슨이었다.

이탈리아 남부의 카프리섬(나폴리만을 사이에 두고 나폴리시에서 남쪽으로 약 30킬로미터 떨어진 곳에 있는 섬. 면적은 약 10제곱킬로미터, 푸른 동굴로 유명). 1913년 여름, 그곳에 사는 친구의 별장에 머물던 '나'는 윌슨과 만날 기회를 얻었다. 윌슨은 카프리섬에 혼자 살고 있었고, 그의 나이는 마흔아홉 살이었다.

> (…) 주름진 긴 얼굴은 햇볕에 그을려 있었고, 입술은 얇았으며, 작은 회색 눈동자는 안으로 살짝 몰려 있었다. 균형 잡힌 이목구비에 백발은 단정하게 빗은 모습이었다. 못생기지는 않은… 실제로 젊은 시절에는 잘생긴 얼굴이

었을지도 모른다… 단정한 얼굴이었다. 그는 파란색 노타이셔츠와 캔버스 원단으로 만든 회색 바지를 걸치고 있었는데, 본인 옷이라는 느낌이 들지 않았다. 잠옷 차림인 채로 난파를 당했다가 친절한 사람의 도움을 받아 남의 헌 옷을 얻어 입은 듯한 인상이었다.

이런 편안한 차림을 했는데도 그는 어느 보험회사의 지점장처럼 보였다. 원래라면 당연히 검은색 상의에 멜란지 바지, 흰색 와이셔츠, 수수한 넥타이를 매고 있어야 할 것 같았다.

이 묘사는 상당히 정곡을 찌르고 있었다. 남의 옷을 걸친 듯이 보였던 윌슨은 사실 15년 전에 영국 요크앤드시티은행의 크로퍼드 스트리트 지점장이었다.

은행원으로서 견실한 삶을 보내던 그는 아내를 기관지염으로 떠나보내고, 단 하나뿐인 딸도 패혈증으로 잃고 말았다. 그에게는 친인척이라 할 만한 사람이 없었고, 형제자매도 없어서 아내와 딸을 잃은 시점에 그는 세상에 홀로 남겨진 것이나 다름없었다. 그때 그의 나이는 서른네 살이었다.

혼자가 된 윌슨은 여름휴가 때 우연히 카프리섬을 방문한다. 그리고 그 아름다운 섬을 보고 첫눈에 반한다. 특히 한밤중, 바다 위에 뜬 보름달을 본 순간에는 심장이 세차게 뛰었다. 이를 계기로 그는 자신의 삶에 의문을 품게 되었다.

"저는 열일곱 살 때부터 줄곧 일만 했습니다. 계속 회사에 다녀봤자 매일 똑같은 일만 반복하다가 정년을 맞아 퇴직한 후, 연금을 받아 생활하는 게 전부였을 겁니다. 과연 그렇게까지 일할 가치가 있을지 저 자신에게 물었습니다. 모두 버리고, 이 섬에서 여생을 보내면 안 될 이유가 있을까요?"

순간적인 열정만으로 그런 일을 쉽게 결정할 수 없었다. 은행원이라는 직업 탓인지 아니면 타고난 기질이 그랬던 건지 알 수 없지만, 윌슨은 신중한 남자였다. 영국으로 돌아간 그는 한참 고민했지만, 카프리섬을 동경하는 마음이 누그러들지 않았다. 그렇다면 그 마음을 존중하자고 생각했다. 하지만 섬으로 이주해 아무 일도 하지 않고 생활하기에는 다소 높은 허들이 있었다.

"금전적인 문제가 조금 골치 아팠지요. 제가 다닌 회사는 30년을 근속해야 종신연금이 나왔습니다. 그 전에 퇴직하면 퇴직금이 나왔지요. 퇴직금과 집을 판 돈 그리고 저금을 다 합쳐도 종신연금에 가입하기에는 돈이 부족했습니다. (…) 다 합쳐서 얼마가 필요한지 정확히 계산했습니다. 제가 가진 돈으로는 보증 지급 기간이 25년인 연금에 간신히 가입할 수 있는 수준이었어요."

"그 당시에 서른다섯 살이었지요."

"그랬습니다. 그러니 예순 살까지는 안락하게 살 수 있는 셈입니다. 제가 예순 살 넘게 살 수 있을지 없을지는 아무도 모릅니다. 실제로 예순 살이 되기 전에 죽는 사람도 많다고 하니까요. 뭐, 그때까지 산다면 제가 예순 살까지는 인생의 즐거움을 잘 누렸다는 뜻이 되겠지요."

"하지만 예순 살에 죽는다는 보장이 없지 않습니까." 내가 물었다.

"글쎄요, 어떻게 될까요. 사람마다 차이가 나니까요."

(…)

"보증 지급 기간이 25년인 연금이지요."

"맞습니다."

"후회하신 적은 없으십니까?"

"한 번도 없습니다. 지금까지 보낸 시간만 생각해도 그만한 돈을 낸 가치가 있다고 생각합니다. 심지어 아직 10년이 더 남아 있지요. 25년 동안 완벽한 행복을 맛본다면 제 삶이 거기서 끝난다고 해도 괜찮아요."

"그럴지도 모르겠네요."

그는 예순 살이 되면 어떻게 할지 정확히 말하지는 않았다. 하지만 그의 결의는 명백했다.

윌슨은 대담한 결정을 너무 성급히 내리고 카프리섬으

로 이주했다. 25년 동안 지급될 연금으로 즐겁게 살자는 결단이었다. 예순 살을 맞으면 더는 연금을 받을 수 없어 생활비가 없다. 물론 당시의 평균 수명을 생각하면 예순 살이 되기 전에 죽을 가능성이 상당히 컸다. 하지만 (운 좋게 혹은 운 나쁘게) 죽지 않는다면 어떻게 할 것인가. 일자리를 구하지 못해 길거리를 헤매지 않을까. 윌슨은 그때가 오면 미련 없이 자살하겠다는 뜻을 넌지시 비쳤다.

뭐, 이론상으로는 이해가 가는 이야기다. 게다가 지금의 그에게는 아직 10년의 유예 시간이 남았다. '아직 10년이나' 남은 걸까 아니면 '고작 10년 밖에' 남지 않은 것일까. 그는 전자라 생각하고 있었고, 만약 10년이 지나도 살아 있으면 남은 삶의 가치를 인정하지 않고 잘라 버릴 생각이었다.

나는 과거에 쉰 살이 넘은 은둔형 외톨이의 자택을 보건사와 함께 방문한 적이 있다. 당시에는 '8050 문제'•가 크게 거론되기 전이었다. 나는 말수가 적은 당사자와 깊이라고는 전혀 없는 이런저런 이야기를 나누었다. 그에게 머지않아 부모님이 돌아가시면 재산이 다 떨어질 텐데 그때는

• 80대인 고령의 부모가 50대인 은둔형 외톨이 자녀를 부양하면서 경제적·정신적으로 많은 부담을 지는 사회문제.

어떻게 할 거냐고 물었다. 그 말을 들은 순간, 그는 갑자기 등을 곧게 펴더니 "자살할 겁니다"라고 딱 잘라 말했다.

"정말로요?"

"당연하지요."

대답은 단호했지만, 과연 그가 실제로 그런 각오를 '당연히' 했을까. 내가 좀 더 집요하게 묻자, 그는 "시끄럽기는" 이라며 등을 돌렸다. 그 후 그는 어떻게 되었을까. 몇 년 사이에 아버지와 어머니 모두 세상을 떠나자, 근처에 사는 남동생도 그와 연락을 끊었다. 그는 어두운 집에 홀로 남겨졌다. 하지만 그는 자살하지 않았고, 민생위원과 보건사 등 주위의 도움을 받아 생활보호를 받으며 은둔 생활을 지속했다 (자신을 도와주는 사람들에게 조금도 고마워하지 않았다). 그러다 결국 당뇨병이 악화했고, 이를 방치한 탓에 두 다리를 절단할 수밖에 없었다. 2년 후, 그는 두 다리를 잃은 채 쓰레기가 가득한 자신의 방에서 세상을 떠났다.

카프리섬에 생활보호 제도가 있었으리라고 생각하지 않지만, 만약 있었다 해도 윌슨은 아마 그런 제도의 도움을 받을 생각이 없었을 것이다.

그는 그곳에서 어떤 식으로 생활했을까.

"한마디로 말하자면 무난했지. 해수욕이나 장시간 산책

을 하거나 이미 잘 알고 있는 섬의 아름다운 풍경을 감상하고 다녔지. 피아노 연주, 트럼프, 독서를 즐겼고, 파티에 초대받아 외출하기도 했어. 조금 따분한 손님이라는 생각은 들었지만, 최대한 붙임성 있게 굴었어. 그는 다른 사람에게 무시를 당해도 화내지 않았어. 사람을 싫어하지는 않았지만, 늘 초연한 태도로 일관하며 다른 사람과 친해지려 하지 않았지. 검소하게 살았지만, 충분히 쾌적한 생활을 보냈어. 빚은 절대 지지 않았지… 보아하니 섹스에는 그다지 관심이 없었던 것 같아."

부러운 마음이 전혀 들지 않는 건 아니지만, 나였다면 비뚤어진 자기 과시욕을 주체하지 못했을 것 같다.

'나'와 윌슨이 처음 만난 그 이듬해에 제1차 세계대전이 터졌다. 그런 혼란스러운 상황이 겹치다 보니 '나'는 13년이 지난 뒤에야 다시 카프리섬을 찾을 수 있었다. 섬에서 느긋한 시간을 보내던 '나'는 문득 윌슨에게 남아 있던 '10년'이라는 기한이 지나 버렸다는 사실을 깨달았다. 그는 전쟁에 끌려가거나 병사하지는 않은 듯했다. 그래서 '나'는 친구에게 물었다.

"그 사람은 자기가 말한 대로 자살했나?"

하지만 사태는 생각보다 복잡해졌다.

281

윌슨의 계획은 부족함이 없었지만 그가 예측하지 못한 결점이 하나 있었다. 25년간 이런 벽지에서 아무런 걱정 없이 느긋하게 지내다 보면 예전의 굳센 마음을 잃고 만다는 점이었다. 인간의 의지는 장애물을 만날수록 더 강해진다. 의지를 가로막는 장벽이 없으면, 목표 달성을 위한 노력이 필요하지 않으면, 자신의 손이 닿는 곳에 있는 것만으로도 자신의 욕망을 충족시킬 수 있으면, 의지는 힘을 잃는다. (…) 연금 지급이 종료되었을 때, 그는 오랫동안 행복을 맛본 대가로 하려 했던 자살, 그 자살에 대한 결단을 내릴 수 없을 만큼 변해 있었다. 친구에게 들은 이야기와 나중에 다른 사람에게 얻은 정보 등으로 미루어 봤을 때, 그가 용기를 잃은 것처럼은 보이지 않았다. 다만 도저히 결심이 서지 않은 듯했다. 하루만 더, 하루만 더 하며 자살할 날을 미룬 것이었다.

어쩐지 알 것 같다. 자살할 생각이었지만, 좀처럼 결심이 서지 않아 미루고 또 미루다가 시간이 흘러버리는 일은 실제로도 충분히 있을 법한 이야기다. 앞서 이야기한 쉰 살이 넘은 은둔형 외톨이는 아마도 그런 주저조차 하지 않았을 것 같지만.

그때까지만 해도 남에게 빚을 진 적이 전혀 없었기에 사람들은 그가 값을 늦게 치르거나 돈을 빌려도 1년간은 믿고 기다려줬다. 하지만 1년이 끝이었다. 그는 신용을 잃었고, 자신이 살던 작은 집에서도 내쫓기게 되었다. 집을 나가기 전날, 드디어 윌슨은 자살을 시도했다. 침실의 문과 창문을 모두 닫고, 빈틈을 모조리 막았다. 그런 다음 화로에 숯을 넣고 불을 피웠다. 일산화탄소 중독으로 죽으려고 한 것이다. 고의였는지 부주의였는지 알 수 없지만, 그가 한 준비는 충분하지 않았다. 결국 그는 의식을 잃은 상태로 발견되었다. 병원으로 옮겨져 치료를 받은 그는 가까스로 의식을 되찾았지만, 대뇌에 심각한 손상을 입었다. 이제는 상대방을 제대로 인식하지 못했고, 대화조차 불가능해졌다. 인간 이전의 수준으로 정신이 후퇴해 버린 듯했다. '나'의 친구는 병원에 가서 윌슨을 만나고 오더니 이렇게 말했다.

"만나러 갔는데 말이야. 대화를 나눠 보려고 했지만, 나를 이상한 눈빛으로 빤히 쳐다보기만 하더라고. 나를 어디에서 만났는지 기억하지 못하는 눈치였어. 허연 턱수염을 일주일간 깎지도 않고 그대로 둔 채 침대에 누워 있는 모습이 비참해 보였지만, 그 이상한 눈빛만 빼면 다른 건 멀쩡해 보이더라고."

"눈빛이 어땠기에?"

"뭐라고 해야 하나. 당황한 듯한 눈빛이었어. 이상한 비유일지는 모르겠지만, 돌을 머리 위로 던졌는데 아무리

기다려도 돌이 떨어지지 않고 공중에 떠 있는 느낌이라고 해야 하나."

"그러면 당연히 당황스럽겠지."

"어쨌거나 그런 눈빛이었어."

무일푼이 된 윌슨을 맡아줄 사람은 없었다. 심지어 이제 그는 제대로 된 의사소통도 불가능한 상태였다. 그저 살아 있을 뿐이었다. 그런 그를 예전에 그의 하녀로 일했던 아순타가 맡아 돌보겠다고 나섰다. 그녀에게는 윌슨이 친절하고 성실한 주인이었기 때문이다. 아순타는 윌슨을 자기 집 헛간에 머물게 하고, 조촐한 식사도 나눠주었다. 하지만 지금의 윌슨은 그런 상황을 파악하고 아순타에게 감사의 뜻을 표할 능력조차 잃어버린 상태였다. 그는 가끔(마치 가축처럼) 물을 떠오거나 외양간 청소하는 일을 돕고, 나머지 시간에는 온종일 언덕을 돌아다녔다. 아순타 이외의 사람이 접근하려고 하면 '토끼처럼 도망가' 버렸다. 그야말로 겁에 질린 동물 그 자체였다. 과거에 영국 요크앤드시티은행의 크로퍼드 스트리트 지점장을 지낸 사람이 말이다.

의심이 많은 작은 동물처럼 조심스레 숨어 살던 윌슨은 그런 생활을 시작한 지 6년 만에 조용히 숨을 거두었다. 어느 날 아침, 파라글리오니^{faraglioni}라 불리는 암석이 바다 위로 우뚝 솟아오른 모습이 내려다보이는 산 중턱에서 평안한 표정으로 누운 채 남몰래 숨을 거둔 윌슨이 발견되었다. 간밤에는 보름달이 떴는데, 아마 달빛에 비친 바위의 모습이 그에게 근사한 광경을 선사했을 것이 분명했다. "어쩌면 그는 그 아름다운 광경에 압도되어 죽었을지도 모른다"라는 문장으로 이 소설은 끝난다. 얼마나 냉소적인 결말인가. 역시 서머싯 몸은 최고라고 찬사를 보내고 싶다.

윌슨은 지루하고 답답했던 영국 생활로부터 도망쳤다. 그는 자신이 갈 곳을 주변 사람들이나 동료에게 알렸을까. 아무에게도 말하지 않았을지 모른다. 그렇다면 그는 증발한 것처럼 자취를 감춘 게 된다. 그리고 카프리섬에서 소소한 자유를 만끽하며 25년을 보냈다. 그는 그사이에 자신의 수명이 다하기를 기대했지만 그의 수명은 여전히 남아 있었다. 이래서야 도망치는 데에 성공했다고 할 수 없다.

그럴 때를 대비해 그는 25년이 지나면 자살하기로 마음먹었지만, 막상 '그 순간'이 닥치자 그리 쉽게 행동에 옮기지 못했다. 본의 아니게 자살을 자꾸만 미루던 그는 결국 어설프게 시도했다가 정신만 죽고 몸은 살아 있는 상태가 되고 말았다. 그렇게 6년을 산 윌슨은 그제야 드디어 이 세상으로부터 도망칠 수 있었다. 바꿔 말하자면 자살을 감행하는 데에 6년이 걸렸다고 할 수도 있을 것이다.

제11장

자살의 유형 7

정신질환이나 정신 상태 이상으로 인한 자살

술을 마시면 성격이 돌변하는 사람이 있다. 평소 성품과 전혀 다르게(대부분 난감한 성격) 변해 주변 사람들을 놀라게 하고, 주위에 온갖 민폐를 끼친다. 함부로 시비를 걸거나 성추행과 갑질 등을 저지르고, 난폭하게 굴거나 버럭 화내기도 한다.

　　이런 사례에서는 두 가지를 생각해 볼 수 있다. 첫 번째는 알코올의 약리작용으로 그 사람과 무관한 새로운 성격이 멋대로 나타나는 경우다. 바꿔 말하면, 마치 술이 만드는 환영처럼 갑자기 난감한 성격이 생기는 것이다. 두 번째로는 평소에 억눌러 감춰온 면이 알코올로 인해 억제가 풀리는 경우다. 술을 마시고 방심한 순간, 그 사람의 어둠이 소환되는 것이다.

실제로는 어느 쪽에 해당할까. 물론 사례마다 다르겠지만, 어쩐지 후자일 것이라는 생각이 든다.

정신이 아프거나 정신 상태가 정상 범위를 벗어나 자살에 이르는 사람에 대해서도 비슷한 해석을 해보고 싶다. 이런 사람은 정신 기능이 (정신적인 충격이나 지속적인 스트레스, 정신질환 등으로) 약한 상태라서, 원래라면 자살과 무관할 사람이 (정상적인 판단력을 상실하고 마음이 동요되어) 자살에 이르는 것이란 견해가 있다. 반면 브레이크가 풀려, 원래 그 사람에게 있던 자살 성향이 모습을 드러내고, 마치 무엇에 쫓기듯이 자살을 향해 돌진한다는 견해도 있다. 어느 쪽이 정답일지는 솔직히 잘 모르겠다.

좋은 사람

실제로 정신이 아픈 사람들의 자살 사례를 접하다 보면, '정신이 아파서 죽음이라는 선택지를 더 쉽게 떠올린 것'이라는 인상을 강하게 받는 사례와 '평소 가지고 있던 자살 친화성이 결국 현실이 되고 말았구나….'라는 느낌이 드는 사례도 있다. 물론 둘 중 어느 쪽이든 정신이 아프지만 않았다면 자살 따위는 하지 않았겠지만.

자살 위험을 고려해야 하는 정신질환으로는 역시 우울

증을 제일 먼저 들 수 있다. 우울증은 예전부터 유독 걸리기 쉬운 성격이 있다는 점을 지적받았는데, 그 점까지 고려한다면 '우울증에 걸리기 쉬운 성격'과 자살의 기저에 공통된 부분이 존재하느냐 아니냐가 문제 될 것이다.

전형적인 우울증(비정형 우울증이나 적응장애와는 다른)이라 불리는 '정형 우울증'은 특유의 병전 성격(병에 잘 걸리는 성격)이 있다. 맡은 일을 성실히, 열심히, 꼼꼼히 하지만, 변화를 싫어하는 성격이다. 어느 한 가지 일을 최선을 다해 꾸준히 노력해 나가는 것을 미덕으로 여기는 정신의 표본이라 할 수 있다. 이런 성격은 그만큼 임기응변에 취약하고, 완벽함보다 정직하고, 착실하고, 진지한 태도를 중시한다. 연공서열제가 존재하는 안정적인 사회에서라면 환영받을 것이다. 조금 냉소적으로 말하자면 보수적이고 회사에 무조건 충성하는 사람에게나 어울린다. 아니면 불합리한 대우를 오래 견뎌야만 비로소 제대로 한몫할 수 있다는 장인의 세계에나 적합할 것이다.

대체로 그들은 '좋은 사람'이다. 질서를 중시하고, 무슨 일이든 잘 거절하지 않으려고 한다. 분위기 파악도 잘한다. 잔업을 꺼리지 않으며, 자신의 할당량을 채웠다고 곧바로 혼자 퇴근해 버리지도 않는다. 협조(실제로는 분위기를 맞추는 행동에 가깝지만)하는 것도 중시한다. 회사 행사에 꼬박꼬박

참석하고, 심지어 남몰래 집에서 개인기를 열심히 연습할 수도 있다. 자신이 속한 조직에서 자신을 나름 인정해 주고, 보호한다면 끝까지 헌신하는 유형이다. 이들은 무난하고 평범한 걸 '한심하게' 생각하지 않는다. 어떤 의미로는 제 분수를 아는 전형적인 소시민이라고 할 수 있다.

이처럼 믿음직하고 착실한 성격은 매우 현실적이다. 얼핏 보기에 자살과 무관해 보인다. 하지만 이런 성격 뒤에는 현재의 상태를 어떻게든 유지해야 한다는 불안하고 초조한 마음이 숨어 있다. 그래서 현상 유지가 어려워질 때, 예를 들어 업무 환경이나 내용이 갑자기 변경되거나 이제껏 만나본 적 없는 유형의 상사가 부임했을 때 위기를 겪는다. 변화에 유연하게 대처하지 못하기 때문이다.

만약 이런 사람이 계장에서 과장으로 승진한다면 어떻게 될까. 출세한 셈이니 남들 보기에는 당연히 축하할만한 일일 것이다. 하지만 정작 당사자는 지금까지와는 전혀 다른 역할을 요구받아 당혹스럽기만 할 것이다(정신과 의사 나카이 히사오는 이런 성격의 사람들은 계장에서 과장으로 승진하기보다, 오히려 '일본 최고의 계장'이 되기를 원할 거라고 지적했다). 더군다나 승진했다는 것은 누군가 자신을 발탁한 사람이 있다는 뜻이다. 그에게 보답하기 위해서라도 얼른 눈에 띄는 성과를 거두어야만 한다. 그렇지 않으면 면목이 없다. 동료나 부하들은 그런 그를 '어디 실력 좀 한번 볼까'라는 듯이 곱지 않은 시선으로 바라볼 수 있다. 남들이 상상하는 것보다 훨씬 심한 압박감을 느끼는 것이다. 그래서 정신과에서 '강제 승진으로 인한 우울증'을 따로 다루고 있을 정도다.

이는 승진이라는 경사를 맞이하고, 얼마 지나지 않아 자살하는 역설적인 사태가 충분히 일어날 수 있다는 뜻이다. 그들은 성실한 성격 탓에 힘들다는 말을 쉽게 꺼내지 않는다. 남을 원망하기보다 자신을 탓하고, '우울증'을 더욱 악화시킨다. 이러한 메커니즘을 고려했을 때 맡은 일을 성실히, 열심히, 꼼꼼히 하는 성격은 자살에 친화성이 있다고 말할 수 있다.

정신과 의사에게 자살을 주제로 강연을 시키면, 대부분 우울증에 관해 이야기한다. 우울증은 (제대로 된 의료 기관을 통해) 적절한 치료를 받으면 자살을 방지할 수 있기 때문이다. 반대로 자살의 원인이 우울증이 아닌 경우에는 대부분 정확한 원인이 무엇인지조차 알 수 없다. 예측조차 불가능하다. 더 할 수 있는 말이 없다. 스트레스를 받지 않는 사람은 자살과 무관하다는 말도 성립되지 않는다. 그렇기에 다들 우울증에 관해서만 이야기하고 싶어 하는 것이다.

다른 얼굴을 하고 찾아온 우울증

예전에 암 노이로제로 자살한 대학교수가 있었다. 약 사반
세기 전에 일어난 사건이다. 그는 서구권 국가로 유학을 갔
는데, 몸 상태가 한번 나빠지더니 좀처럼 회복되지 않았다.
집중력이 떨어지다 못해 연구에 지장을 줄 정도가 되자, 어
쩔 수 없이 유학을 중단하고 일본으로 돌아왔다. 그런데도
몸 상태가 나아지질 않아 강의조차 할 수 없는 지경이 되었
다. 암으로 의심되는 증상이 몇 가지 있다는 사실을 알아차
린 그는 아내의 권유로 집 근처 병원을 찾아가 진료를 받았
다(그가 근무했던 대학에는 의학부가 없었다). 검사 결과는 '이
상 없음'으로 나왔다. 몸이 좋지 않은 건 '기분 탓'이라는 것
이었다. 하지만 그는 검사 결과를 믿을 수 없었다. 혹시 의
사가 어떤 점을 간과했거나 오진을 내렸을 가능성이 있지
않을까. 아니면 더는 손쓸 수 없을 만큼 암이 진행된 상태인
데, 자신에게 그 사실을 알려 봤자 소용없다고 생각한 의사
가 아내와 상의한 끝에 '이상 없음'이라는 결과지를 허위로
보여 준 게 아닐지 의심했다.

그의 의심은 날로 커졌다. 암에 대한 걱정으로 밤잠을
설쳤고, 식욕도 떨어져 몸이 자꾸만 야위어 갔다. 기운이 없
어지고 체력도 계속 떨어졌다. 다른 병원에서 다시 진료를
받았지만, 마찬가지로 결과는 '이상 없음'이었다. 그저 영양

이 부족하다는 지적만 받았을 뿐이었다. '이 병원도 무언가 놓친 부분이 있거나 오진을 내렸을 수 있지 않을까'라는 생각이 든 그는 다시 다른 병원을 줄줄이 찾아다니기 시작했다. 오기가 난 것이다. 이제는 암이라는 진단이 내려지기를 기대하는 사람처럼 본말이 전도되었다. 그의 아내는 그런 남편의 모습을 보고 안절부절못했지만, 그는 오히려 그런 아내를 보고 '역시 내가 암에 걸린 사실을 숨기고 있구나'라는 의혹을 거두지 않았다.

사실 그는 과거에 자신의 학생과 성관계를 맺었다가(그야말로 일시적인 흔들림이었다고 주장했다) 다행히 세간에 알려지지 않은 채 문제를 해결한 적이 있었다. 아내에게조차 들키지 않고 일을 잘 마무리했지만, 그는 상당한 죄책감을 느낀 모양이었다. 그래서인지 불륜을 저지른 죗값을 뒤늦게 암으로 치르게 되었다고 생각하기에 이르렀고, 자신이 말기 암 환자라고 더욱 확신하게 되었다.

그렇게 시간이 흘러 어느덧 겨울에 접어들었다. 아직 해가 뜨지 않은 어두운 새벽, 완전히 초췌해진 교수는 자고 있는 아내를 흔들어 깨운 뒤, 더는 이러한 괴로움을 견딜 수 없으니 자살하고 싶다는 말을 꺼냈다. 이때에는 아내도 남편의 영향으로 정상적인 판단 능력을 상실한 듯했다. 자식 없이 단둘이 생활했던 부부는 지인들을 멀리하고 거의 숨어 살았는데, 더는 그런 상황을 견딜 수 없었다. 그의 아내는 남편이 일본식 방의 상인방*에 줄을 매다는 작업을 묵묵히 도왔다. 아내의 도움이 없었다면 그는 아마 목을 매기 어려 웠겠지만 이미 그녀마저 집 안 가득 퍼져 있는 절망적인 분 위기에 물들어 있었다. 결과적으로 그 교수는 목을 매 숨졌 고, 그의 아내는 남편의 숨이 끊어진 것을 확인한 후에야 경 찰서에 전화를 걸었다. 아내는 자살방조죄로 조사받았으나 기소되지는 않았다. 주간지는 이 사건을 암 노이로제가 초 래한 비참한 사건으로 작게 보도했다.

이 사건의 원인이 정말 '암 노이로제'였을까. 나는 이 사건을 알게 되자마자 이건 우울증이 분명하다고 생각했다. 그 이유는 이렇다.

먼저 해외 유학이라는 환경의 변화. 더구나 그는 연구 성과를 내야만 하는 상황이었다. 연구가 순조롭게 진척되었 다면 모르겠지만 어쩌면 외국인과 소통하는 것조차 힘겨웠 을지 모른다. 여기에 만약 연구마저 순조롭지 않았다면 스 트레스와 초조함이 심해져 컨디션 난조나 집중력 저하가 발 생해도 전혀 이상하지 않을 상황이었다. 하지만 본인은 그 런 사실을 인정하고 싶지 않았을 것이다. 그래서 그는 '어째

* 창문이나 문 등의 개구부 상부에 가로지른 부재.

서인지' 컨디션 난조와 집중력 저하가 발생했고 그렇기에 연구가 정체되고 말았다는, 그야말로 현실과 정반대되는 해석을 내렸을 것이다. 이처럼 신체적인 컨디션 난조를 마치 모든 부진의 원인으로 생각하고 싶어 하는 사례가 많다. 마치 양동작전처럼 말이다. 부진의 원인이 심리적인 측면에 있다고 인정해 버리면, 자신의 나약함을 인정하는 꼴이 될 것 같아서 이를 순순히 받아들이기 힘들 수 있다. 이런 상황에서 몸 상태가 더 나빠지면 자신이 혹시 암에 걸린 게 아닐지 의심하고 싶어질 것이다. 아무리 의사에게 이상이 없다는 말을 들어도, 인정하고 싶지 않을 것이다. 그 사실을 받아들이면 지금 자신이 부진을 겪는 이유가 전부 자신의 노력이나 능력이 부족한 탓이 되기 때문이다. 그러면 더는 설 곳이 없어져 버리지 않겠는가. 더군다나 이 교수는 (마음에 가시처럼 박혀 있던) 불륜에 대한 죄책감을 어떻게든 매듭짓기 위해서라도 차라리 자신이 암에 걸리는 편이 더 마음 편하리라 생각했을 것이다. 그렇기에 검사 결과를 부정하고 싶어 자꾸만 이 병원 저 병원을 옮겨 다니다 나중에 가서는 자신이 과연 암에 걸리고 싶은 건지 아닌지조차 분간할 수 없을 만큼 판단력이 흐려졌을 것이다.

이러한 과정은 우울증 환자에게 그리 드물지 않게 나타난다. 여기에 겨울철의 암울한 날씨가 교수의 마음을 더 어둡게 했을 것이다. 평소 고립된 삶에 어두운 날씨까지 더

해져 더욱 현실감을 잃었을 것이다.

일반적으로 우울증에 걸린 사람은 아침에 정신 상태가 가장 좋지 않다. 그래서 아침에 자살하는 사람이 많다. 또 확실성이 높은 자살 방법(목매기, 높은 곳에서 투신, 철도에 투신 등)을 선택하기 쉽다. 나는 JR 주오선의 선로 부근에 사는데, 가끔 인명사고로 열차 운행이 중단될 때가 있다. 그런 사고는 유독 아침 출근 시간에 많이 일어나는 것 같다. 아마 우울증에 걸린 사람이 자살했을 가능성이 크지 않을까.

결과적으로 그 교수는 스스로 더는 살아 있을 가치가 없다고 느꼈을 수 있다. 심신이 모두 피폐해진 나머지, 암에 걸렸든 그렇지 않든 결국 자신은 무거운 죄를 지은 무능한 인간이라는 결론을 내렸을 듯하다. 단순히 암 노이로제에 걸린 사람이 괴로운 나머지 죽음을 택하는 사례는 거의 본 적이 없다. 오히려 암 노이로제에 걸린 사람은 삶에 집착하는 편이다. 반면 우울증에 걸린 사람은 죽음이 안식을 가져다준다고 믿는 경향이 있는 듯하다.

내가 충치 치료를 받으러 치과에 다녔을 무렵, 자주 진료를 받으러 오던 어떤 할머니가 있었다. 그 할머니는 부정교합이 몹시 신경 쓰이는 듯했다. 치과의사가 아무리 교합을 조정해도 며칠 지나면 "역시 뭔가 위화감이 드는데"라며 어두운 표정으로 다시 진료를 받으러 오는 모양이었다. 너무 자주 오다 보니 치과의사도 이제는 지겨워하는 눈치였다. 아마 그 할머니의 불평이 자신의 실력에 문제가 있다는 식으로 들렸을 것이다. 마침내 그 치과의사는 몹시 불쾌한 어조로 "저는 더 할 수 있는 게 없습니다. 불만이라면 다른 치과를 가보세요"라고 말했다. 그 말에 할머니는 "아니, 그렇게 말씀하셔도…"라며 당혹스러워했지만, 치과의사는 어지간히 화가 났는지 "아니, 오늘 이후로 더는 진료를 보지 않겠습니다"라고 단호히 말하고 차갑게 할머니를 돌려보냈다. 두 사람의 대화가 주변에까지 들려서 한동안 병원 전체에 어색한 분위기가 감돌았다.

진찰대에 누워 있던 나는 그 할머니가 병원을 떠나기 전에 힐끗 쳐다봤다. 표정이나 유독 교합에 고집을 부리는 모습으로 미루어 볼 때 노인성 우울증일 수 있겠다는 생각이 들었다. 노인성 우울증 환자는 '우울감' 자체를 호소하는 경우가 적다. 노인들은 정도의 차이만 있을 뿐 누구나 신체적으로 불편한 부분이 있다 보니 아무래도 신체적 위화감 같은 형태로 증상을 호소하기 쉽다. 특히 치아 위화감을 호소하는 사례도 드물지 않다. 나는 그 할머니가 그대로 집에 돌아갔다가 자칫 우울증이 심해져 자살로 이어질 가능성을 완전히 배제할 수 없었다. 만약 그런 일이 벌어진다면 아마 표면적으로는 '교정부합의 악화로 자살했다'라는 희한한 결과가 나올 수 있다.

그렇다면 그 상황에서 내가 진찰대에서 내려와, 그 할머니에게 '할머니, 그러지 마시고 정신과 진료를 한번 받아보시는 게 좋을 것 같은데요'라고 말해야 했을까. 어쩌면 그래야 했을지도 모르겠다. 하지만 내가 그 말을 입에 담았다면, 그 할머니는 아마 치과에서 진료를 거부당했을 뿐만 아니라, 웬 남자에게 머리가 이상하다는 소리까지 들었다며 더 큰 충격을 받았을지도 모른다. 할머니가 다른 가족과 함께 오기라도 했다면, 가족에게 내 신분을 밝히고 조언했을 수도 있겠지만 할머니는 혼자였다. 결국 말할 타이밍을 놓친 나는 끝내 아무 말도 하지 못했다. 적어도 치과의사에게는 우울증일 가능성을 지적했어야 옳지만, 병원이 너무 혼잡했던 탓에 그마저도 말할 기회를 놓치고 말았다.

그때 내가 어떻게 행동해야 했을지 몇 번이나 고민해봤지만, 여전히 어떤 행동이 최선이었을지 잘 모르겠다. 그저 그 당시에는 어색함만 남았던 기억이 있다.

그는 과연 우울증이었을까

2004년 4월 17일 밤에 가나가와현 가와사키시 미야마에구

의 한 주택에서 일명 '산토리 전직 부장 사살 사건'이 일어
났다. 1년 전인 2003년에 산토리 계열의 회사를 정년퇴직한
전직 부장 오하시 겐타로(60세)와 그의 아내가 사는 집에 막
무가내로 쳐들어온 구보 다카시(51세)에게 권총으로 사살당
한 사건이었다.

더군다나 범인인 구보는 이들 부부를 살해한 직후, 경
찰에 전화를 걸어 차분한 어조로 사건을 통보한 뒤, 전화를
끊지 않고 수화기를 그대로 탁자에 올려둔 채 소지하고 있
는 권총으로 자신의 머리를 쏘아 자살했다. 경찰은 실황 중
계를 듣듯이 범인이 권총으로 자살하는 전화기 너머로 소리
를 생생히 전해 들었다.

《요미우리신문》 4월 18일 자 석간에 실린 기사를 한번
살펴보자.

해당 경찰서의 조사에 따르면 오하시 씨는 머리와 가슴
에, 그의 아내인 기쿠코 씨(55세)는 머리에 총을 맞은 상
태였다. 남성(범인인 구보 다카시. 이 기사는 아직 그의 이름이
공표되기 전에 작성되었다-인용자 주)이 사망해 있던 거실 소
파 위에는 A4용지 두 장에 "경찰분들께. 저는 완전히 우
울증입니다. 저 자신이 하는 말이나 행동이 가끔 이해가
가지 않습니다. 옛 상사였던 사람이 제 인생을 바꿔놓았
으니, 저도 그 사람의 인생을 바꾸렵니다. 저는 무직입니

제11장 자살의 유형 7

301

다"라고 워드 프로세서로 작성한 메모가 놓여 있었고, 남성의 상의에서 도쿄 세타가야구에 있는 어느 심료내과˙의 진찰권을 발견했다.

또 메모에는 권총을 서양에서 가지고 들어왔다는 내용이 있었다.

산토리 홍보부에 따르면 이 무직 남성은 1995년 10월에 관련 회사의 아이스크림 판매 업체인 하겐다즈 재팬(도쿄도 메구로구)에 중도 입사해 신제품 개발과장으로 근무했으나, 1997년 11월에 품질보증을 담당하는 부문의 부장으로 승진 발령을 받았다고 한다.

하지만 이 남성은 "부장이 되지 않아도 좋으니 신제품 개발 부문에 계속 남고 싶다"라고 당시 상사였던 오하시 씨와 인사부장에게 호소하며 처음에는 승진 발령을 거부했다고 한다.

하지만 남성은 결국 오하시 씨를 비롯한 다른 이들의 설득에 넘어가 발령받은 대로 부장이 되었다. 그러나 1998년 8월에 남성은 우울증에 걸린 사실을 회사에 통보하고 자발적으로 퇴사했다. 그때까지 회사는 해당 남성이 본인을 우울증 환자로 생각하고 있던 사실을 전혀 알

* 스트레스성 질환 등 심리적인 요인으로 발생한 신체적 증상을 치료하는 분야.

아차리지 못했다고 한다.

　범인인 구보는 과거에 피해자인 전직 부장의 부하 직원이었던 셈이다. 그랬던 그가 회사를 그만둔 지 6년이 지난 시점에 돌연 "옛 상사였던 사람이 제 인생을 바꿔 놓았으니 저도 그 사람의 인생을 바꾸렵니다"라며 옛 상사뿐만 아니라 그의 아내까지 사살하고, 현장에서 자신도 자살해 버린 것이었다.

　아무리 생각해도 무언가 이상했다. 적어도 구보는 회사를 그만둔 1998년에 자신이 우울증에 걸렸다고 주장했다. 게다가 범행을 저지른 2004년에도 그는 유서를 대신해 남긴 메모에 자신이 우울증에 걸려 있다고 적었으며, 심료내과의 진찰권도 소지하고 있었다. 그가 7년 내내 우울증을 앓았는지, 아니면 중간에 나았다가 다시 재발한 것인지는 알 수 없다. 어느 쪽이든 간에 우울증 환자가 타인을 (원한을 이유로) 살해하고 자신도 자살하는 일이 실제로 일어날 수 있을까.

　우울증 환자가 간혹 동반자살이라는 명목으로 가족이나 연인을 살해하고 뒤따라 자살하는 경우는 있다. 이런 가혹한 세상을 살아가는 게 더 괴롭고 안쓰럽지 않겠냐는 이유에서다. 하지만 우울증 환자가 자신이 증오하는 상대를 살해하고 뒤따라 죽는 건 이해가 잘 가지 않는다. 더군다나 상대방을 증오한 이유가 자신을 개발 부문 과장에서 품질보증 담당 부장으로 '승진시켰기 때문'이라는 점도 기이하기 짝이 없다. 네 놈 때문에 내가 승진했다가 우울증에 걸려 인생이 꼬여 버렸으니 나도 복수하겠다는 뜻인가.

우울증의 병전 성격을 고려했을 때, 그가 신제품 개발 부문이라는 '현장'에 집착한 점은 이해가 간다. 구보는 녹차 아이스크림을 상품화해서 표창을 받았을 정도로 능력 있는 직원이었다. 당연히 신제품 개발에 애착을 보였을 테고, 그만큼 자신도 있었을 것이다. 그러니 승진 때문이어도 현장을 떠나기 망설였을 것이다. 하지만 그렇다고 해서 옛 상사에 대한 원망을 7년 동안이나 품고 살다가 결국 "제 인생을 바꿔놓았으니 저도 그 사람의 인생을 바꾸렵니다"라며 집으로 쳐들어가 옛 상사와 그의 아내를 사살한다는 건 너무 비약이 심하지 않은가.

만약 그가 승진과 동시에 부서 이동을 통보받았으나, 도저히 회사의 기대에 부응할 자신이 없어 고민하다가 죄송하다는 말만 남기고 자살한 거라면 차라리 이해가 간다. 하지만 그로부터 7년이나 지난 시점에 갑자기 옛 상사를 사살하는 건 이상하다. 설령 그가 신제품 개발에 대한 열정이 짓밟혔다는 느낌을 받았다 하더라도 옛 상사의 아내마저 살해하는 건 이치에 맞지 않는다. 혹시 상사를 뒷바라지한 아내에게까지 '연대 책임'을 물은 것일까.

상사의 호의를 도리어 원한으로 갚은 구보의 행동이
나 '내 인생을 바꿔놓았으니 나도 그 사람의 인생을 바꾸겠
다'라는 그의 논리는 우울증 환자에게서 종종 관찰되는 '사
생활보다도 직장을 중시하거나 과도하게 헌신적인 정신적
경향'에 어울리지 않는다. 또 구보가 머리는 좋았지만, 원래
주변 분위기를 잘 파악하지 못하고 비상식적인 면이 두드러
졌다는 보도도 있다. 해외에서 일본으로 귀국하는 길에 권
총을 몰래 반입하는 대담한 위법 행위를 저지른 점만 보더
라도 그는 '제 분수를 아는 소시민'적인 성향과는 거리가 멀
었다. 그렇기에 그가 비록 우울 상태를 보이기는 했지만 실
제로 우울증에 걸렸다고 보기는 어렵다.

그는 독신이었는데(이혼 경력 있음, 자녀 없음), 범행 전날
에는 가재도구를 전부 재활용품점에 팔았다고 한다. 구보는
빈집에서 하루를 보낸 뒤, 그다음 날 살인과 자살을 실행에
옮겼다. 이러한 행동은 성실하고 꼼꼼했던 그의 성격이 반
영된 것일까. 아니면 "떠나는 새는 흔적을 남기지 않는다"
라는 속담처럼 단지 떠나기 전에 자신이 살았던 곳을 말끔
히 치운 것뿐일까. 아니, 그렇다기에는 어쩐지 묘하게 현실
과 동떨어진 느낌이다. 오히려 강박적인 행동으로 받아들여
야 하지 않을까.

우울증에 걸리기 쉬운 사람도 강박적인 성향을 보이는
경우가 있다. 하지만 그건 어디까지나 현상 유지라는 범위

내에서만 발휘된다. 구보의 강박성에서는 잘못된 믿음에서 비롯한 폭주나 독선적이고 폐쇄적인 세계관 같은 것이 엿보이지 않는가.

보아하니 구보 다카시에게는 발달 장애 성향이 있었고 (변화를 거부하는 발달 장애의 특성상 그를 다른 부서로 보내지 않고 그대로 현장에 머무르게 하는 편이 그에게나 회사에나 바람직했을 것이다), 심한 공격성과 반사회성이 숨어 있었던 것으로 보인다. 구보 본인을 직접 진찰한 것이 아니라서 단언할 수 없지만 주어진 정보만으로 판단했을 때는 그렇게 보는 게 타당해 보인다. 그런 사람이 승진과 동시에 다른 부서로 이동했으니 모든 일이 최악의 방향으로 흘러간 것이다. 구보가 남긴 "저는 완전히 우울증입니다"라는 내용을 곧이곧대로 믿거나 그가 소지했던 심료내과의 진찰권에 현혹되어서는 안 된다.

궁지에 몰린 A

이번에는 '아픈 어머니를 교살하다, 굶어서 동반자살을 시도한 딸'이라는 사건을 참고삼아 소개해 보려 한다. 다음은 1983년 10월 2일 자《요미우리신문》조간에 실린 기사다.

1일 오후 2시 30분경, 도쿄도 ○○○에 거주하는 무직 ○○이치 씨(74세)의 장녀 A(30세)가 "함께 살던 어머니를 살해했다"라고 경찰에 통보했다. 가마타 경찰서에 근무하는 경찰이 달려가 보니 이불 속에 이치 씨가 목이 졸린 채 숨져 있었다. 해당 경찰서는 곁에 있던 A 씨를 존속살인 현행범으로 체포했다.

조사에 따르면 A 씨는 1일 0시 40분경에 이불 속에서 이치 씨를 그녀가 입고 있던 유카타의 허리끈으로 목 졸라 죽였는데, 이치 씨는 고혈압 등으로 몸이 불편해져 올해 1월부터 내내 누워 지냈으며, 외동딸인 A가 그녀를 돌봤다고 한다.

A의 자백에 따르면 이치 씨는 회복할 가망이 전혀 없었다고 한다. 그래서 A는 어머니와 동반자살하기로 마음먹고, 굶어 죽을 생각으로 이틀 전부터 두 사람 모두 아무것도 먹지 않고 방 안에만 있었다고 한다. 하지만 범행 직전에 평소 자신들을 돌봐 주던 민생위원이 방문해 문을 두드리자 이대로는 좀처럼 죽지 못할 거라 생각한 A가 어머니인 이치 씨에게 "차라리 얼른 죽는 편이 낫겠어"라고 말했고, 그 말에 이치 씨도 고개를 끄덕여 결국 어머니를 죽였다고 한다. 두 사람은 생활보호를 받고 있었다. A는 정신분열증(조현병의 옛 명칭-인용자 주)으로 통원 치료를 받고 있었다.

그 당시에는 요즘처럼 노인장기요양보험도 없었고, 간병인이나 간병 방문, 의사의 왕진 같은 서비스를 기대할 수도 없었다. A는 통원 치료를 받고 있었고, 가끔 민생위원이나 복지 담당자가 들여다보기는 했지만, 평소에는 거의 고립된 생활을 했을 것이다. 아픈 어머니를 돌보는 일이 얼마나 힘들었을지 쉽게 상상이 간다. 더군다나 어머니인 이치 씨는 몸이 회복할 가망도 없었다. 그러니 궁지에 몰린 심정으로 동반자살을 결심한 A의 마음이 충분히 이해가 간다.

다만 자살할 방법으로 굶어 죽는 것을 선택한 점이 다소 기이해 보인다. 더군다나 A는 민생위원이 찾아와 문을 두드리는 소리를 듣고, 굶어 죽기 전에 누군가 찾아와 죽는 것을 방해할 거라는 사실을 깨달았다. 그렇기에 급히 어머니를 목 졸라 죽인 것이다. A는 그러고 나서야 뒤늦게 정신을 차린 걸까. 그래서 경찰에 범행 사실을 통보한 걸까. 그녀가 어머니를 죽이고 경찰에 통보하기까지 걸린 시간은 1시간 50분. 그 시간 동안 그녀는 어머니를 뒤따라갈지 말지 고민한 걸까.

전체적으로 부자연스러운 느낌을 지울 수 없는 사건이다. 특히 어머니와 함께 굶어 죽으려고 했다는 부분은 현실감이 떨어진다. 어딘지 모르게 핀트가 어긋난 느낌이다. A가 어머니에게 "차라리 얼른 죽는 편이 낫겠어"라며 어머니의 뜻을 물었다는 부분도 너무 성급하지 않은가. 이처럼 조현병 환자는 가끔 일반적인 상식에서 벗어난 사고를 할 때가 있다. 그리고 이러한 사고가 간혹 생각지도 못한 방향으로 흘러가다가 이번 사건과 같은 일이 벌어지거나 동기나 방법을 알 수 없는 자살로 이어지기도 한다. 이 모녀에게 평소에 더 세심한 접근이 이루어졌더라면 이런 일이 벌어지지 않았을 수도 있지만 현실적으로는 그러기가 쉽지 않다.

차곡차곡 쌓여온 불안

소위 정신병이라 불릴 만한 수준까지는 아니어도 정신적으로 어딘가가 불편하다면, 그것이 자살을 실행하는 데에 크게 관여하는 사례는 얼마든지 있다.

　　예를 들어 어떤 충격적인 사건이 자살의 결정적 요인처럼 보였으나, 사실 그 사건이 일어나기 전부터 장기간 불안과 초조함이 지속된 사례(자살의 도움닫기 역할을 할 만한 요소가 숨은)는 일일이 열거할 수 없을 정도로 많다. 2003년 2월 26일 자 《아사히신문》 석간에 실린 기사를 한번 살펴보자.

　　프랑스 요리계를 대표했던 유명 요리사 베르나르 루아조 (52세)가 24일 오후, 프랑스 부르고뉴 지방의 시골 마을

솔리유에 있는 그의 자택에서 사망했다. 수사 당국은 그가 엽총으로 자살했다고 보고 있다. 솔리유에서 그가 운영하던 미쉐린 가이드 3스타 레스토랑 '라 코트 도르'가 최근 미쉐린 가이드에 버금가는 레스토랑 가이드 '고 에 미요'에서 예전보다 낮은 평점을 받은 것이 원인이 아니냐는 억측이 흘러나오고 있다.

베르나르 루아조는 버터와 크림을 줄이고, 재료 본연의 맛을 살리는 독특한 조리법을 개발해 '물의 요리사'라는 별명을 얻은 인물이다. 그가 운영한 라 코트 도르는 1991년에 미쉐린 가이드에서 최고 평점인 별 세 개를 획득했고, 해당 레스토랑에서 제공한 조식은 프랑스 고급 호텔 체인에서 '세계 최고의 조식'이라는 칭호를 받았다. 한때는 고베에도 지점을 운영해 일본에도 팬이 많다.

라 코트 도르는 20점 만점인 고 에 미요에서도 최고 수준인 19점을 유지하다가 2003년 판에서 17점으로 평점이 떨어졌다.

베르나르 루아조만큼이나 유명한 요리사인 폴 보퀴즈 씨는 "전날 그와 이야기를 나누었는데, 조금 침울해 보였다. 고 에 미요가 그를 죽인 것이나 다름없다"라며 고 에 미요 측을 비난했다.

확실히 고 에 미요의 평점이 떨어진 것은 그에게 큰 충격이었을 것이다. 하지만 이미 그 이전에 10년 이상 최고 수준의 평점을 유지하면서 그는 언제 평점이 떨어질지 몰라 매일 같이 전전긍긍했을지도 모른다. 최고 수준을 유지한다는 건 조금이라도 방심하는 순간 바로 굴러떨어질 각오를 하고 있어야 한다는 뜻이기도 하다. 이 얼마나 고달픈 삶인가. 자존심이 높을수록 불안감은 더 커진다. 명성이 올라갈수록 추락에 대한 공포도 더 커진다. 추락을 두려워하면서도 차라리 확 추락해 버리면 오히려 마음이 편하지 않을까 싶은 생각이 들기도 하고, 그런 마음이 들 때마다 애써 잊으려 하다 보니 하루도 속 편할 날이 없었을지도 모른다. 물론 그런 자신의 마음을 아무에게도 털어놓지 못했을 것이다.

그러다가 드디어 평점이 떨어지는 순간이 찾아오자, 더는 이렇게 괴로워하고 싶지 않다는 결론을 내리고 자살에 이르렀을 가능성이 커 보인다. 절망으로 인한 자살이라기보다는 안식으로서의 자살인 셈이다. 그는 그제야 비로소 불안감에서 해방되었을지 모른다.

정신적 시야 협착 2

그렇다면 2003년 9월 1일 자《마이니치신문》석간에 실린 다음의 기사는 어떨까.

31일 오후 1시 15분경, 도쿄도 ○○의 도영 아파트 11층에 살던 ○○ 세이코 씨(38세)의 자택 창문에서 ○○ 씨의 장남인 쇼타(5세)가 추락해 그 자리에서 숨졌다. 그로부터 약 3시간 40분 뒤 같은 창문에서 ○○ 씨가 뛰어내려 사망했다. 쇼타는 ○○ 씨가 낮잠을 자던 사이에 창문에서 떨어진 것으로 보이며, 경시청 후카가와 경찰서는 쇼타의 죽음을 비관한 ○○ 씨가 자살한 것으로 보고 있다고 전한다.

조사에 따르면 ○○ 씨와 쇼타가 작은 방에서 낮잠을 자던 중에 잠에서 깬 쇼타가 옆방으로 건너가 혼자 놀다가 추락 방지 펜스(높이 75센티미터)를 넘어 추락한 것으로 보인다.

사고 직후 경찰에게 조사를 받은 세이코 씨는 "아이가 창문 근처에 가지 못하게 신경을 썼고, 아이에게도 그러지 말라고 여러 번 말했는데…"라며 힘들어했다고 한다. 유서는 없었다. ○○ 씨와 쇼타는 단둘이 살고 있었다.

○○ 씨는 그야말로 불의의 기습과도 같은 충격을 받았을 것이다. 자신이 낮잠을 자는 사이에 아들이 바로 옆방에서 추락해 숨진 것이다. 후회와 죄책감이 어마어마했을 테고, 단둘이 사는 집에서 하나밖에 없는 아들을 잃었으니 그녀가 느낀 비통함은 감당하기 힘든 수준이었을 것이다. 3시

간 40분 동안 그녀는 자신과 아들에게 벌어진 일을 돌아보고, 앞으로 어떻게 살아야 할지 고민한 끝에 더는 사는 의미가 없다는 결론을 내렸을 것이다.

　미쉐린 3스타 레스토랑의 요리사와 아들을 추락사로 잃은 어머니 모두 정신적인 충격을 받자마자 곧바로 (반사적으로) 자살한 것이 아니다. 자살을 실행하기 전까지 비는 시간이 있었다. 그 시간 동안 번민하고 이런저런 생각을 한 끝에 최종적으로 자살이라는 결론을 내린 것이다. 하지만 그때 그들은 균형적인 사고를 할 수 있는 정신 상태가 아니었을 것이다. 정신적 시야 협착 상태에 빠졌을 테고, 그런 상태에서는 극적이고 극단적인 선택지만 눈에 들어왔을 것이다. 그야말로 악마의 함정에 빠졌다고 봐야 한다.

　이처럼 자살에 큰 역할을 하는 요소 중 하나가 정신적 시야 협착이라고 생각한다.

　이미 8장 203쪽에서 설명한 바 있지만, 이러한 '정신적 시야 협착'에 대해 한 번 더 짚고 넘어가 보자. 우리는 정신적으로 궁지에 몰리면 여유를 잃는다. 평소 우리는 주변 360도에서 일어나는 온갖 일에 대응하도록 맞춰져 있지만 여유를 잃으면 더는 전방위적으로 대응할 수 없게 된다. 그래서 정신적 시야가 좁아져 당장 눈앞에 닥친 일에만 재빠르게 대응하도록 체계를 전환한다. 그것이 더 효율적이기 때문이다. 이런 상태를 정신적 시야 협착이라고 한다.

하지만 이러한 전환에는 당연히 폐해도 발생한다. 더 넓고 깊이 생각하고 판단하는 자세를 버리게 되는 것이다. 냉정함과 균형적인 사고도 잃게 된다. 당장 눈앞에 닥친 일, 표면적인 일에만 대응하기 급급하다 보니 종종 너무 성급하거나 얄팍한 말과 행동이 나올 수 있다. 죽을 수밖에 없다는 식의 '극단적인' 결론에 도달해 버릴 위험도 내포하게 된다.

플랫폼에 들어서는 전철을 보며 가끔 전철에 뛰어들어 자살하는 사람들은 어떻게 저런 위압적이고 무시무시한 철덩어리 앞에 몸을 던질 수 있는 건지 경이로움을 느낄 때가 있다. 또 가끔 낭떠러지 위에 서서 까마득한 아래를 내려다볼 때면 이런 곳에서 뛰어내려 자살하는 사람은 대체 그런 담력이 어디서 생기는 걸까 싶어 신기할 때도 있다.

하지만 자살하려는 사람은 나처럼 경이로움이나 신기함을 느끼지 않을 것이다. 진짜로 자살하려는 사람은 대개 해리 상태에 빠져 있으리라 예상되기 때문이다.

해리 상태에서는 감각이 마비되거나 일부 의식이 탈락·변용된다. 혹은 현실감을 잃거나(이인감) 더 극단적일 경우에는 과거를 잃어버리거나(기억상실) 자기동일성을 상실(다중인격)한다. 일반적인 정신 상태에서라면 생겨야 할 공포나 머뭇거림 그리고 이성이나 상식에 기초해야 할 판단

등이 모두 사라져 버리는 것이다. 어떤 의미에서 보자면 자살하려는 사람은 좀비처럼 변한 상태에서 자살이라는 임무를 척척 수행해 버린다고 할 수 있다.

이런 사람들은 '아프겠지?'라거나 '무서워!' 혹은 '죽은 모습이 참 처참하겠지?'와 같은 이미지 자체가 머릿속에서 사라져 버린다. 그렇기에 이들은 가장 손쉽다거나 확실하다는 이유로, 혹은 같은 장소에서 같은 방법으로 자살에 성공한 사람이 있다는 그런 단순한 이유 하나만으로 자살 수단이나 장소를 선택하고 만다. 결국 소위 자살 명소라 불리는 곳은 그저 정신적 시야 협착 상태나 해리 상태에 빠진 사람조차도 쉽게 떠올릴 수 있을 만큼 유명한 곳일 뿐이다.

정신적 시야 협착과 해리는 상당히 가까운 개념으로 볼 수 있다. 그리고 자살을 시행할 즈음에는 이런 정신적 시야 협착과 해리가 함께 일어나 자살에 이르는 행위를 더 쉽게 만드는 것으로 보인다.

여기서 잠시 내 개인적인 이야기를 덧붙여보려 한다. 나는 어린 시절은 물론이고 사춘기 때도 종종 이인감을 느꼈다(지금도 가끔 그럴 때가 있다). 딱히 생활에 지장이 있지는 않았고, 오히려 이런 미묘하고 초현실적인 감각을 즐기기까지 했다.

내가 초등학교 고학년일 무렵, 때는 어느 따뜻한 봄날

저녁이었다. 아버지는 아직 귀가하시기 전이었다. 저녁 식사를 끝마쳤는지 아직 먹기 전이었는지는 기억나지 않는다. 나는 거실 바닥에 무릎을 끌어안은 채로 앉아 있었다. 벽과 비스듬하게 마주 앉은 채로 어째서인지 손에는 가위를 들고 있었다. 바로 옆에서는 어머니가 의자에 앉아 내 등을 바라보며 이런저런 이야기를 하고 있었다. 어머니는 외아들인 나를 상대로 일상에서 느끼는 불만이나 억울한 감정을 시시콜콜 말하고 싶어 했다. 나는 그런 이야기가 정말 듣기 싫었지만 어머니의 말을 거부할 수 없다고 믿었다. 그래서 속으로는 '늘 같은 소리를 하고 또 하고…. 정말 지겨워'라고 생각하면서도 어머니의 말 상대가 되어 드렸다.

하지만 아무리 한 귀로 듣고 한 귀로 흘린다고는 해도 그 시간이 괴로운 건 사실이었다. 더군다나 어머니의 말은 좀처럼 끝나질 않았다. 억지로 꾹 참고 듣다 보면 어느 사이에 점점 정신이 산만해졌다. 그러다 문득 나는 바닥 근처에 있는 콘센트 투입구에 시선이 갔다. 평행하고 가지런히 뚫린 일자형 구멍이 묘하게 신경이 쓰였다. 왜 그랬는지는 나도 모르겠는데, 이런 것이 눈앞에 있는데 그냥 못 본 척 지나칠 수는 없다는 기분이 들었다. 그리고 그 순간, 나는 내 오른손에 가위가 들려 있다는 사실을 깨달았다. 등 뒤에서 들리는 어머니의 지루한 말을 흘려들으며 나는 무언가 행동을 취해야만 한다는 충동에 휩싸였다.

나는 날을 1센티미터 살짝 벌린 가위의 끝을 그대로 콘센트 구멍에 억지로 쑤셔 넣었다. 그 순간 파르스름한 불꽃이 세차게 튀더니 콘센트 안쪽에서 퍽 하는 소리가 들렸다. 경악한 나는 가위를 손에 쥔 채로 몸을 뒤로 젖혔다. 퓨즈가 끊어지고 전등이 꺼지더니 방 안이 온통 컴컴해졌다. 어머니는 하던 말을 멈추고 "뭐 하는 거야!"라고 고함을 지르며 자리에서 벌떡 일어났다. 내가 정신을 차렸을 때, 어머니는 이미 퓨즈를 교체하고 있었다(그 당시에는 누전차단기 같은 게 없었다). 다시 전등을 켰을 때 가위는 여전히 내 손에 들린 채로 날카롭게 번득이고 있었다.

그때 어머니가 내 오른손을 붙잡았다. 내 오른손에 들려 있던 가위의 끝은 아주 살짝 녹아 있었다. 그 모습을 본 나는 아무리 내가 한 일이지만 놀라고 말았다. 감전되지 않은 게 용했다. 금속이 녹을 정도였는 데다 그 순간에 튄 불꽃도 비일상적인 것 그 자체였다. 이 정도면 죽었어도 이상할 게 없었다.

그리 대단한 일화는 아니지만, 그래도 전도체로 쓰인 가위의 저항치가 매우 낮았던 덕분에 다행히도 감전되지 않을 수 있었던 것 같다. 어째서 나는 그런 멍청한 짓을 저질렀을까. 역시 미묘한 수준이었으나 일종의 해리 상태에 빠졌던 게 아닐까. 한없이 이어지는 어머니의 푸념이 최면술에 가까운 효과를 일으킨 것일지도 모른다. 아니면 어린 아이가 느낀 짜증이나 지겨움이 가위 끝이나 콘센트 투입구를 만나면서 그런 어리석은 짓을 충동적으로 저지른 것은 아닐까.

그 일이 내게 가르쳐 준 교훈은 아무것도 없었다. 하지만 지금 돌이켜 생각해 보면 갑자기 자살해 버리는 사람들과 나 사이에 그리 큰 차이가 없을 것 같은 기분이 든다.

제12장

모든 자살을 설명할 수 없다

지극히 개인적인 해석

자살의 일곱 가지 유형에 관해 이야기했지만, 그것만으로 모든 자살을 설명할 수 없다.

예를 들면 가끔 자살자가 자주 발생하는 집안을 본다. 그럴 때면 가풍이랄까, 그 일족의 사고방식이나 가치관 중에 죽음과 밀접하게 연관될 만한 요소가 있지 않은지 상상하고 싶다. 그야말로 자살이라는 행위에 대한 영재교육 같은 게 무의식중에 행해지는 건 아닌지 의심하고 싶어지는 것이다. 어디까지나 사적인 호기심이지만. 하지만 그런 흔적은 발견할 수 없었다. 아이돌 출신 배우, 오키타 히로유키는 1993년 3월 27일에 자택에서 목을 매 숨졌는데(향년 36세), 그의 친형도 3년 뒤 4월 20일에 자살했고, 그의 부친과 조부도 자살했다. 우울증이 발생하기 쉬운 집안 자체는 드물지 않지만, 오키타 가문은 그렇지는 않아 보였다. 이 밖에도 작가 미우라 데쓰오(1931~2010, 작가 본인은 천수를 누렸다)의 집안이 유명하다. 그의 큰형은 실종, 둘째 형은 사업 실패로 실종, 큰누나는 음독자살, 둘째 누나는 투신자살했다는 말을 들으면 어쩐지 등줄기가 오싹해진다.

2010년 11월 9일에는 센다이시 아오바구에 살던 한 남성이 목을 매 자살하고, 심지어 그 모습을 스스로 개인 인터넷 방송ustream을 통해 실황 중계한 사건이 있었다. 그냥 이 세상에 작별을 고하는 것만으로는 만족할 수 없었던 걸까. 자신의 최후를 공개한 데에는 어떤 의미가 있을까. 나는 도저히 이해가 가지 않는다. 1973년 4월 15일에는 지바현 교난마치에 살던 한 고등학교 일학년 남학생이 "영혼의 존재를 확인하겠다"라며 노코기리산에서 투신자살했다. 그 학생은 친절하게도 그러한 뜻을 적은 유서를 아사히신문사에 보냈다. 이는 '정신질환이나 정신 상태 이상으로 인한 자살'로 분류해도 될 듯하지만, 그러기에는 진지함이 다소 떨어지는 느낌이다. 고작 그런 이유만으로 사람이 그리 쉽게 목숨을 버리기도 하는 걸까.

어느 다큐멘터리 영화를 본 적이 있다. 이미 몇 년 전 일이지만. 투신자살 명소로 유명한 어느 절벽 근처에서 자살하려는 듯한 청년을 발견하고, 그가 죽지 않도록 설득한 어느 목사의 이야기였다. 목사는 죽음을 만류한 뒤, 일단 청년을 자신의 집(교회도 겸하고 있는 곳)으로 데려간다. 그리고 그를 서서히 안정시킨다. 목사는 마을에서 도시락 배달 업체도 운영하고 있었는데, 점심에는 그를 그곳에서 일하게 하면서 사회로 복귀할 수 있는 발판을 만들어 주었다. 가게에는 그와 비슷한 처지의 동료도 있었다. 물론 목사로서 청년의 인생 고민을 들어 주기도 했다. 목사의 헌신적인 도움 덕분에 청년은 가게에서 일하며 삶의 의욕을 되찾아 고향으로 돌아갔고, 목사는 안도의 한숨을 내쉬었다.

그렇게 영화가 끝나는 줄 알았다. 해피엔딩에 가까운 형태로 말이다. 하지만 몇 년 뒤, 목사는 그 청년이 고향에서 자살했다는 소식을 전해 듣는다. 목사의 복잡한 표정. 그러한 결말은 일단 완성된 영화에 덧붙여지는 형태로 공개되었다.

어쩌면 자살 체질이라고 할 만한 게 있지 않을까. 보통 사람들은 견딜 수 있는 수준의 스트레스만으로도 쉽게 죽음의 유혹에 이끌리는 체질. 아무리 주변 사람들이 진심으로 도우려고 해도 오히려 더 죽음을 끌어안아 버리고 싶은 그런 체질이.

그렇다. 자살 체질이라고 해야 할까, 자살 친화성이 높다고 해야 할까. 이런 사람을 나 또한 과거에 몇 명이나 만난 적이 있다. 그리고 그들은 모두 죽었다.

또 다른 자신과 싸우던 W

W는 40대 독신 남성으로, 키가 작고 통통했으며 머리숱이 적었다. 내가 보기에는 차라리 머리를 밀어버리는 게 나을 것 같았지만, 어쨌거나 그는 늘 쭈뼛거리는 표정을 지었다. 어쩌면 머리를 다 밀었다가는 난처한 표정을 짓는 스님처럼 보여, 주변 사람들이 불편해할 수 있으니 그들을 배려해 밀지 않은 것일지도 모르겠다.

그는 어떤 증세로 진료를 받으러 왔을까. 그가 호소한 증상은 꽤 뜻밖이었다.

"정신을 차리고 보면 몸 이곳저곳에 베인 상처가 있어요. 심한 날은 피투성이가 된 적도 있어요. 목욕탕이나 수영장 같은 곳에 갈 수 없을 정도로요."

W는 이렇게 말하며 오렌지색 티셔츠를 걷어 올렸다. 역시나 W의 말대로 상체에 칼에 베인 듯한 상처가 가로세로, 대각선 방향으로 나 있었다. 생각하기 따라서는 그런 플레이를 꽤 진심으로 즐기는 마조히스트처럼 보였다.

"누군가가 낸 상처가 아니라, 본인이 낸 상처라는 말인가요?"

"기억이 전혀 없지만, 혼자 살고 있으니 틀림없이 제가 했을 거예요. 상처도 왼팔 위쪽과 왼쪽 가슴 부위에 집중되어 있고요. 아마 제가 오른손잡이라 그런 걸 거예요. 등에는 상처가 없기도 하고요."

"이런 일이 꽤 오래전부터 있었나요?"

"반년쯤 전부터 그랬어요. 처음에 생긴 상처는 제가 스마트폰으로 찍어놓았어요."

W는 자신의 스마트폰 화면을 보여주었다. 마치 칼을 쥔 미친 괴한에게 습격이라도 당한 것처럼 끔찍한 모습이었다. 자신의 몸이 (자신도 모르는 사이에) 이런 상태가 되었다는 사실을 알면 누구나 당황할 수밖에 없다.

"보통 이런 일이 생기면 자신이 그랬다고 믿지 못하잖아요. 그렇지만 제가 한 게 아니라면 누군가가 제 아파트에 침입해서 저한테 행패를 부렸다는 이야기가 되는데요. 제가 무시는 많이 받고 다녀도 누군가에게 원한을 살 만큼 인간관계가 깊지 않거든요. 그러니 저 자신이 했다는 결론밖에 나지 않아요. 이런 제가 정말 꺼림칙해요."

"혹시 집에 있는 날카로운 물건을 전부 치워 본 적은 있나요?"

"물론이지요. 하지만 컵을 깨뜨려서, 깨진 조각으로 상처를 내버리더라고요."

"당신의 부인격●은 꽤 적극적이네요."

W는 삼형제 중 둘째로 태어났다. 그의 부모는 자동차 부품을 생산하는 작은 공장을 경영했다. 그에게 어떤 성격이냐고 묻자, '생각을 잘 굽히지 않아 남들에게 오해를 잘 사는 편이다. 완고하지만 소심하다. 친구가 적고, 여자들은 자신을 상대해 주지 않는다'라는 식으로 말해 듣고 있던 내가 다 안타까울 지경이었다. 공업고등학교를 졸업할 때까지 학교에서는 늘 다른 아이들에게 무시당했다. 불량한 무리에도 낄 수 없을 만큼 무시당하는 존재였다. 하지만 여러 직장을 거쳐 지금의 회사(제조업 관련 중소기업)에 근무하게 된 후로는 제법 분발해서 직장 동료나 상사에게 어느 정도 인정받게 되었다. 담배는 피우지 않았고, 술은 가끔 맥주를 마시는 정도라 다른 사람과 '어울려' 다니지도 않았다. 음치라서 노래방에도 가지 않았다. 게임도 그다지 좋아하지 않았다. 사람들이 괴짜로 볼 거 같아 숨기고 있지만, 실은 기업명이 인쇄된 홍보용 볼펜을 모으는 것이 취미라고 했다. 그 말에 나는 곧바로 제약회사나 약품명이 찍힌 볼펜 몇 자루를 그에게 선물했다. 그는 이미 없어진 회사의 이름이 찍힌 볼펜을 더 좋아하는 듯했지만.

- 다중인격장애를 겪는 사람에게 나타나는 복수의 인격 가운데 개인이 지닌 고유의 성격인 주인격 이외의 인격으로, 보조인격이라고도 함.

그는 언제부턴가 회사에서 업무가 밀려들 때 종종 '기억이 날아가기' 시작했다. 주변 사람들에게 얼버무릴 수 있는 수준이었지만, 갑자기 침울해지거나 잠을 자지 못하는 증상 등도 생겼다. 이래서야 일을 제대로 할 수 없으니 결국 그는 큰마음을 먹고 근처 정신과 의원을 찾았다. 그런데 의사는 기억이 날아가는 증상은 그냥 무시하고 아마 우울증일 거라며 항우울제 위주로 처방을 해주었다고 한다. 실제로 여러 증상이 줄어들어 약 1년간의 통원 치료 끝에 치료를 끝냈다. 그로부터 5년 뒤, 놀랍게도 상사가 관리직으로 승진할 생각이 있냐고 물었다. 보통은 기뻐할 만한 이야기다. 그만큼 좋은 평가와 신뢰를 받고 있다는 뜻이니까. 게다가 월급도 오를 테고 말이다. 하지만 W는 자신이 지금 할 수 있는 최대치의 능력을 발휘하고 있다는 느낌이 들어서 승진을 거절할 수밖에 없었다. 그게 자신이 회사에 보일 수 있는 성실한 태도라 믿었지만, 원통한 마음도 들었다.

아마 승진을 거절한 일이 계기가 되었을 것이다. 다시 예전처럼 종종 기억이 날아가는 일이 생겼다. 심지어 이번에는 자해행위까지 동반했다. 아침에 일어나면 베인 상처가 몸에 무수히 나 있고는 했다. 이번에는 가슴이 답답하거나 잠을 이루지 못하는 증상은 그다지 나타나지 않았다. 하지만 (무의식중에 행하는) 자해행위가 점점 더 심해졌다. 날이 갈수록 몸에 상처가 늘어가는 이 사태가 '꺼림칙하기만' 했다. 범인이 자신이라는 사실을 알기에 더 이상했다. 그래서 이번에는 의원급보다 규모가 큰 정신과 병원을 찾았고, 내가 그의 외래 진료를 담당하게 된 것이었다.

그는 우울한 표정으로 담담히 자신의 증상을 설명했다. 환각이나 망상 증상은 엿보이지 않았다. 그는 자살을 원하지도 않았다. 아마 정신과 의사라면 대부분 '해리성 장애'를 생각할 것이다. 해리성 장애에는 건망, 다중인격, 둔주,• 혼미, 빙의 현상, 트랜스•• 같은 증상이 있으며, 증상이 좀더 가벼울 때는 이인증 등이 나타날 수 있다. W는 처음에 건망증만 있었지만, 지금은 이중인격이라고 볼 수 있었다. 부인격이 주인격의 의사와는 상관없이 멋대로 몸에 상처를 내고 있었으니까.

진단은 내렸지만, 해리성 장애는 치료하기 쉽지 않다. 약을 먹는다고 바로 낫지 않는다. 정신요법을 중심으로 상당히 본격적인 대응이 필요해서 대학 병원에 가라고 소개장을 써주려고 했지만, 그는 그런 곳에서 실험동물 취급을 받고 싶지 않다며 꺼렸다. 나는 곤란한 마음으로 (가능한 범위

• fugue. 해리 상태에서 기억을 잃은 채로 주거지를 이탈하거나 다른 곳을 배회하는 행동.
•• trance. 비정상적인 각성 상태.

내에서 최대한) 상담 치료를 하면서 약도 어느 정도 복용하게 했다. 기분안정제로 쓰는 리보트릴이나 데파킨 같은 약이었다. 데파킨은 공격성을 억제하는 효과도 있어 자해행위에 어느 정도 효과가 있을 것으로 보였다.

다행히 증상은 어느 정도 수그러들기 시작했다. 약이 효과를 본 걸까, 평소 마음속에 담아둔 감정을 털어놓은 덕분일까. 남들에게 감춰 온 취미(기업명이 들어간 볼펜 수집)를 고백해도 무시하지 않고, 오히려 수집 활동에 도움을 준 의사를 만났기 때문일까. 무엇 때문이었을지는 알 수 없다.

하지만 사태는 그리 쉽게 수습되지 않았다. 자해행위가 줄어들자, 부인격은 다른 공격 수단을 찾아냈다. 어느 날 밤에 W는 문득 숨이 막혀 잠에서 깼다. 여느 때처럼 몸이 피투성이가 된 것은 아닌지 확인해 보았지만, 베인 상처는 없었다. 그보다도 방 안 공기가 이상했다. 그는 이윽고 실내에 도시가스가 가득 차 있다는 사실을 알아차렸다. 결론부터 말하면, 부인격이 가스 밸브를 열어 W를 죽이려고 한 것이다. W를 질식시키려 한 것인지, 아니면 폭발 사고를 일으키려던 것인지 알 수 없지만 명백히 살의가 담긴 행동이었다. W는 상당히 동요했고, 나 또한 고민에 빠졌다. 지금 당장 입원을 시켜 신변의 안전을 우선시해야 한다고 생각하는 사람도 있을 것이다. 아니면 '부인격에게 실제로 살의가 있었다면 진작에 경동맥을 칼로 그었을 것이다, 방화를 일으켰어도 이상하지 않다. 혹은 몽유병 상태에서 투신자살하게 하는 것도 가능했을 것이다. 지금 부인격의 행동에 과잉 반응했다가는 오히려 더 우쭐거릴 게 뻔하다'라고 생각하는 사람도 있을 것이다. 어쨌거나 W는 입원하기를 원치 않았다.

사태가 이 지경이 되자, 거의 공포 영화나 다를 바 없었다. 다음에 부인격이 또 어떤 짓을 저지를지 도무지 예상할 수 없었다. 조금도 방심할 수 없게 되었다. 승진 제안을 거절한 것에서부터 시작된 일이 이제는 거의 악마와의 사투로까지 발전한 것이다.

담당 의사인 나 역시 불안감과 당혹감에 속이 쓰릴 정도였으니 W가 느낀 불안과 공포는 오죽했을까.

부인격이 가스 중독 다음으로 어떤 작전을 택할지 몰라 고민하던 그때, 의외로 다음 사건은 다소 유치한 방법으로 일어났다. W가 눈을 떠보니 베개 양옆에 식칼이 한 자루씩 가지런히 놓여 있었다. 의도적인 기색이 역력했다. 어느새 이 정도 짓은 약한 수준에 속하게 되었다. 또 다른 날에는 머리가 쏙 들어가는 크기의 고리를 만든 비닐 끈이 탁자 위에 놓여 있었다. 목을 매라는 뜻일까. 불길하다기보다는 치졸한 인상이었다. 어느 날은 밥그릇에 우유가 가득 부어져 있어 혹시 독이라도 탔을까 싶어 바로 싱크대에 버렸더니 바닥에 금붕어 사체가 가라앉아 있었다. 이제는 부인격의 행동이 무엇을 의미하는지 알 수 없었다. 악의나 살의라기보다는 자시키와라시*가 치는 짓궂은 장난으로 보이기 시작한 것이다.

이상한 이야기지만, 부인격이 W와 화해하려는 듯이 보였다. 적어도 이 이상 심각한 위협을 가할 생각은 없어 보였다. 아니, 이제 싫증이 났다는 의사를 전하는 듯했다. W 본인도 비슷한 느낌을 받은 모양이었다. 뻔한 장난처럼 보이는 이변이 생겨도 이제는 그냥 무시하고 하루하루를 사는 편이 더 현명할지도 몰랐다. 이렇게 W의 부인격이 몰래 저지르던 행동은 차츰 줄어들었다. 통원 치료를 받는 빈도도 예전보다 줄자, W는 한동안 회사를 쉬고 당분간 형(기혼, 다른 현에서 요식업에 종사했으며 W와 사이가 좋았다)네 집에 신세를 지기로 하고 일단 치료를 종결했다.

조금 더 지나면 그때와 같은 계절이 다시 돌아올 만큼 시간이 흘렀다. 나는 W의 일을 떠올리지 않았다. 당장 눈앞에 더 심각한 환자들을 수없이 마주하고 있었기 때문이다. 그러던 어느 날, W의 형에게 전화가 왔다. 그는 내가 동생의

* 어린아이의 모습을 한 요괴로, 사람들과 한집에 살면서 장난을 치거나 행운을 가져다준다.

331

담당 의사였다는 사실을 W에게 전해 들었다고 했다. W의 형은 의외로 차분한 목소리로 W의 죽음을 알렸다. 전날 해가 지고 난 후, 자신의 가게 근처에 있는 1급 하천에 들어가 자살했다고 한다. 유서는 남기지 않았으며, 정신 상태에 딱히 이변을 감지하지 못했다고 했다. 그의 형은 "그동안 동생이 신세를 많이 졌다고 들어 감사 인사를 겸해 연락을 드립니다"라는 짧은 말만 남기고 전화를 끊었다.

의외였다기보다 '역시나'라는 생각이 들었다. 그의 형도 그렇게 생각하지 않았을까. 부인격의 행동이 서서히 사라졌다고 해도 역시 그대로 모든 문제가 해결되었다고 생각하기 어렵다. 그에게 무슨 일이 일어났는지 알 수는 없지만, 가장 자연스러운 결말처럼 느껴지기도 했다.

W는 주변 사람들이 '역시나'라고 씁쓸하게 수긍할 만한 형태로 생을 마쳤다. 그리고 그의 방을 묵묵히 정리할 그의 형은 아마 W가 남긴 엄청난 양의 기업 홍보용 볼펜을 발견하고 당황할 것이다(그 가운데 몇 자루를 담당 의사가 주었을 거라고 상상조차 하지 못할 테고, 왜 이런 가치 없는 것을 수집한 건지 이해하지 못할 것이다. 물론 나도 그가 볼펜을 수집한 의미는 알지 못하지만). W는 '역시나'와 '약간의 놀라움'이라는 두 가지 감정으로, 남은 사람들의 내면을 미묘하게 흔들고 떠났다. 이 두 감정의 절묘한 조합에서 나는 W다움과 서글픈 친숙함을 느꼈다.

지금 와서 W를 떠올려 보니 그는 자살 체질이거나 혹은 자살 친화성이 높은 사람이지 않았을까 싶다. W는 자신의 그런 점을 어렴풋이 자각하고, 나름대로 저항했다. 그 결과 부인격과의 대립이라는 신기한 일이 일어났고, 잠시 사태를 수습한 것처럼 보였지만, 자살로 치닫고 말았다. 어떻게 보면 운명론에 가까운 말이지만, 그런 생각이 들 수밖에 없다.

칠흑의 코알라

자살 체질이나 자살 친화성이 높은 사람은 비교적 드물지만, 확실히 존재한다. 그것은 '코알라 마치'*에 매우 드물게 섞여 있다는 '맹장 코알라(맹장 수술 자국이 있는 코알라. 아쉽게도 나는 아직 실물을 본 적이 없다)' 그림 같은 것이 아닐까. 아니, 불길한 '칠흑의 코알라'라고 불러야 할까. 불행히도 칠흑의 코알라를 (아마 태어날 때부터) 뽑은 사람은 그 사실을 모를 것이다. 그러다 어느 순간, 자신이 자살에 대해 놀라울 만큼 저항감이 없다는 사실을 깨달을 것이다. 저항감을 느

* 한국의 '칸쵸'처럼 코코아 버터가 든 과자에 코알라 그림이 그려져 있는 일본 과자.

끼기는커녕 오히려 죽음을 본능적으로 갈구하기도 할 것이다. 그리고 똑바로 걸으려고 해도 의식하지 않으면, 어느 틈엔가 인도를 벗어나 차도 한가운데를 걷는, 그런 위험한 영역에 자신이 발을 들여놓기 쉽다는 사실을 깨닫지 않을까. 어쩌면 그러한 사실을 깨닫기도 전에 스스로 목숨을 끊어버릴지도 모른다. 그러면 남겨진 사람들은 그가 자살한 합당한 이유를 찾지 못해 당혹스럽기만 할 것이다. 설마 거기다 대고 칠흑의 코알라가 원인이라는 식의 말을 꺼내는 사람이 있을까.

칠흑의 코알라라는 명칭 자체가 장난처럼 들린다며 눈살 찌푸리는 사람도 있을 것이다. 하지만 명칭이 뭐든 간에 그런 존재에 관해 막연히 생각하는 사람은 적지는 않을 것이다. 6장 165쪽에서 나무라 이쿠로가 주장한 '절망 친화형' 혹은 '자살 친화형'이라 부를 만한 성격유형에 대해 살펴본 바 있다. 아마 그러한 성격유형이 칠흑의 코알라에 가까울 것이다. 만약 그런 불확실한 성격유형이 진짜 존재한다고 믿는다면 내가 임상 현장에서 만난 자살자 중 절반 정도가 여기에 해당할 것 같다.

일단 칠흑의 코알라 같은 것이 존재한다고 인정한다 치면, 어째서 그런 것이 존재하는지 의문이 들 것이다. 이때 인간이라는 종의 개체 수를 줄이려는 자연의 섭리가 작용하는 요소는 당연히 배제해야 하지 않을까.

내가 망상 수준의 의견을 말해보자면, 인류에게 '가끔 인간은 딱히 별다른 이유도 없이 스스로 목숨을 끊는다'라는 현실을 보여주는 의미가 있지 않을까 싶다. 즉 인간은 스스로 붕괴할 위험을 내포하고 있는데, 그러한 점을 자각시키려고 이런 칠흑의 코알라가 존재한다고 생각할 수는 없을까. 그야말로 '메멘토 모리'*다. 인류는 지혜와 재주 그리고 불을 다루는 능력을 이용해 발전해 왔다. 아니, 이제는 너무 지나치게 발전했는지도 모른다. 욕망을 충족시키기 위해 어디까지 올라가려고 하는 건지 도무지 알 수가 없다. 다른 생물이나 환경과의 조화 같은 건 신경 쓰지도 않는다. 그러나 인간이 자신의 내면에 위험과 불안정함이 잠재되어 있다는 사실을 깨달으면 그 순간부터 자아 성찰이나 소위 '철학·사상·예술 같은 것'이 싹트기 시작하지 않을까. 적어도 내면을 소홀히 해서는 안 된다는 사실을 깨닫지 않을까 싶다. 그리고 그 점을 잘 활용하면 겸허함마저 키울 수 있을지 모른다.

이처럼 나는 칠흑의 코알라가 초래하는 어둠과 불길함에 고작해야 이런 해석을 내리며 마음을 가라앉힐 수밖에 없다. 어쩌면 내가 1장에서 소개했던 청년, 먼 곳까지 날아

•   Memento mori. 너는 반드시 죽는다는 것을 기억
    하라는 뜻의 라틴어.

가 지하철에 몸을 던져 자살한 류타도 칠흑의 코알라를 뽑지 않았을까. 그런 식의 추측이라도 하지 않으면 내 마음을 도저히 추스를 길이 없다. 어차피 내 멋대로 꺼내는 말에 불과하지만. 그렇다면 실종 직전, 류타의 얼굴에 나타났던 마치 '연동운동을 하는 위점막처럼 구불구불했던 주름'은 바로 그의 내면에서 눈을 뜬 칠흑의 코알라가 피부밑에서 꿈틀거리다 솟아오른 것일까. 그런 생생하고 기괴한 모습마저 상상해 버리는 나 자신이 불성실하게 느껴지지만, 이런 망상 또한 내 나름의 절실한 감정이라 말하고 싶다.

맺음말

조금 개인적인 이야기를 적어 보려고 한다.

이 책의 교정쇄를 받았을 무렵, 나는 (나 자신에게 있어) 매우 중대한 결단을 내렸다. 2년 뒤에 임상의를 그만두겠다는 결단이었다(마무리해야 할 일이 남아 있어 바로 그만둘 수는 없었다).

적어도 어느 한 시기에 나는 정신과 의사가 내 천직이라 믿었다. 정신과 의사는 내 정체성 그 자체였다. 그런데도 나는 미련 없이 떠나기로 했다. 구십 대에도 여전히 정신과 의사로 활약하는 사람도 있는데 말이다.

어떤 결정적인 사건이 있었던 것은 아니다. 환자를 치료하다가 돌이킬 수 없는 실수를 저질렀다거나, 의사로서 하지 말아야 할 행동을 했다거나, 병에 걸렸다거나 소송에 휘말렸다거나 하는 일도 없었다(의사로서 내 기량에 한계를 느끼기 시작했을 수는 있지만). 굳이 말하자면 오늘날 정신의학계의 행태가 싫어졌다. 의사들은 제약회사의 앞잡이로 전락해 뇌 검사에만 전념하거나 생화학·유전자 같은 분야에만 열중하고, 당장 눈앞에 있는 환자보다 매뉴얼이나 에비던스(근거중심의학)를 더 중시한다. 한편 그런 이과 계열의 싸늘한 행태에 대한 반동인 건지 노랫소리처럼 간드러진 목소리로 싸구려 휴머니즘을 내세우는 업계에도 '질려'버렸다.

신문의 인생 상담 코너에 과거의 괴로운 기억을 도저히 잊을 수 없다는 고민이 실려 있는 것을 본 적 있다. 거기에 어느 저명한 정신과 의사가 답한 글을 보니, 누구나 알 만한 상식적인 내용만 줄줄이 늘어놓다가 마지막에 운동이라도 하면서 기분 전환을 해보라는 말을 덧붙여 놓았을 뿐이었다. 그런 걸로 해결이 되지 않아 고민을 적어 보냈을 텐데, 그렇게 대충 얼버무리지 말란 말이다. 적절한 답이 떠오르지 않았다면 차라리 그렇다고 솔직하게 고백이라도 하지. 이런 둔감한 의사가 학회에서 요직을 맡고 있다고 생각하면 힘이 빠진다. 이런 일도 간접적인 원인 중 하나일지 모른다. 어쨌거나 정신의학의 수준이 이렇게까지 떨어졌나 싶어 불쾌할 따름이다. 미련 따위는 금세 사라져 버렸다.

아내에게 이런 내 심정을 털어놓고, 임상의를 그만두

기로 했다. 단장의 슬픔 같은 건 없었다. 이제야 나 자신에
게 솔직해진 기분이다.

　일단 결심하고 났더니 갑자기 마음이 가벼워졌다. 우리
집에서 병원까지는 꽤 멀다. 나는 운전면허가 없어서 전철로
출퇴근하는데, 만원 전철은 정말이지 사양하고 싶다. 그래서
새벽 4시 35분에 출발하는 첫차를 탄다. 병원에도 역시 너무
이른 시각에 도착하는데, 그때 그날 해야 할 사무 업무를 처
리한다. 그런데 이제 이런 부자연스러운 생활과도 작별이라
생각하니 그것만으로도 기쁘다. 또 이제는 전문의 자격을 유
지하기 위해 형식적인 연수회에 참가해 포인트를 쌓는 헛짓
거리를 하지 않아도 된다. 속이 다 후련하다. 하지만 무엇보
다도 오래 고민한 끝에 드디어 결단을 내린 행동이 내면에
변화를 불러왔다는 사실을 실감한다.

　우선 눈에 보이는 모든 광경이 마치 해상도가 올라간
것처럼 느껴진다. 익숙해지다 못해 지겹기까지 했던 풍경이
매우 세밀하게, 심지어 신선하고 생기 넘쳐 보인다. 당연하
게 여겼던 일들이 왠지 묘하게 신선한 느낌으로 다가온다.
모든 것이 더 또렷하게 보이고, 색과 냄새 심지어 소리까지
도 더 명확해진다. 한밤중에 비가 내리고 나면 다음 날 아침
하늘이 더 맑게 보이고, 창밖의 모든 것이 깨끗이 씻겨 내려
간 듯 선명하고 밝게 보이는 것처럼…. 마치 그런 인상이다.
심지어 길가에 핀 들꽃조차 아름다워 보인다. 타인과의 거

리가 지금보다 조금 더 벌어진 듯한, 미묘하게 비현실적인 감각까지 동반되어 정말이지 기묘할 정도로 기분이 좋다.

이런 감각을 맛보는 사이에 문득 이런 생각이 들었다.

만약 누군가가 조용히 자살할 결심을 하고 그러한 각오를 숨기고 있는데, 아직 자살할 날까지 시간이 좀 남았다면 그 사람에게 눈앞의 공기는 얼마나 투명하고 한 점 티끌 없이 맑게 보일까. 그의 눈앞에 펼쳐진 세상은 타성이나 선입견이나 권태감에서 해방되어 모든 것이 원래의 존재감을 되찾을 테고, 이제껏 의미가 없다고 믿었던 모든 무의미한 것이 생생하게 다시 살아나며, 그와 동시에 자신이 그동안 무의미하다고 생각했던 것들의 소소한 가치를 깨닫지 않을까. 모든 것이 예전의 순수한 상태로 돌아가 모습을 드러내고, 자신의 감각 또한 예민해지지 않을까. 그리고 그때 그 사람이 느끼는 기분은 어쩌면 내가 지금 느끼는 감정과 꽤 비슷하지 않을까.

물론 나만의 착각일 수도 있다. 증명할 방법도 없다. 하지만 나는 그 감정의 기저에는 공통된 부분이 있으리라 확신한다. 이 책을 집필한 경험이 나에게 그런 확신을 안겨주었다. 그렇다고 해서 이제는 자살하는 사람의 심정을 이해할 수 있다는 식으로 우쭐거릴 생각은 전혀 없지만, 그래도 나의 내면에 변화가 생기고 있다는 것만은 확실하다.

이 책의 원고는 처음에 쇼분샤의 웹사이트에 연재하는

방식으로 시작했다. 원래는 한 달에 한 장씩 글을 올릴 생각이었지만, 도중에 연재를 중단했다. 처음에 했던 구성이 그다지 효과적이지 않았고, 종일 자살에 대해서만 생각하다 보니 기운이 없어지고 의욕도 떨어지는 데다 자료 수집에도 난항을 겪는 등 여러모로 어려움이 많았기 때문이다. 그렇게 언제 다시 글을 쓸 수 있을지 기약하지 못한 채 시간이 흘러 나도 반쯤 포기하고 말았었다. 사실 그런 상태가 되면 글을 다시 쓰기가 몹시 힘들어진다.

그러던 중 작년(2022) 말에 코로나19에 걸리고 말았다. 집에서 꼼짝없이 안정을 취해야 하는 상황이 된 데다 무엇보다 극심한 인후통과 권태감에 시달려야 했다. 소파에 누워 천장만 바라보고 있다 문득 이 책의 집필을 중단했던 사실이 죄책감과 함께 떠올랐다. 일단 생각이 난 이상, 한동안 다시 해 볼 수밖에 없었다. 그렇게 멍하니 누운 채 머리를 굴리고 있는데, 갑자기 이 책을 완성할 방법이 떠올랐다. 하늘의 계시까지는 아니었지만, 순간 좋은 생각이 번뜩인 것이다. 그래서 나는 기다시피 책상 앞으로 다가가 컴퓨터를 켜고, 다시 집필을 시작할 계획을 세웠다. 그리고 다시 몸을 회복한 후 일단 원고를 끝까지 완성했다. 비록 연재는 여전히 중단한 상태였지만 말이다. 그런데 원고를 다 쓰고 나니, 이제는 연재보다 출판을 우선시하게 되었다. 설마하니 코로나19 덕분에 책을 완성하게 될 줄은 몰랐다. 코로나바이러스에 감사 인사라도 해야 하나.

이 원고를 쓰기 시작한 첫 단계에서부터 인내심을 가지고 나를 지원해 주신 편집자는 고무라 다쿠마 씨다. 용케 단념하지 않고 기다려 주셨다. 쇼분샤에서는 아다치 에미 씨가 담당해 주셨는데, 내가 글을 부지런히 쓰지 않고 꾸물거리는 바람에 도중에 정년을 맞이하고 말았다. 2016년에 처음 연재를 시작했으니 그럴 만도 하다. 기가 막힐 노릇이다. 깊이 머리 숙여 사과드린다. 그 후 쇼분샤의 안도 아키라 씨가 이 일을 이어받아 주었다. 결국 편집자 세 분에게 걱정을 끼친 셈이다. 또 장정(북디자인)은 요리후지 분페이 씨와 가키우치 하루 씨께서 솜씨를 발휘하셨다. 이분들에게도 감사드리며, 마지막까지 이 책을 읽어 주신 독자 여러분에게도 깊은 감사를 드린다.

이 책이 비록 실용서처럼 실질적인 도움은 주지 못하겠지만, 마치 쓸개나 신장에 생기는 결석처럼 독자 여러분의 정신에 이물감을 초래할 수는 있을 듯하다. 그러한 이물감이 고통이 아니라, 여러분에게 여러 생각을 할 수 있는 자극이나 계기가 된다면 더없이 기쁠 것 같다.

2023년 8월 5일
시보사와 타쓰히코(1928~1987)의 기일에
가스가 다케히코

자살수첩

제1판 1쇄 인쇄	2025년 2월 26일
제1판 1쇄 발행	2025년 3월 5일
지은이	가스가 다케히코
옮긴이	황세정
펴낸이	나영광
책임편집	오수진
편집	정고은, 김영미
영업기획	박미애
디자인	손주영
펴낸곳	크레타
출판등록	제2020-000064호
주소	경기도 고양시 덕양구 청초로 66 덕은리버워크 B동 1405호
전자우편	creta0521@naver.com
전화	02-338-1849
팩스	02-6280-1849
블로그	blog.naver.com/creta0521
인스타그램	@creta0521
ISBN	979-11-92742-43-4 03830